Die verrückte Wette

Anya Wylde

WIDMUNG

Für John

Inhaltsverzeichnis

Prolog

Der ehrenwerte Earl von Hamilton warf sich die braune, exquisit geschnittene Hirschlederhose über die Schulter und sprang aus dem Fenster.

Er landete in einem Dornenbusch und rappelte sich auf, unterdrückte dabei den Drang, loszubrüllen, weil sich scharfe Dornen in sein Fleisch gegraben hatten.

»Er ist gesprungen, Ma!« Eine weibliche, weinerliche Stimme schwebte vom Fenster im ersten Stock herunter.

Der Earl warf rasch einen Blick nach oben und hastete Purzelbäume schlagend über das Gras, dann glitt er mit geübter Leichtigkeit hinter einen hohen Baum.

»Verdammt! Er ist entkommen!«, knurrte jemand mit einer erwachseneren Stimme und streckte einen grauhaarigen Kopf aus dem Fenster.

Der Earl lächelte grimmig. Noch so eine unverheiratete Lady, die es auf ihn abgesehen hatte. Sie hatte - einem uralten Trick folgend - versucht, ihn zu verführen, damit ihre Mutter sie in einer kompromittierenden Situation finden würde.

Er zog seine Hose an und ging weiter, plusterte sich dabei auf wie ein stolzer Pfau. Niemals würde er sich von einem albernen, hohlen jungen Ding in die Falle locken lassen. Schließlich war er ein alter Hase, wenn es darum ging, heiklen Situationen zu entkommen. Er hatte sich aus dem Staub gemacht und nicht nur sein Junggesellentum gerettet, sondern auch seine Hose und seine Würde.

Er kicherte leise. Sein Kammerdiener würde zufrieden

sein und sein Kutscher erleichtert. Die beiden wurden es allmählich leid, ihn mit nichts auf dem Leib als seiner Unterwäsche – wenn überhaupt – an Straßenecken herumschleichend aufzulesen.

»Verdammte Rosen, die aus einem Feenarsch gekrochen sind!«

Der Earl kam rutschend zum Stehen; das Lächeln auf seinen Lippen erstarb. Wer konnte mit der Stimme eines Engels fluchen wie ein blutrünstiger Pirat? Er war fasziniert.

Er hob seinen Fuß in der Absicht, loszulaufen und herauszufinden, wer dieses reizende Wesen war, als der vernünftige Teil in ihm ihn zwang, innezuhalten und nachzudenken.

Was, wenn dies ein weiterer Trick irgendeiner jungen Miss ist, sich einen Ehemann zu fangen?

Ganz in der Nähe raschelte ein Kleid.

Er neigte den Kopf, und seine dreisten Ohren zitterten ungeduldig.

Jemand oder etwas quiekte leise.

Er machte einen kleinen Schritt vorwärts, und sofort bäumte sich der vernünftige Teil in ihm warnend auf. Erst einen Moment zuvor war er einer furchterregenden Jungfrau entkommen – konnte er es sich leisten, sein Glück noch einmal herauszufordern? Was, wenn er gefangen wurde, und – Gott behüte! – dazu gezwungen werden würde, ein kicherndes, geistloses Wesen zu heiraten?

Er zitterte, als er an die wachsende Zahl von Müttern mit ihren unverheirateten Töchtern dachte, die ihn in Ballsälen umzingelten. Er hatte die Fähigkeit erworben, sie schon aus einer Meile Entfernung zu erspähen. Es waren wunderschöne, unschuldig aussehende Wesen voller übler, komplizierter Pläne – zu denen auch gehörte, arme und harmlose, attraktive Männer wie ihn in eine Ehe zu locken.

Er dachte grimmig, dass es Junggesellen erlaubt sein sollte, Mütter und ihre unverheirateten Töchter mit Gewehren zu jagen. Eine junge Frau auf der Jagd nach einem Partner pflegte mehr Beute zu erlegen als die besten Schützen in London.

Der Mond leuchtete stärker und erhellte ein kleines Stück von einem dunkelgrünen Kleid, das hinter dem Baum hervorlugte.

Der weise, vernünftige Teil in ihm wurde still.

Man hörte nicht jeden Tag eine kultivierte Stimme solche Worte laut aussprechen. Wenn es tatsächlich noch so ein ausgeheckter Plan war, war es zumindest ein kreativer.

Er machte einen vorsichtigen Schritt nach vorn und fragte sich dabei, wo eine Frau mit einem ehrenwerten Hintergrund einen derart inspirierten Fluch gelernt haben könnte. Er zweifelte nicht daran, dass sie kultiviert war. Ihr würdevolles Zischen deutete ebenso darauf hin wie die Tatsache, dass zu dem Ball des Viscounts nur die privilegierte Oberschicht eingeladen war.

Vielleicht war es jemandes Anstandsdame, überlegte er, als er auf Zehenspitzen zum Baum schlich. Allerdings hatte die Stimme für eine Anstandsdame zu jung geklungen, und er bezweifelte zutiefst, dass eine Lady, die sich Hoffnungen machte, einen Ehemann zu finden, sich dazu herablassen würde, in den dunklen Ecken der Gärten Kraftausdrücke von sich zu geben.

So etwas hätte nur jeden Mann mit einem Rest an Verstand veranlasst, in die entgegengesetzte Richtung davonzulaufen.

»Mist!«, murmelte die verborgene Fremde.

Der bezaubernde erneute Ausruf brachte die Entscheidung, und er ging schneller. Er redete sich selbst ein, dass er vor drohenden Verkupplungsversuchen gefeit war, während seine Neugier größer wurde.

Unter seinem Fuß knackte ein Zweig; in der stillen Nacht klang es wie ein Peitschenhieb. Das Geräusch ließ ihn zusammenzucken, und er sah einen Kopf, der hinter einem Baum hervorschaute.

»Alles in Ordnung, Madam?«, fragte er und schickte ein Stoßgebet zu wer auch immer da oben war und sich um die

Angelegenheiten des Glücks kümmerte.

Schweigen antwortete ihm, und dann hob das Mädchen bedächtig die Röcke und trat auf ihn zu. Er verfluchte kurz das Mondlicht, das mehr verbarg als verriet. Das Rascheln des Stoffs hatte nach Seide geklungen, und jetzt wollte er unbedingt ihr Gesicht sehen.

»Ja, Mylord. Mir ist von der Hitze im Ballsaal etwas schwindelig geworden.«

Er schmunzelte; der Fluch würde wohl kaum von einer sich der Ohnmacht nahe fühlenden Schönheit gekommen sein.

Sie stand immer noch bei dem hohen Baum, der das bisschen Mondlicht zerstreute. Ihre Stimme kam ihm irgendwie vertraut vor, aber er konnte sie nicht einordnen.

»Das war ein einfallsreicher kleiner Fluch. Wo haben Sie so etwas nur aufgeschnappt?«, fragte er gedehnt.

Einem kaum hörbaren Aufkeuchen folgte schockiertes Schweigen.

Der Earl musste fast grinsen. Er hätte das wirklich nicht sagen sollen, aber irgendetwas Teuflisches in ihm hatte ihn dazu gebracht. Die gesellschaftlichen Spiele langweilten ihn, und da die Saison sich dem Ende zuneigte, war seine Geduld für die kultivierten Gepflogenheiten schon arg strapaziert.

»Sie haben irgendwie schlecht gelaunt geklungen«, sprach er weiter. »Wie kann ich Ihnen helfen? Manchmal ist es leichter, mit einem Fremden zu sprechen.«

»Sie, Mylord, sind kein Fremder.«

»Ihr kühler Tonfall erwärmt mein Herz. Ich frage mich, was genau Sie über mich gehört haben. Ich versichere Ihnen, ich beiße nicht. Kommen Sie, erzählen Sie mir, was los ist.«

Wieder folgte einen Moment lang Schweigen. Er konnte beinahe hören, wie sich die Räder in ihrem Kopf drehten; ihr Bedürfnis, sich von ihren Sorgen zu befreien, kämpfte mit der Notwendigkeit, sich wie eine Lady zu benehmen und nicht dem Tratsch hinzugeben.

»Miss Clearwater hat gesagt, dass ich einer Erbse ähnele«, kam die beschämte Antwort, gefolgt von einem schockierten

Aufkeuchen. Sie hatte nicht vorgehabt, das zu sagen.

Ah! Auch die betreffende Lady schien nicht mehr viel Sinn für die kultivierten Gepflogenheiten zu haben.

»Einer Erbse?«

»Ja, einer winzigen, ekelhaften grünen Erbse.«

»Das ist gewiss nichts, was einen allzu sehr aus der Ruhe bringen sollte. Ich habe gehört, Frauen können weit bösartiger sein.«

Er streckte eine Hand aus und wackelte ungeduldig mit den Fingern. Sie mussten wieder ins Haus gehen, bevor jemand sie in diesem dunklen, einsamen Teil des Gartens fand. Ganz sicher wollte er in diesem Moment nicht von jemandem mit einer jungen Frau gefunden werden, die einem kleinen, runden Gemüse ähnelte.

Ihr Vater würde wahrscheinlich die Chance nutzen und darauf beharren, dass seine liebliche Tochter kompromittiert worden war. Danach würde er dazu verdammt sein, sie zu heiraten und lauter kleine runde grüne Kinder hervorzubringen. Eine alles andere als erfreuliche Aussicht.

Sie beachtete seine Hand nicht und sprach verbittert weiter. »Ja, es hätte mich nicht so aufregen sollen, aber sie hat es vor dem einzigen Mann gesagt, der während der ganzen Saison überhaupt irgendein Interesse an mir gezeigt hat. Sie ist die Schönheit der ganzen Gesellschaft und hat ihre Raffinesse bei ihm eingesetzt. Meine Hoffnungen auf eine Heirat haben sich zerschlagen, denn sobald sie ihn angelächelt hat, sind seine Augen glasig geworden.«

»Das klingt, als würde er zu der eher wässrigen Sorte Mann zählen. Er hätte an Ihrer Seite stehen und sich nicht von dieser Katze bezaubern lassen sollen.« Er sprach geistesabwesend, zunehmend besorgt, weil er immer noch mit einem Mädchen sprach, das nach eigener Aussage so unattraktiv war, dass ihr während der gesamten Saison nur ein milchgesichtiger Narr seine Aufmerksamkeit geschenkt hatte.

Er spähte argwöhnisch zu den dunklen Schatten und fragte sich, ob einer davon ihr Vater war, der auf den richtigen

Moment wartete, um aufzutauchen und zu erklären, dass ein kurzer Ausflug nach Gretna Green jetzt genau das Richtige wäre.

Ihr Kichern riss ihn aus seinen Gedanken. Sie hatte ein bezauberndes Lachen.

»Sie haben sich durch ihr Aussehen nicht täuschen lassen, Mylord?«

»Jeder mit mehr Verstand als Haaren auf dem Kopf kann erkennen, dass die junge Miss Clearwater gefährlich ist, so hübsch verpackt sie auch sein mag.«

»Ich vermute, es gibt immer noch das nächste Jahr.«

»Ich bin mir sicher, dass Sie in der nächsten Saison eine exzellente Partie machen werden, Miss. Und jetzt sollten wir wirklich wieder hineingehen. Sie müssen frieren.«

»Es geht mir vollkommen gut, und es ist ein ungewöhnlich warmer Abend. Sie können hineingehen, Mylord. Ich möchte noch ein bisschen draußen bleiben.«

»Ich kann eine junge Lady nicht alleine hier zurücklassen. Bitte nehmen Sie jetzt meinen Arm«, wies er sie an.

Das Mädchen ignorierte ihn. Stattdessen hob sie die Röcke an und lief davon, entfernte sich noch weiter vom Haus.

Er stöhnte und rannte hinter ihr her. Er wusste, dass sie nicht wollte, dass er erfuhr, wer sie war. Nicht nach dem blumigen Ausbruch und all dem, was sie in ihrer Empörung von sich gegeben hatte. Er war jedoch nicht in der Stimmung, Spiele zu spielen.

Er konnte ihre Silhouette sehen, als sie weiterlief. Ihre zarte Gestalt erinnerte ihn an eine Waldnymphe. Ihr smaragdgrünes Kleid glitzerte im Licht der verschiedenen Lampen, die den Gartenpfad säumten. Er beschleunigte seine Schritte, als sie um die Ecke bog und vorübergehend aus seinem Blickfeld verschwand.

Kurz darauf blieb er stehen. Er hätte sie ihrem Schicksal überlassen sollen; er war ein Lebemann. Aber dann meldete sich sein Gewissen. Er war ein Lebemann, aber auch ein Gentleman.

Sie hatten das Ende des Gartens erreicht, als er sie

endlich einholte. Er war beeindruckt, wie schnell sie laufen konnte, was ihm erste Hinweise darüber gab, wer sie war – jemand, die sicherlich ihr Leben auf dem Land verbracht hatte.

Er packte ihre Hand und brachte sie dazu, stehen zu bleiben. Bevor sie auch nur daran denken konnte, sich in seinem Griff zu winden, zwang er sie dazu, sich umzudrehen. Sie hatte Angst davor, von ihm erkannt zu werden, und das bedeutete, dass sie sofort mit diesem Unsinn aufhören und nicht mehr zu entkommen versuchen würde, sobald er wusste, wer sie war.

Er starrte hinunter in ein zartes Gesicht, das jetzt vom Mondlicht beschienen wurde. Lange, goldene Wimpern säumten Augen in der Farbe frisch sprießender Blätter. Ihr Mund war rosa, ihre Gesichtszüge zart. Er war so schockiert, dass er wie angewurzelt dastand. Dies war kein Mauerblümchen, keine hässliche Miss.

Dies war die außerordentlich hübsche Emma Grey.

Der Grund, warum sich ihr niemand genähert hatte, hatte nichts mit irgendwelchen Mängeln hinsichtlich ihrer Schönheit oder Herkunft zu tun, sondern mit ihren drei sehr großen, sehr unwirschen und sehr besitzergreifenden älteren Brüdern. Ihre Brüder beäugten jeden Mann, der sich in Emmas Nähe aufhielt, unverhohlen drohend.

Der Earl hatte einmal mit ihr getanzt und sie so weit wie möglich von sich gehalten, für den Fall, dass ihre Brüder zusahen. Danach war er weise genug gewesen, sie in Ruhe zu lassen.

Er hätte sich an diese Klugheit erinnern sollen. Er hätte sich ihre kräftigen Brüder in Erinnerung rufen sollen. Er hätte seine Hände sinken lassen und rasch zurückgehen sollen.

Doch all das tat er nicht. Stattdessen küsste er sie und verliebte sich auf der Stelle.

Kapitel 1

Die Gesellschaft war in heller Aufregung, als sich die Nachricht verbreitete, dass Miss Emma Grey sich den begehrtesten Junggesellen der Saison geschnappt hatte.

Die Zeitschriften der feinen Gesellschaft waren voller Geschichten über die romantische Verbindung, die sogar von den Konservativsten anerkannt wurde. Schließlich war Miss Grey die Tochter eines ehrenwerten Mannes, der der Cousin des Dukes von Arden und sein nächster Erbe war.

Da es keine anderen männlichen Erben des bereits älteren Dukes gab, galt es als sicher, dass der Titel an Lord Grey übergehen würde. Er musste lediglich warten und beten, dass sein lieber Verwandter sich auf in den Himmel machte, und je eher dies geschah, desto besser.

Lady Grey war selbstverständlich hocherfreut. Emma war neunzehn und hatte die ersten beiden Saisons für ihr Debüt verpasst. In der ersten Saison war ihr Großvater gestorben, und im Jahr darauf hatte sich ihre Großmutter in den Himmel aufgemacht. Und jetzt hatte Lady Greys geliebte Tochter im Jahr ihres Debuts Miss Clearwater den jungen, gutaussehenden und außerordentlich reichen Richard Hamilton vor der Nase weggeschnappt. Nichts hätte Lady Grey glücklicher machen können.

Bis dahin hatte Emma sich die ganze Saison gefragt, ob sie besonders reizlos war. Sie weigerte sich, den Komplimenten ihrer geliebten Familienmitglieder zu glauben. Sie rechnete nicht damit, dass sie je einen Mann finden würde, denn die meisten Männer unter fünfzig – ob verheiratet oder nicht – sahen sie kaum an und entfernten sich von ihr, sobald es die Höflichkeit gestattete.

Als Lord Hamilton sie zögernd bat, mit ihren Brüdern zu sprechen und sie zu bitten, sein Leben zu verschonen, begann sie zu begreifen, warum das so gewesen war.

Emma war verständlicherweise rasend vor Wut und knöpfte sich ihre Brüder vor. Das fünf Fuß und vier Zoll große Mädchen nahm es mit ihren sechs Fuß großen muskulösen Brüdern auf und hielt ihnen eine ordentliche Standpauke, die sie niemals vergessen sollten.

Trotz des Schreckens, den ihre Schwester in ihnen hervorgerufen hatte, weigerten sie sich allerdings, dem Earl zu erlauben, ihr den Hof zu machen.

Lord Hamilton bewies seine Liebe und Hingabe zu Emma auf die einzige Weise, wie ein Mann seinen Wert beweisen kann. Es folgten wochenlang Nächte in Pubs, in denen er sich mit ihnen darin maß, wer mehr Bier trinken konnte. Danach fanden Wettkämpfe im Bogenschießen und Pferderennen statt.

Lord Hamilton bewies seine Stärke und gewann die drei Brüder erfolgreich und schlau für sich.

Einen Monat später präsentierte er – blass und mitgenommen wirkend – schließlich Emmas Vater seinen Antrag und wurde akzeptiert.

Man hätte meinen sollen, dass die Prüfungen für die Liebenden damit beendet gewesen wären. Die Brüder waren einverstanden, die Eltern zufrieden, und die Gesellschaft akzeptierte die Verbindung.

Doch die größte Hürde stand ihnen noch bevor. Der Duke von Arden hörte von der Verlobung, und damit begann der schwierigste Kampf, den die beiden jemals erlebt hatten.

Emma knabberte besorgt an ihrer Unterlippe. »Richard,

wir haben ein Problem.«

»Was für eins?«, fragte der Earl geistesabwesend.

Sie machten gerade eine Kutschfahrt durch die Stadt, und es erwies sich als furchtbar verführerisch, seine Verlobte so dicht bei sich zu haben. Er hätte sie am liebsten gepackt und geküsst. Ihre völlige Ahnungslosigkeit, was seinen Zustand betraf, und die Tatsache, dass ihr Kleid ihn gelegentlich streifte, erwiesen sich allerdings als höchst frustrierend.

Das Letzte, was er wollte, war eine ausgedehnte Verlobungszeit. Er gehörte zu jenen Männern, die, wenn sie sich erst einmal für etwas entschieden hatten, daran entschlossen festhielten und versuchten, die Aufgabe so schnell wie möglich zu erledigen.

Die Tatsache, dass seine Verlobte so unglaublich begehrenswert war, ließ ihn wünschen, sie würden nicht zwei ganze Monate warten müssen, bis die Hochzeit stattfand.

Seine Einwände waren jedoch abgewiesen worden, nicht nur von seiner zukünftigen Schwiegermutter, sondern auch von seiner zukünftigen Frau. Beide konnten sich nicht vorstellen, wie man eine Hochzeit in weniger als drei Monaten auf die Beine stellen sollte. Zwei Monate war der beste Kompromiss, den sie ihm anzubieten bereit waren.

Emma wandte sich ihm zu. »Kennst du meinen Onkel, den Duke von Arden?«

»Nein. Er hat sich aufs Land zurückgezogen, bevor ich der Gesellschaft die Ehre gegeben habe, und davor war ich in Oxford.«

»Nun, ja, aber du hast von ihm gehört?«, fragte sie ungeduldig.

»Wer hat das nicht?«, gab er mürrisch zurück.

»Seine Tochter Catherine und ich haben die Sommer miteinander verbracht. Wir sind eng befreundet, und der Duke mag mich außerordentlich gern, und er ... er hat von der Verlobung gehört.«

Der Earl hörte das leichte Zittern in ihrer Stimme und sah sie an. Jetzt bemerkte er zum ersten Mal, dass etwas ihr Sorgen bereitete.

Er hätte es schon früher bemerken können, aber seine Gedanken waren damit beschäftigt gewesen, die Hände von ihr zu lassen. Er wollte ehrenhaft sein und seiner Ehe einen guten Start geben. Seiner *Cherie Amie* war höflich mitgeteilt worden, dass sie sich zur Ruhe setzen sollte, und sie war für ihr Expertise gut abgefunden worden. Er wollte ein perfekter Gentleman werden, ehrenhaft seine Schwüre erfüllen und seiner Frau treu sein.

Er konnte es sich nicht leisten, seine neue Entschlossenheit zu ruinieren, indem er sich mit seiner Verlobten im Heu wälzte.

»Ist der Duke gegen die Heirat?«, fragte er und fühlte sich etwas elend.

»Nein, nein, das ist es nicht. Er ist zufrieden damit oder besser hocherfreut, dass ich verlobt bin. Er hat uns sogar eingeladen, die Hochzeit in einer Kirche in der Nähe seines Anwesens stattfinden zu lassen. Du würdest ihn sehr bewundern. Er ist meiner Familie gegenüber stets großzügig gewesen. Mein Vater sucht in wichtigen Angelegenheiten oft seinen Rat-«

»Du plapperst vor dich hin, meine Liebe. Raus mit der Sprache.«

Sie holte tief Luft und ließ die Worte aus sich herausströmen. »Er will, dass wir ein Jahr warten.«

»Nein!«, explodierte er.

Das war absolut unmöglich. Er würde niemals in der Lage sein, ein ganzes Jahr enthaltsam zu leben. Immerhin war er ein heißblütiger Mann.

Der Duke hatte nicht das Recht, ihm zu diktieren, wie und wann seine Hochzeit stattfand. Das würde er nicht zulassen. Schon zwei Monate waren ihm wie eine Ewigkeit vorgekommen, und der Gedanke, die Hochzeit um ein ganzes Jahr zu verschieben, führte dazu, dass ihm der kalte Schweiß ausbrach.

»Denk mal einen Moment nicht an das Ehebett und hör

mir zu«, fauchte Emma.

Der Earl drehte sich um und starrte seine Verlobte an. Er hätte inzwischen an ihre schockierende Art gewöhnt sein sollen, aber das war er nicht. Sie überraschte ihn immer wieder mit ihrer Dreistigkeit. Tatsächlich waren beim letzten Ball, den sie gemeinsam besucht hatten, drei Damen ihretwegen in Ohnmacht gefallen.

Er schüttelte missbilligend den Kopf. Wenn jemand das Recht hatte, die Gesellschaft zu empören, dann er. Aber seit sie vorhatten zu heiraten, hatte er sein Verhalten ein bisschen gezügelt. Was seine zukünftige Frau betraf, war das allerdings etwas ganz anderes.

Er würde sie an die Kandare nehmen müssen, und zwar von diesem Moment an.

»Wieso glaubst du, dass ich an das Ehebett dachte? Tust du das?«, fragte er samtweich.

Sie errötete.

Das beruhigte den Earl etwas. Ein kleines bisschen jungfräulicher Sittsamkeit schien bei ihr noch intakt zu sein.

»Nein, aber meine Mutter hat mir das gesagt. Sie meinte, dass ich vorsichtig sein müsste, wenn du da bist, weil Männer immer nur eines im Sinn haben.«

Der Earl machte ein finsteres Gesicht, obwohl ihre Mutter genau das gesagt hatte, was ihn noch wenige Augenblicke zuvor beschäftigt hatte.

»Ich kann mich beherrschen«, stieß er hervor.

»Nun, dann wirst du kein Problem damit haben, ein Jahr zu warten«, entgegnete sie verschlagen.

Er lächelte in Anerkennung ihrer Taktik. Aber er war weit schlauer als sie ihm zutraute, und er war nicht bereit, noch länger zu warten.

»Ich werde nicht länger als zwei Monate warten«, sagte er fest entschlossen. »Dazu begehre ich dich zu sehr.« Wenn sie ihre wilde Zunge nicht im Zaum halten konnte, würde er es auch nicht tun.

Emma war so verblüfft, dass sie schwieg. Sie hatte

gehofft, ihn reizen und dazu bringen zu können, seine Position als Gentleman zu verteidigen. Sie hatte nicht damit gerechnet, dass er einfach zugab, dass er sie zu sehr wollte, um warten zu können.

Sie fühlte sich seltsam erregt bei dem Gedanken. Seine Küsse hatten ihr deutlich genug verraten, dass das Ergebnis nicht vollkommen unangenehm sein würde.

Sie holte zitternd Luft. »Trotzdem können wir ein Jahr lang nicht heiraten. Mein Vater kann es sich nicht leisten, den Duke vor den Kopf zu stoßen, da er der nächste in der Erbfolge ist. Wenn wir den Duke verärgern, könnte er sich entschließen, einen anderen zu seinem Erben zu ernennen. Wir müssen seine Wünsche beachten. Kannst du dir vorstellen, dass Mr Barwinkle, unser Cousin dritten Grades, der nächste Duke wird?«, fragte sie flehentlich. »Wirklich, er sieht aus wie ein von Flöhen geplagtes Kaninchen!«

Der Earl schwieg.

»Sei bitte nicht verärgert, Richard. Meine Familie kann seine Bitte bei einer so wichtigen Angelegenheit nicht einfach ignorieren. Er ist ziemlich vernünftig. Wenn ich ihm die Angelegenheit schildere, wird er sicherlich noch einmal darüber nachdenken.« Sie legte ihm beschwichtigend eine Hand auf die Schulter. »Ich habe vor, ihn zu besuchen und zu überzeugen. Er muss einen guten Grund haben, um uns zu bitten, die Hochzeit zu verschieben. Ich muss ihm einfach nur beweisen, dass ich die richtige Wahl getroffen habe. Ich werde seine Befürchtungen beschwichtigen, und er ist intelligent genug, um sich vernünftigen Gründen nicht zu verschließen.«

Trotz Emmas Worten wurde der Earl immer verärgerter. Die Zeit des Werbens war kurz gewesen, und er hatte noch nicht genug Zeit mit ihr verbracht, um sie gut zu kennen. Ihre Brüder hatten die meiste Zeit dafür gesorgt, dass er beschäftigt gewesen war. Ein paar Momente allein mit ihr und einer Zofe, die sie stets im Auge behielt, genügten wohl kaum, um ihren Charakter kennenzulernen.

Sie hatte zugestimmt, ihn zu heiraten, und sie schien ihn

zu mögen, aber weder er noch sie hatten von Liebe gesprochen. Liebe war unzeitgemäß, und Ehen wurden entsprechend dem Status der Beteiligten geschlossen.

Der Earl hatte jedoch ziemlich altmodische Ansichten, wenn es darum ging, sich eine Frau zu nehmen. Er liebte sie, aber er kannte sie nicht. Es war eine verwirrende Erfahrung.

Er kratzte sich am Kopf und wandte sich ihr zu.

Sie sprach immer noch. Ihre Stimme war voller Wärme, ihr Gesicht leuchtete, und ein weiches, verträumtes Lächeln lag auf ihren Lippen.

Er rückte sich unbehaglich zurecht. Es war das erste Mal, dass er sich verliebt hatte, und er fühlte sich dadurch verunsichert. Er hatte einen Moment das Gefühl, als wäre er diese verfluchte Shakespeare-Figur. Wie war noch ihr Name? Ah, ja, Iago, von irrationaler Eifersucht verzehrt.

Er kniff die Augen zusammen. Wie konnte eine Frau, die so wunderschön, kultiviert und anmutig war wie sie, jemanden wie ihn lieben? Was, wenn sie nicht ihn liebte, sondern den Duke? Gewiss, der Duke war wahrscheinlich kahl, dickbäuchig, hatte Zahnlücken und war ihr Verwandter und was sonst noch, aber die poetische Weise, in der sie von ihm geschwärmt hatte, ließ es durchaus möglich erscheinen.

Er richtete sich auf und sagte herablassend: »Du bist noch nicht lange genug auf der Welt, um einen Mann zu beurteilen, meine Liebe. Er muss etliche Fehler haben, die du übersehen hast.«

»Ich bin nicht einfältig. Ich kann einen intelligenten Mann sehr gut von einem Kasper unterscheiden. Der Duke ist der Beste überhaupt«, fauchte sie wütend über seinen spöttischen Ton.

Dann wandte sie das Gesicht von ihm ab.

»Sieh mich an«, verlangte er. »Ich habe keine Lust, eine Unterhaltung mit deiner fischförmigen Dutthaarnadel zu führen.«

Sie verdrehte die Augen und streckte ihm die Zunge heraus. »Wenn du denkst, dass ich eine dieser öden Blumentopf-

Ehefrauen sein werde, die keine eigene Meinung haben, irrst du dich. Ich werde nicht mit dem Hintergrund verschmelzen und jeder dummen Laune zuhören und zustimmen. Ich habe einen eigenen Kopf und plane, ihn zu behalten. Nach der Hochzeit werde ich ihn nicht im Haus meiner Mutter zurücklassen.«

Ihre Tirade wurde jäh unterbrochen, als die Kutsche in ein Schlagloch schlingerte und sie gegen ihn geschleudert wurde.

Was er ausnahmsweise nicht bemerkte oder ihn nicht kümmerte. Seine Verlobte hätte ihn verträumt ansehen müssen, statt ihm seine Mängel vorzuhalten. Er tobte innerlich vor Eifersucht und konnte es nicht erwarten, Emma loszuwerden.

Er starrte finster aus dem Fenster. Sie hatten das Stadthaus ihrer Familie fast erreicht. Er hielt den Blick fest auf die geschwärzten Londoner Straßen gerichtet, betrachtete russgesichtige Gassenkinder statt die wunderschöne Frau.

Seine Entschlossenheit bröckelte bald genug, und er musterte sie aus den Augenwinkeln. Er sah, dass sie vor Zorn puterrot geworden war. Ihre Finger gruben sich in das weiche Leder seiner wunderschönen Sitze. Ihre Nägel würden wahrscheinlich dauerhafte Eindrücke hinterlassen.

Er riss den Kopf herum und schnaubte. Es war ihm lieber, sie zerfetzte das teure Leder und verstümmelte die Kutsche, statt dass sie ihm so übel gelaunt die Finger auf den Arm legte.

Er klopfte an die Kutschwand, um dem Kutscher zu signalisieren, dass er die Pferde schneller antrieb.

An diesem Abend waren sie beide erleichtert, als sie sich trennten.

∞∞∞

Der Earl war betrunken. Er erzählte die ganze elende Geschichte seinem Kammerdiener.

Dieser wiederum musste sich seinerseits große Mühe geben, ein ernstes Gesicht zu machen.

»Ich bin ein Mann, oder nicht?«, sagte der Earl. »Selbst wenn ein nacktes Frauenzimmer auf seinem Schoß tanzen würde, würde der uralte Duke sich nichts anmerken lassen. Während Emma-« Er machte eine Pause und trank einen großen Schluck Brandy. »Emma ist wunderschön und begehrenswert, aber ihre Zunge bringt die verruchtesten Dinge hervor. Es ist ganz sicher unterhaltsam, wenn sie sich gegen andere richtet, aber ich bin ihr Verlobter, um Gottes Willen. Weißt du was, Burns? Dieser Duke, dieser alte Nichtsnutz, hat meine reizende Emma dazu gebracht, sich in ihn zu verlieben. Ich wünschte, ich könnte irgendetwas tun! Was schlägst du vor, Burns?«

Der Kammerdiener hustete und füllte das Glas des Earls nach. Sein stattlicher Bauch wackelte, als er sagte: »Sie wird *Sie* heiraten, Mylord, nicht den Duke. Ich würde sagen, dass sie Sie liebt, aber vielleicht sollten Sie erst dafür sorgen, dass sie erkennt, dass Ihre Intelligenz feiner geschärft ist als die des Dukes. Schließlich sollte die eigene Ehefrau nicht an den Fähigkeiten ihres Mannes zweifeln. Sie werden Schwierigkeiten bekommen, ihre abstrusen Gepflogenheiten zu kontrollieren, wenn sie für jeden kleinen Ratschlag zum Duke rennt. Stellen Sie sich vor« – der Kammerdiener schien sich immer mehr für das Thema zu erwärmen – »sie möchte sechs Fische kaufen, und Sie sagen ihr, dass sie sieben kaufen soll, für den Fall, dass mit einem der Fische etwas passiert. Vielleicht verkocht er, oder er verbrennt. Aber sie … hört sie auf Sie? Nein, Sir, das tut sie nicht! Stattdessen läuft sie zu Ihrem älteren Bruder, der ihr sagt, dass sie acht Fische kaufen soll. Acht, wohlgemerkt, nicht sieben, für den Fall, dass zwei Fische verbrannt oder verkocht werden. Also, da sitzen Sie nun und denken über die Wirtschaftlichkeit von all dem nach, und über die Tatsache, dass Sie ein Essen für sechs Personen ausrichten müssen. Stattdessen bezahlen Sie am Ende für acht. Und jetzt sagen Sie mir, ist das klug? Es ist vollkommen schändlich, dass Ihre Frau Ihrem älteren Bruder zuhört und nicht Ihnen.« Am Ende angekommen, zitterte der Kammerdiener vor Gefühlen.

»Hier, trink einen Brandy.«

»Danke, Sir; ich denke, das tue ich.«

Die beiden nippten schweigend an ihren Getränken, bis ein breites Lächeln das Gesicht des Earls erhellte.

»Burns, alter Knabe, du bist brillant! Das ist es. Ich weiß jetzt, was ich tun muss. Wärst du eine Zofe, würde ich dich jetzt küssen.«

»Danke, Sir, aber bitte vergessen Sie nicht, dass ich ein Mann bin und kein Mädchen«, erwiderte der stoische Kammerdiener.

»Und, Burns, wenn deine Frau das nächste Mal einen zusätzlichen Fisch kauft, gestatte mir, ihn zu bezahlen.«

»Sehr gern, Sir.«

Kapitel 2

Emma ging im Morgenzimmer auf und ab.

Ihre Mutter verbarg ein Lächeln. »Das ist nur ein Streit zwischen Liebenden. In den nächsten Monaten werdet ihr so etwas noch häufiger erleben. Mach kein so finsteres Gesicht, meine Liebe. Du siehst damit schauderhaft aus.«

Emma blickte nur noch finsterer drein. Der Earl hatte ihr Herz erobert, seit er das erste Mal mit ihr gesprochen hatte. Und wie alle anderen weiblichen Wesen während der Saison hatte auch sie Gefallen an seinem guten Aussehen gefunden.

Er hatte schön geschnittene Gesichtszüge und blonde Haare, die verführerisch weich wirkten. Noch besser waren aber seine kornblumenblauen Augen, in denen stets der Schalk funkelte.

Er war ein Lebemann gewesen und hatte während der Saison mehr Herzen gebrochen als jeder andere Mann. Er genoss es, seine Meinung zu sagen und besonders diejenigen zu verunsichern, die sich steif gaben. Sein ganzes Wesen hatte sie angesprochen und ähnelte ihrem so sehr.

Und doch hatte er sie während des ersten Tanzes auf eine Weise behandelt, als hätte sie Flöhe. Seine Kälte hatte mehr geschmerzt als die Gleichgültigkeit von irgendjemand anderem.

Als er den Antrag gemacht hatte, war sie das glücklichste Mädchen in ganz England gewesen.

Sie hörte auf, herumzugehen, und setzte sich hin, versuchte, ihr Gesicht in eine ausdruckslose Maske zu verwandeln. Etliche tiefe Atemzüge später gab sie es auf. Es war unmöglich. Sie konnte nichts dagegen tun; sie machte sich Sorgen.

Sie dachte über seine Fehler nach – seine Arroganz und seine Besitzansprüche. Mit den Besitzansprüchen konnte sie umgehen. Verglichen mit den drei älteren Brüdern, mit denen sie aufgewachsen war, verhielt der Earl sich eher zahm. Es war seine Arroganz, die sie bekümmerte. Sie war ein denkendes Wesen, das sich weigerte zu glauben, dass ihr Verlobter keine Fehler hatte. Kein Mensch war perfekt, und es war unfair von Richard, zu erwarten, dass sie etwas anderes dachte.

Zugegeben, sie hatte sich lang und breit über den Duke ausgelassen, um ihn zu verärgern. Irgendein Kobold in ihr hatte sie dazu gedrängt. Vielleicht war es die Frustration darüber gewesen, warten zu müssen, und die Angst, dass etwas schiefgehen und die Heirat verhindert werden könnte.

Da war noch etwas, das Emma vor dem Earl verborgen hatte. Sie würde schon in einer Woche zum Wohnsitz des Dukes aufbrechen, und sie wusste nicht, wann sie zurückkehren würde.

Es konnte Monate dauern, bis sie sich wiedersahen. Die Trennung beunruhigte sie, da er ihr erst seit Kurzem den Hof machte. Was, wenn er sich in eine andere verliebte? Sie mussten immer noch so viel voneinander erfahren, und jeder Augenblick, den sie gemeinsam verbrachten, war kostbar. Mit einem unglücklichen Seufzer nahm sie ihre Näharbeit wieder auf.

Ein Blick zur Uhr verriet ihr, dass er bei seinem üblichen Morgenbesuch später dran war als sonst. Sie stach besorgt in den Stoff, fragte sich, ob sie vielleicht zu weit gegangen war, als sie sich beim letzten Treffen mit ihm gestritten hatte.

Sie war gerade damit fertig geworden, ein Blatt zu sticken, als der Butler die Ankunft des Earls meldete.

Emma zwang sich, sitzen zu bleiben, obwohl alles in ihr danach rief, aufzuspringen und zur Tür zu laufen.

Der Earl betrat das Zimmer und grüßte alle fröhlich.

Emma betrachtete forschend sein Gesicht, aber abgesehen von ein paar müden Linien um seinen Mund stellte sie fest, dass er freundlich gestimmt war.

Sie konnte erkennen, dass er begierig darauf war, allein mit ihr zu sprechen, und tatsächlich bat er ihre Mutter um die Erlaubnis für einen Spaziergang im Park.

Emma sprang auf und eilte zur Tür, noch bevor ihre Mutter ihre Zustimmung geben konnte. Glücklicherweise hatte sie an diesem Morgen ein hübsches gelbes Kleid angezogen, das für Spaziergänge geeignet war.

Sie lief weg, um ihren Sonnenschirm zu holen und ihrer Zofe Bescheid zu sagen. Bessie war schon seit Jahren bei ihr, und sie war die perfekte Anstandsdame. Sie stellte sich taub und blind, wenn sie mit dem Paar zusammen war, ließ sich in den richtigen Momenten diskret hinter die beiden zurückfallen.

Sie schritten gemächlich dahin und genossen die letzten sonnigen Tage, bevor der Herbst einsetzte. Der Sommer war vorüber, die Saison war zu Ende, und doch befleckte keine Wolke den Himmel.

Sie starrte auf die Weite vor sich und staunte über das Blau, das gut zu den Augen ihres Verlobten passte.

»Vergib mir«, sagte der Earl fröhlich. »Ich habe bei unserem letzten Treffen die Geduld verloren.«

»Das war nichts«, antwortete Emma.

Der Earl hatte erwartet, dass sie sich daraufhin ebenfalls entschuldigen würde. Er wartete einen Moment, ob sie noch etwas hinzufügen würde, aber als sie schwieg, war er klug genug, sie nicht zu drängen. Stattdessen lächelte er, freute sich über ihre gute Stimmung. Sein Herz sprudelte über vor lauter Plänen, von denen er ihr erzählen wollte.

»Wann genau brichst du zum Wohnsitz des Dukes auf?«

Emma drehte sich zu ihm um und sah ihn an. Sie wirkte besorgt, als sie sagte: »In einer Woche. Ich weiß nicht, wie lange ich bleiben muss, um ihn zu überzeugen. Es könnte ein Monat oder länger sein. Meine Eltern haben beschlossen, in London zu bleiben und nicht in unser Landhaus zu ziehen. Sie wollen vorbereitet sein, wenn der Duke einer kürzeren Verlobungszeit zustimmt, und London hat die besten Geschäfte.«

»Hervorragend!« Der Earl rieb sich genüsslich die Hände.

Emma blieb abrupt stehen und stemmte die Hände in die Hüften. »Hast du irgendwo eine Mätresse versteckt, von der ich wissen sollte?«

»Was?«

»Die Aussicht, mich möglicherweise monatelang nicht zu sehen, scheint dir ein immenses Vergnügen zu bereiten.«

»Oh, Em, du verstehst nicht. Ich habe einen Plan. Oh ja, einen exzellenten Plan.«

Emma starrte den Earl an. Er wirkte wie ein kleiner Junge, der etwas schrecklich Unartiges im Schilde führte.

Sie wartete schweigend auf eine Erklärung. Sie würde sie sich anhören und dann entscheiden, ob sie gekränkt sein sollte.

Er nahm ihre Hand und sah ihr in die Augen. »Wir sind erst seit Kurzem verlobt, und ich kann es nicht ertragen, von dir getrennt zu sein. Empfindest du genauso?«

»Ja«, sagte sie langsam. Sie fragte sich, wo das hinführen sollte. »Also, was ist dein Plan?«

»Den ganzen Morgen habe ich nachgeforscht. Es scheint, als würde der Duke ziemlich verzweifelt einen Obergärtner benötigen. Du, meine Liebe, wirst die Handschrift deines Vaters fälschen und dem Duke schreiben. Du schreibst ihm, dass ein Mann mit dem grünsten Daumen von ganz England eine gute Position finden muss, und fragst den Duke, ob er bereit wäre, ihn einzustellen.«

Emma starrte ihn an. Er konnte nicht ernsthaft vorhaben, das zu tun, von dem sie glaubte, dass er es vorhatte. Oder doch?

Er sprach eifrig weiter. »Ich habe Botanik studiert und weiß daher ein bisschen was über Pflanzen. Ich werde mich als Obergärtner ausgeben, und ich wette, dein wunderbarer Duke wird es nicht merken.«

»Du bist wahnsinnig. Du wirst noch am ersten Tag erwischt werden.«

»Ich werde nicht erwischt werden, das versichere ich dir. Und wir können mehr Zeit miteinander verbringen«, kam er triumphierend zum Ende.

»Dein Plan hat so viele Löcher, dass ich gar nicht weiß, wo ich anfangen soll.«

»Hat er nicht. Nenne mir eines.«

»Was ist, wenn dein Plan funktioniert und wir heiraten? Wie willst du dann erklären, dass du dich als sein Gärtner ausgegeben hast?«

»Der Duke hat keine Zeit, sich mit Gärtnern abzugeben. Ich werde ihn vielleicht während seiner Spaziergänge kurz sehen. Ansonsten wird er niemals wissen, wer ich bin. Ein Mensch sieht, was er zu sehen glaubt. Wenn er jemanden sieht, der wie ein Gärtner gekleidet ist, wird er das nicht hinterfragen.«

»Er vergisst niemals ein Gesicht. Du kennst ihn nicht. Dein Plan wird niemals funktionieren. Die Einstellung von Arbeitskräften ist zum größten Teil Aufgabe der Hausdame, aber sie hat eine Schwäche für gut aussehende Männer. Bei dem Duke ist das etwas völlig anderes. Dein Plan ist der lächerlichste, den ich jemals gehört habe!«

»Stell dir unsere heimlichen Treffen im Garten vor. Sie würden die perfekte Szenerie für das Umwerben abgeben. Denk nur an die heimlichen Küsse und den Hauch der Gefahr«, flüsterte er.

Emma errötete. »Und wenn wir erwischt werden?«

»Das ist das Genialste an dem Plan, Em. Wenn wir erwischt werden, wird alles herauskommen, und als Ergebnis davon werde ich dich so bald wie möglich heiraten müssen, da ich dich kompromittiert haben könnte. Und das ist doch genau das, was wir beide wollen.« Er sah sie fröhlich an.

Sie grinste zurück. Ihr Verlobter hatte einen wahrhaft schalkhaften Humor. Sein Plan klang immer machbarer.

»Was gewinne ich, wenn du die Wette verlierst?«

»Wenn der Duke mich innerhalb eines Monats entlarvt, hast du, meine Liebe, die Erlaubnis, dem Rat des Dukes bei allen Angelegenheiten zu folgen und kannst meine eigenen Worte übergehen. Ich werde mich fügen. Was könntest du mehr wollen?«

»Und wenn du gewinnst?«

»Wenn ich einen Monat durchhalte, ohne entdeckt zu werden, werde ich deiner Familie gegenüber erklären, dass ich dich kompromittiert habe. Danach wird es nur eine Frage der Zeit sein, meine Liebe, bis in aller Schnelle eine Sondergenehmigung beschafft werden wird und wir verheiratet sein werden.«

»Du bist schlimm, weißt du das?«

»Das weiß ich«, zwitscherte er.

»Warte, was ist, wenn der Duke meinem Vater wegen des Gärtners schreibt, ihm dankt und so weiter?«

»Erklär dem Duke, dass die bevorstehende Hochzeit deinem Vater so viel Stress bereitet, dass er ein bisschen geistesabwesend ist, und dass deine Mutter ihn in den Wahnsinn treibt.«

»Du hast auf alles eine Antwort.«

Der Earl lächelte und zog sie in einen Alkoven.

»Dann wirst du diesen Brief schreiben?«

»Ja, es klingt nach zu viel Spaß, um dagegen zu sein.«

»Das ist meine mutige Em«, sagte er, bevor er den Kopf neigte und sie küsste.

Kapitel 3

Emma war überzeugt, dass sie den Verstand verloren hatte. Was in aller Welt war nur in sie gefahren, dass sie dem Plan des Earls zugestimmt hatte? Er hatte zu dicht bei ihr gestanden, und sein Gerede von Küssen und heimlichen Treffen hatte ihr das Hirn vernebelt.

Wie hatte sie auch nur einen Moment glauben können, dass es ein Spaß werden würde, wenn sich der Earl als Gärtner des Dukes verkleidete? Was in aller Welt hatten sie sich dabei gedacht?

Sie saß auf ihrem Bett und starrte auf den Brief, den sie gerade dem Duke geschrieben hatte. Sie musste zugeben, dass sie die Schrift ihres Vaters überzeugend gefälscht hatte.

Sie war es gewohnt, für ihn einen Teil der Korrespondenz zu übernehmen, wenn er beschäftigt war, und seine Handschrift nachzumachen hatte ein paar Jahre zuvor unterhaltsam gewirkt. Die stetige Übung hatte ihre Fähigkeiten verbessert, und sie hatte manchmal sogar dem Duke geschrieben, wenn ihr Vater es gewünscht hatte. Der Duke hatte den Unterschied niemals bemerkt.

Sie machte sich keine Sorgen darüber, dass irgendjemand es herausfinden könnte. Der Brief würde kein Problem sein; es war vielmehr der Earl, der ihr Sorgen bereitete.

Der Earl hielt schon ihre Brüder für übel, aber der Duke war noch viel schlimmer.

Er hatte eine Tochter namens Catherine, mit der sie eng befreundet war. Wegen dieser Freundschaft hatten sie im Laufe der Jahre viel Zeit miteinander verbracht. So viel, dass sie dem Duke sehr ans Herz gewachsen war und er angefangen hatte, sie wie eine zweite Tochter zu behandeln.

Allerdings hatte diese Zuneigung dazu geführt, dass er über ihr Leben genauso bestimmte wie über das seiner Tochter. Er konnte sehr großzügig sein, aber er erwartete dafür als Gegenleistung absoluten Gehorsam. Es war ein Wunder, dass er der Hochzeit überhaupt zugestimmt hatte.

Seufzend legte sie den Brief beiseite. Sie fragte sich, ob sie ihn schicken oder dem Duke persönlich übergeben sollte, wenn sie auf seinem Wohnsitz eintraf. Es schien ihr sicherer zu sein, ihn persönlich zu übergeben. Die Post war unzuverlässig, und auf diese Weise würde er sich nicht verpflichtet fühlen, ihrem Vater zu antworten.

Sie streckte die Zehen aus, suchte die Wärme der heißen Backsteine. Bessie hatte sie wieder vergessen.

Sie zitterte in ihrem Unterkleid und zog die Decke fester um sich. Ihre Gedanken kehrten zum Earl zurück.

Für ihn war das alles ein Spiel. Er schien die Tatsache zu übersehen, dass er in den Unterkünften der Bediensteten schlafen und mit Leuten umgehen musste, die nicht seinem Stand entsprachen.

Wusste er überhaupt, was für Pflichten ein Obergärtner zu erfüllen hatte? Würde er auch nur eine Woche durchhalten? Sie glaubte es nicht. Ein Teil von ihr wollte, dass er in ihrer Nähe blieb, aber angesichts des Risikos war es besser, wenn er nicht zu lange dort blieb.

Wenn ihr Onkel den Betrug bemerkte, würden sie einen hohen Preis dafür zu zahlen haben. Der Duke würde nicht ihren Eltern die Schuld für ihre Torheit geben, aber er konnte ihnen das Leben trotzdem überaus schwer machen.

Sie fragte sich, was sie tun konnte, während sie sich auf die Lippe biss. Den Earl von seinem Plan abzubringen war unmöglich. Sie hatte keine Wahl. Sie würde abwarten müssen, wie sich alles entwickelte.

∞∞∞

Seit seiner Zeit als Student hatte der Earl sich nicht mehr so glücklich oder aufgeregt gefühlt. Der gesellschaftliche Trubel ärgerte ihn, und die letzten paar Jahre im immer gleichen alten Zirkus waren unerträglich gewesen.

Es war nicht so, dass er den Umgang mit der Gesellschaft gar nicht mochte. Doch er rieb sich an den Regeln, die die Gesellschaft aufgestellt hatte. Und die Möglichkeit, all dem zu entkommen, war einfach wundervoll.

Deshalb stürzte er sich geradezu in die Aufgabe, ein perfektes Abbild eines Gärtners zu erschaffen. Der Obergärtner konnte kein junger Mann sein, deshalb hatte sein hervorragender Kammerdiener einige Bärte und Schnurrbärte in allen Größen und Farben besorgt.

Der Earl probierte sie alle nacheinander an, bis er den perfekten gefunden hatte.

Seine Kleidung musste passend sein. Er fragte sich, ob es zu viel war, einen Gehstock und eine Tonpfeife mitzunehmen. Er beschloss, die Tonpfeife zu behalten. Er war kein guter Schauspieler; sein ehrliches Gesicht verriet viel mehr als ihm lieb war. Deshalb brauchte er eine Stütze. Er konnte seine Pfeife schmauchen, wenn er der Antwort auf eine Frage ausweichen wollte, oder so tun, als würde er sie stopfen, und sich Zeit verschaffen.

Abgesehen von seinem Kammerdiener würde niemand von seiner wahren Identität wissen. Dies war seine Chance, frei zu sein und zu tun, was ihm gefiel. Als Earl mit einem großen, florierenden Besitz musste er verantwortlich sein und ein bestimmtes Bild vermitteln.

Er konnte es sich nicht leisten, von seinen Arbeitern betrunken oder splitterfasernackt auf der Straße gefunden zu werden. Er konnte auch nicht länger mit den örtlichen Huren herumtollen oder versuchen, das Getränk seiner Großtante

Agatha mit Alkohol zu versetzen, nur um zu hören, wie sie in der Dorfkirche obszöne Lieder sang. Diese Zeiten waren längst vorüber.

Und doch hatte er jetzt die Gelegenheit, den aristokratischen Mantel abzulegen und das Leben zu führen, das er führen wollte.

Vier lange Wochen reines Vergnügen und absolute Freiheit erwarteten ihn.

Lächelnd befahl er seinem Kammerdiener, seine Taschen sorgfältig zu packen und nichts von Wert hineinzutun, nicht einmal seinen teuren Tabak. Der Geruch könnte jemanden aufmerksam werden lassen, und der Earl wollte alles richtig machen.

Vom Scheitel seiner gepuderten Haare bis zum kunstvoll unter seinen Zehennägeln platzierten Schmutz würde seine Rolle perfekt sein.

∞∞∞

Im Laufe der nächsten Tage bemühte Emma sich, den Earl davon zu überzeugen, die ganze törichte Eskapade aufzugeben. Dies war kein Spiel, sondern das wirkliche Leben, in dem die Folgen verheerend sein konnten, wenn etwas schiefging.

Der Earl vermutete, dass Emma kein Vertrauen in seine Fähigkeiten oder seine Intelligenz hatte; deshalb wuchs von Tag zu Tag sein Bedürfnis, ihr zu beweisen, dass sie sich irrte. Als Reaktion auf Emmas Skepsis verschwand schon bald auch der leiseste Zweifel in ihm.

»Wir brechen morgen früh um acht Uhr auf«, sagte Emma widerwillig.

»Wer wird dich begleiten?«, fragte der Earl.

»Bessie, meine Zofe, und ein paar Diener, die für unsere Sicherheit sorgen.« Sie hielt inne und fügte verschlagen hinzu: »Und meine Mutter, die eine ganze Woche bei uns bleiben wird.«

»Du hast bisher nie erwähnt, dass deine Mutter dort bleiben wird.«

Emma bemerkte, dass der Earl angesichts der Nachricht gar nicht aufgewühlt wirkte. Er hatte mit so etwas gerechnet.

»Ich habe sie vielleicht ein bisschen dazu gedrängt. Schließlich werde ich nicht mehr viel Zeit mit ihr verbringen können, wenn ich erst verheiratet bin«, erklärte sie zu ihrer Verteidigung.

»Und um mich zu entmutigen und unsere Pläne zunichte zu machen, bevor wir überhaupt begonnen haben«, bemerkte der Earl scharfsinnig.

»Hat es funktioniert?«, fragte sie.

»Ganz im Gegenteil, meine Liebe. Es wird mir gestatten, in aller Gemütlichkeit zu reisen und eine ordentliche Unterkunft für meinen Kammerdiener zu finden, der in einem nahen Dorf bleiben wird. Du warst wenig hilfreich dabei, meine Fragen über den Duke zu beantworten, abgesehen davon, dass du ihn für wundervoll hältst. Es wird mir die Gelegenheit geben, ein paar Nachforschungen anzustellen. Bedienstete wissen manchmal eine ganze Menge mehr, und sie reden.«

»Er wird misstrauisch werden, was deine Identität betrifft, wenn du nach uns ankommst. Und er könnte sich entscheiden, seinerseits Nachforschungen anzustellen. Er ist ein vorsichtiger Mann, und er kann nicht sicher sein, dass du kein Betrüger bist, der den echten Gärtner beiseitegeschafft hat, um die Familienjuwelen zu stehlen. Wenn er herausfindet, dass du keine andere Geschichte vorzuweisen hast als die Empfehlung meines Vaters, wird er dich aufspüren, bevor du auch nur mit der Arbeit beginnen kannst.«

»Meine Liebe, er wird es nicht herausfinden. Er kann nach Belieben Nachforschungen anstellen. Mein Obergärtner hat sich vor einem Jahr zurückgezogen, und ich bin voll und ganz in seine Rolle geschlüpft. Wenn der Duke versucht, etwas über ihn zu erfahren, wird er mir als seinem vorherigen Arbeitgeber schreiben. Ich werde eine glühende Empfehlung abgeben, da er wirklich ein exzellenter Gärtner war. Mein

Butler wird mich auf dem Laufenden halten, was Briefe und so weiter betrifft. Der Gärtner lebt in einem weit entfernten Dorf, und außer meinem Kammerdiener und mir weiß niemand, wo er sich aufhält. Sollte der Duke also nachfragen, werde ich bestätigen, dass ich ihn deinem Vater empfohlen habe, da er auf dem Land leben wollte. Die Londoner Luft hat ihn depressiv werden lassen, und ich konnte nicht zusehen, wie ein so treuer Angestellter leidet.«

»Wie kann er wissen, dass du ihn meinem Vater empfohlen hast? Vater weiß nichts von unserer Scharade, erinnerst du dich?«, fragte sie triumphierend.

»Und hier kommst du ins Spiel. Du wirst alle Briefe stehlen, die der Duke deinem Vater schreibt und sie beantworten, wenn es nötig ist. Du kannst auf den Brief antworten und sagen, dass ich den Gärtner empfohlen habe.«

Emma starrte ihn finster an. »Ich werde nichts dergleichen tun. Was ist mit meinen zarten Nerven? Sie werden niemals in der Lage sein, diese Aufregung zu ertragen.«

Der Earl begann, lauthals zu lachen.

Emma ließ ihn fröhlich prustend zurück, während sie nach Hause ging. Sie musste noch eine Menge erledigen, bevor der Tag vorüber war, und sie hatte ihre Pflicht getan und ihn gewarnt.

Er konnte sich wie ein Kind verhalten und Spiele spielen, wenn er wollte. Sie wusch ihre Hände in Unschuld, was diese ganze Angelegenheit betraf. Nachdem sie diese Entscheidung getroffen hatte, fühlte sie sich ruhiger, und sie machte sich in sehr viel besserer Stimmung an die Aufgaben des Tages.

∞∞∞

Der Earl hatte seinen Gärtnern befohlen, sich alle in einer Reihe aufzustellen.

Sie sahen ihn nervös an. Als der Earl das letzte Mal um ihre Anwesenheit erbeten hatte, war es für ein Experiment gewesen.

Er hatte gerade angefangen, an der Universität Medizin zu studieren, und Botanik war ein wesentlicher Teil seiner Studien gewesen. Er hatte die Gärtner aufgefordert, ihm bestimmte Kräuter zu besorgen.

Dann hatte er verschiedene Mixturen gemahlen, gegossen, gesiebt und gemischt. Die Gärtner waren gebeten worden, die verschiedenen zusammengemischten Flüssigkeiten zu trinken.

Die armen Kerle tranken das jeweilige Gebräu und gaben ihre Namen an, die auf die Etiketten der Flaschen geschrieben wurden, aus denen sie getrunken hatten.

Die Ergebnisse wurden vom Earl notiert und sahen folgendermaßen aus:

Gärtner eins – Übermäßige Gase – wurde von seiner Frau drei Tage lang aus dem Bett geworfen.

Gärtner zwei – Haut hat ein unansehnliches Orange angenommen – habe vielleicht ein Gegenmittel, aber der verfluchte Kerl läuft jedes Mal weg, wenn er mich sieht.

Gärtner drei - Sein Gesicht scheint sich eigenartig verändert zu haben. Es sieht aus, als hätten winzige Fische mit extrem scharfen Zähnen daran geknabbert.

Gärtner vier - Er ist noch nicht von der Toilette zurück.

Gärtner fünf - Könnte sein, dass es dem Mann Syphilis beschert hat.

... Und so ging die Liste weiter. In den nächsten fünf Jahren waren dem Earl zwanzig Gärtner aus dem Weg gegangen. Dies war das erste Mal, dass sie wieder zu ihm gerufen worden waren. Da er jetzt der Earl war, blieb ihnen nichts anderes übrig, als zu gehorchen.

Der Earl war mitfühlend, da ihre Nervosität verständlich war.

»Nun, ich habe euch nicht für irgendein Experiment hergerufen«, sagte er beschwichtigend.

Sie wirkten nicht überzeugt und musterten ihn argwöhnisch.

»Ich brauche lediglich eine Liste eurer Pflichten und Aufgaben und ein paar Stunden eurer Zeit. Ich möchte ein bisschen darüber lernen, was ihr tut.«

Jetzt wirkten ihre Gesichter alarmiert. Zweifelte der Earl an ihren Fähigkeiten? Hatte er vor, einige von ihnen wegzuschicken? Befand er sich in irgendwelchen finanziellen Schwierigkeiten?

Der Earl sprach weiter: »Ich möchte wissen, welche Arbeiten ihr verrichtet, weil ich vorhabe, mir ein eigenes Beet zuzulegen. Ich fühle mich zu der Magie der Pflanzen hingezogen. Ich möchte sie wachsen sehen und nähren, während sie Früchte tragen. Es ist ein wunderschönes Hobby, und ich brauche dazu eure Hilfe.«

Die Gärtner sahen ihn skeptisch an. Sie hatten gehört, dass Ladys sich Blumenbeeten widmeten. In ganz England hatten Obergärtner eine Heidenarbeit damit, sich zu den entsprechenden Beeten zu schleichen und das Unheil in Ordnung zu bringen, das über die Pflanzen gekommen war.

Die Ladys wiederum glaubten, dass ihre Pflanzen deshalb so wunderschöne, gesunde Blüten hatten, weil sie so einen grünen Daumen besaßen. Während sie sich anderen Ladys gegenüber mit den Erfolgen bei ihrem jüngsten Hobby brüsteten, schwitzte die armen Gärtner und schufteten, um diesen Anschein aufrechtzuhalten.

Falls sie ihn ermutigten, würde der Earl das Grauen sein. Im Stillen schworen sich die Männer, den Earl davon abzubringen, einer solchen Freizeitbeschäftigung nachzugehen.

Am Ende gaben sie ihm einen ziemlich übertriebenen Bericht von all dem, was mit dem Gärtnern verbunden war.

Der Earl entließ die Männer und setzte sich hin und dachte nach. Als Obergärtner würde er sich um die besonders empfindlichen Pflanzen kümmern und nach Pflanzenkrankheiten, schädlichen Insekten, Unkraut und fruchtfressenden Vögeln Ausschau halten müssen.

Er war auch für die je nach Größe des Anwesens zwanzig bis vierzig Untergärtner verantwortlich. Er musste kleinliche

Streitereien schlichten, die Küche versorgen, über die Früchte und das Gemüse Buch führen und dafür sorgen, dass die Blumen blühten, wenn sie es sollten, und nicht eine Minute früher. Es war eine beängstigende Aufgabe, und er hätte am liebsten auf der Stelle alles hingeworfen.

Doch dann erstand ein Bild von Emma vor seinen Augen, und seine negativen Gedanken kamen kreischend zum Halt.

Er war kein Feigling, und ein paar Grashalme würden ihn nicht davon abhalten, diese Scharade zu versuchen. Schließlich hatte er immer noch die Möglichkeit, Aufgaben zu deligieren, und alle, die ihm unterstanden, wussten, was zu tun war. Er hatte vielleicht nicht so viel Ahnung wie ein Gärtner, was Erde und Saatgut betraf, aber er wusste Einiges über Politik.

Kapitel 4

»Kannst du denn mit Pflanzen gut umgehen? Der Duke heuert nämlich kein Gesocks an, oh, nein, das tut er ganz bestimmt nicht.«

»Manche Leute sagen, ich bin ein Pflanzendoktor. Meine Rosen sind die schönsten, und die Früchte, die ich anbaue, die süßesten.«

»Hört, hört, Leute; er sagt, er ist ein Pflanzendoktor. Dann nimmst du sie, legst die zerbrochenen Zweige in Schlingen und betäubst sie mit Laudanum, was?«

»Vielleicht singst du den Kleinen ein Schlaflied vor!«

Lautes Gelächter erfüllte den Pub, während der bärtige Earl ein finsteres Gesicht machte.

Mit schmutzigen Bechern und einem Bett voller Flöhe hatte er gerechnet, aber er hatte nicht erwartet, dass er zur Zielscheibe von so viel Spott werden würde.

Es hatte damit angefangen, dass er sich den falschen Namen ausgesucht hatte. Er hätte die Identität eines anderen Gärtners annehmen sollen, aber es hatte so perfekt gewirkt, den Mann zu nehmen, der sich zurückgezogen hatte. Zudem war er praktischerweise auch noch weit weg, ohne dass jemand wusste, wo er lebte.

Er hatte sich oft über den grimmigen Ausdruck im Gesicht seines Gärtners gewundert, wann immer er ihm begegnet war. Ob gegenüber Lords oder niedrigen Bediensteten – er hatte alle mit der gleichen verärgerten Miene angesehen. Er hatte die Dienerinnen verängstigt und die Hausdame in Angst und Schrecken versetzt.

Wäre er nicht ein so wunderbarer Gärtner gewesen, hätte der Earl ihn weggeschickt. Stattdessen hatte der Mann für ihn gearbeitet, bis er das reife Alter von sechzig Jahren erreicht hatte.

Der Earl empfand Mitgefühl mit dem älteren Mann. Er warf ihm sein ernstes Gesicht nicht mehr vor, seit er ihn so verdammt gut imitierte.

Sein Plan hatte wunderbar funktioniert, bis sie sich in einer Schenke in der Nähe des Anwesens des Dukes niedergelassen hatten.

Wann immer er jemandem vorgestellt wurde, begann das Spiel von Neuem, und er wurde als der neue Gärtner auf den Arm genommen. Es war ihm unmöglich, eine Unterhaltung länger als eine Minute zu führen, ohne verärgert wegzugehen.

Sein Kammerdiener hatte sich als ein wahrer Schatz erwiesen, da er mit seinen eigenen Nachforschungen keinen Erfolg hatte. Doch dann war Burns mit seinem vollkommen ehrbaren Namen losgezogen, um so viele Informationen wie möglich zu ergattern.

»Wieso packst du, Burns?«

»Sir, wir kehren nach London zurück.«

Der Earl nahm sein schneeweißes Taschentuch heraus und legte es auf einen Stuhl. Dann pflanzte er seinen Hintern vorsichtig auf das Tuch. Als er das geschafft hatte, drehte er sich zu seinem Kammerdiener um, dessen Gesichtsausdruck den abblätternden gelblichen Wänden ähnelte.

»Und wieso tun wir das?«

»Sir, dieser Mann, der Duke, ist das Grauen. Als er das letzte Mal einen Mann erwischt hat, der versucht hat, ihn zu betrügen, hat er ihn gezwungen, die Kleider seiner Hausdame anzuziehen, ihn auf einen Esel gesetzt und ist dann mit ihm durchs Dorf geritten.«

»Hmm.«

»Mylord, sie haben … die kleinen Mädchen haben Blumen auf ihn geworfen.«

»Hör auf zu zittern. Er wird es nicht wagen, so etwas mit einem Earl zu machen.«

»Der Mann, der ihn betrogen hat, war ein Baron.«

Der Earl schluckte. Der Kammerdiener packte weiter.

»Dies ist die Prüfung der wahren Liebe, Burns. Der Duke ist ein Drache, der sich mir in den Weg stellt, während ich die wunderschöne Prinzessin beanspruche. Ich lasse nicht zu, dass er meine wunderschöne Emma entführt, auch wenn dies bedeutet, dass ich dem Tod gegenübertrete.«

»Ist sie nicht aus freien Stücken zu ihm gegangen, Sir?«

»Schon gut; dir entzieht sich die Romantik von all dem.«

»Vergeben Sie mir, aber nachdem ich zehn Jahre verheiratet bin, habe ich vergessen, was Romantik ist«, versetzte Burns.

Seine Idee, dass Burns ihn als Gleichgestellten behandeln sollte, funktionierte einfach nicht. Er hatte vorgehabt, in seine Rolle einzutauchen und seinen Kammerdiener durch Drohungen und Beschwatzen dazu zu bringen, seine Meinung frei heraus zu sagen. Jetzt, da Burns sich in die ganze Sache einzufühlen begann, stimmte es den Earl gar nicht froh.

»Wir werden nicht weggehen, bevor der Monat nicht vorüber ist, und damit ist das Thema erledigt. Pack wieder aus«, befahl er.

Burns stand da und wirkte hin und her gerissen. Seine vollen roten Wangen blähten sich erregt auf. Schließlich seufzte er und tat, wie ihm befohlen.

Der Earl nickte scharf, und nachdem er sein Erscheinungsbild in dem an die Wand genagelten schmutzigen, von Sprüngen durchzogenen Spiegel betrachtet hatte, machte er sich zum Anwesen des Dukes auf.

∞∞∞

»Ist es schwierig, eine Entscheidung zu treffen?«

Der Earl starrte Mrs Purcell nervös an. Sie musste ihn

einfach einstellen; etwas anderes konnte er nicht dulden. Die Frau vor ihm war groß und hatte ein schmales Gesicht; sie war genau die Art Mensch, die der Duke seiner Vorstellung nach einstellen würde – kompetent und kalt.

»Was könnte das Problem sein, Miss? Ist etwas nicht in Ordnung?«

»Der Duke hat mir Anweisungen gegeben, und Sie werden ausdrücklich empfohlen. Sie scheinen sich mit Pflanzen auszukennen.«

Das hoffte der Earl zumindest. Nachdem er jahrelang in Oxford unter anderem Botanik studiert hatte, sollte er in der Lage sein, Wurzeln von Trieben unterscheiden zu können.

Ganz zu schweigen von der Zeit, die er damit verbracht hatte, sich auf seinem Besitz abzuplagen, während zehn furchtbar lärmige und widersprüchliche Gärtner ihn unterwiesen hatten.

Sie runzelte die Stirn. »Es liegt an Ihrem Namen. Wie soll ich Sie nur ansprechen? Es geziemt sich nicht für eine Lady, einen solchen Namen auszusprechen. Es wäre schon peinlich genug, ihn auch nur in die Bücher zu schreiben, zumal der Buchhalter alles ansieht.«

Also ist sie auch noch prüde, dachte der Earl aufgewühlt.

»Ich versichere Ihnen«, sagte er beschwichtigend, »dass es ein ziemlich üblicher Name ist, Miss.«

»Ja, nun, das mag sein, aber niemand von denen, die bei mir beschäftigt sind, heißt so.«

Der Earl schwieg daraufhin, verfluchte seinen Bart und seine schmutzige Kleidung. Es war immer leicht für ihn gewesen, andere dazu zu bringen, zu tun, was er wollte, da er sie einfach mit seinem Aussehen und seinem Titel bezaubert hatte. Jetzt stand ihm beides nicht zur Verfügung, und ihm wurde klar, wie verletzlich er war.

Er fragte sich, wie Menschen es schafften, ohne irgendwelche Vorrechte zurechtzukommen. Jeder einzelne Tag musste ein Kampf sein, wenn man immerzu mehr von seinem Verstand abhing als davon, wie man aussah oder hieß.

Mrs Purcell tippte nachdenklich mit dem Fuß auf den Boden. »Wir warten bereits seit zwei Monaten auf einen Obergärtner. Ich habe überall gesucht. Heutzutage herrscht ein großer Mangel an verlässlichen Dienern. Und ich kann einfach nicht länger zulassen, dass die Gärten vernachlässigt werden. Die Untergärtner sind anständige Burschen, die wissen, was sie zu tun haben, aber sie streiten sich ständig.

Alle wetteifern um die Position des Obergärtners und wollen ihr eigenes Ding machen. Ich kann nicht zulassen, dass Rosen auf einem Beet mit Gänseblümchen wachsen, und ich habe nicht die Zeit, mich mit armseligen Rivalitäten herumzuschlagen. Ich bin am Ende meiner Weisheit, um es so auszudrücken. Da ich im Augenblick keine andere Wahl habe, werde ich Sie einstellen. Wohlgemerkt – Sie werden diese Stelle nur vorübergehend besetzen, bis ich jemanden finde, der Sie ersetzt, es sei denn, Sie haben vor, Ihren Namen zu ändern?«

»Ich trage diesen Namen seit mehr als sechzig Jahren, Madam. Mein Vater, sein Großvater und dessen Großvater haben alle den gleichen Namen gehabt. Es geht um meine Wurzeln. Jeder Einzelne von uns war erfolgreich darin, die herrlichsten Gärten zu erschaffen. Mein Vorfahr war Untergärtner des Obergärtners des englischen Königs. Ich möchte nicht prahlerisch klingen, aber-«

»Ja, ja, das genügt«, sagte Mrs Purcell eilig. Sie begriff, dass er einer jener Männer war, die weit ausholten. Je älter ein Mann wurde, desto gesprächiger schien er auch zu werden.

»Ist das alles, Mrs Purcell? Darf ich dann morgen mit der Arbeit beginnen?«

»Ja, Sie können um neun in die Küche kommen. Dann wird man Ihnen Ihre Unterkunft und alles andere zeigen.«

Der Earl wartete; er wusste, dass sie es würde sagen müssen.

»Danke, Mr … äh … Shufflebottom.«

Der Earl ging weg, kicherte in seinen Ärmel.

∞∞∞

Mehr als eine Woche war vergangen, und Emma fragte sich, wohin der Earl verschwunden war. Er hatte ihr nicht einmal geschrieben.

Besorgt zu sein gefiel ihr nicht, und es war seltsam, sich um die Sicherheit von jemandem Gedanken zu machen, der nicht zur engsten Familie gehörte. Sie vermisste ihn jetzt schon schrecklich.

Vielleicht hatte er beschlossen, in London zu bleiben, und die ganze dumme Scharade aufgegeben. Eigenartigerweise war sie bei dieser Vorstellung enttäuscht. Trotz all ihrer Gegenargumente hatte sie sich auf das große Vorhaben gefreut.

Sie warf einen Blick zurück zu ihrer Zofe und ihrer Cousine, die langsam hinter ihr her gingen. Emma ging gerne in flottem Tempo, während ihre Zofe zu dick war, um mithalten zu können. Ihre schlanke Cousine schlenderte gerne; die meiste Zeit steckte sie den Kopf in irgendein Buch, das sie gerade las.

Es war schwer, ihre Cousine nach draußen zu locken, und sie machte sich Sorgen um ihr Debüt im nächsten Jahr, als ihre Tagträumerei von einem Zischen unterbrochen wurde.

»Psst.«

Emma zuckte zusammen. Sie spähte zu den Apfelbäumen. Das Geräusch war laut, aber sie konnte niemanden sehen.

»Hierher.«

Emma wandte sich nach rechts und bahnte sich den Weg zu der Stelle, an der die Bäume dichter standen. Sobald sie vom Hauptpfad aus nicht mehr zu sehen war, spürte sie, wie eine Hand sich auf ihren Mund legte.

»Still, nicht schreien. Ich bin's, Richard.«

Emma nickte mit aufgerissenen Augen. Als er die Hände wegnahm, begann sie zu kichern.

Der Earl, einst der Inbegriff für hochmodische Kleidung

und beinahe so etwas wie ein Geck, trug jetzt ein schmutziges Hemd und eine schmutzige Hose. Er hatte einen langen Vollbart mit einem unvergleichlichen Schnäuzer, und sein Haar war weißgepudert. Ein paar seiner Zähne hatte er geschwärzt, und er roch nach billigem Tabak, was seine Ausstrahlung vervollständigte.

»Ich glaube nicht, dass ich dich küssen will.«

Der Earl lächelte reumütig. »Das hatte ich auch nicht erwartet. Hör zu, bevor deine Zofe uns einholt. Ich habe mir den Posten als Obergärtner verschafft und wohne jetzt in den Unterkünften der Bediensteten. Ich muss dich bald wiedersehen. Wir müssen einen Weg finden, wie wir uns gelegentlich treffen können, ohne dass jemand dabei ist. Da ich nicht zu dir kommen oder dir eine Nachricht schicken kann, musst du dir etwas einfallen lassen.«

»Gut gemacht, Richard. Ich werde versuchen, dich morgen früh in den Gärten zu finden. Meine Zofe schläft gern lange, deshalb mache ich mich häufig davon, ohne sie zu wecken. Im Haushalt des Dukes tue ich das normalerweise nicht, aber da du ein solches Risiko eingegangen bist, werde ich das auch tun.« Sie hielt inne und fragte vorwitzig: »Soll ich dann den heutigen Tag als Beginn unserer Wette betrachten?«

»Nun, ich habe heute Morgen mit der Arbeit begonnen, also ja, trage es in deinem Kalender ein. Soll ich dich um sechs treffen? Ist das zu früh? Die meisten im Haushalt werden dann noch drinnen sein.«

»Sechs ist in Ordnung. Nach wem soll ich fragen, falls ich dir eine Nachricht schicken muss?«

»Shufflebottom.«

Emma brach in schallendes Gelächter aus, während der Earl zurück zu den Gärten humpelte.

Kapitel 5

»Emma?«, rief Lady Catherine Arden, das einzige Kind des Dukes.

Emma hörte auf zu kichern und drehte sich zu ihrer Cousine um.

»Warum lachst du so?«, fragte Catherine.

Emmas Augen funkelten. »Ich habe gesehen, wie ein ungewöhnlich großes Eichhörnchen von einem schlauen mageren überlistet wurde. Es war sehr unterhaltsam.«

Catherine musterte ihre Cousine skeptisch. Manchmal konnte Emmas Phantasie es mit ihren Büchern aufnehmen. »Wir müssen umkehren. Es ist fast Teezeit, und du weißt, wie sehr Vater es verabscheut, wenn man unpünktlich ist.«

Ein Stirnrunzeln vertrieb Emmas Lächeln. Sie hatte vergessen, wie streng ihr Onkel war. Vor Freude darüber, ihre Cousine wiederzusehen, hatte sie alle negativen Aspekte von Arden beiseite geschoben. »Wie schaffst du es nur, Tag für Tag mit ihm zu leben? Immer diese vielen Regeln, und dann diese langweilige Anstandsdame!«

Catherine zuckte mit den Schultern. »So schlimm ist es gar nicht. Ich schätze, es fällt mir leichter als dir, weil ich es gar nicht anders kenne. Tantchen ist allerdings gewöhnungsbedürftig. Ich hätte meinen Vater ja um eine neue Gouvernante gebeten, aber sie ist schließlich seine Schwester. Ich bringe es nicht über mich, ihre Gefühle zu verletzen.«

»Du hast ein viel zu weiches Herz. Lady Babbage ist eine von der schlimmsten Sorte. Sie würde einen Schrein für ihre

Nadeln errichten, wenn sie könnte, und vor ihm beten.

Sie tut niemals etwas anderes als Nähen und erwartet, dass wir es genauso machen. Sie weigert sich, mit uns etwas zu unternehmen, was dir gegenüber einfach nicht gerecht ist. Wie sollst du jemals unter Leute kommen, wenn sie dich ständig im Haus festhält? Unglücklicherweise wird der Duke dich nicht rauslassen, bevor du zwanzig bist. Zwanzig ist zu spät. Ich denke, er hat Angst, dass du heiratest und ihn allein zurücklässt. Seine Liebe zu dir ist erstickend.«

Catherine drehte sich um und begann, zurückzugehen. Sie schob einen Arm unter den von Emma, um ihr zu zeigen, dass sie nicht verärgert war. »Ich glaube nicht, dass ich Probleme habe, einen Mann zu finden, wenn ich mein Debüt habe«, sagte sie lächelnd.

»Du bist die Tochter des Dukes und wunderschön.« Emma nickte. »Ich bin auf jeden Fall froh, dass du dich auf dem Land versteckt hast. Ein Blick auf dich, und der Earl hätte mich kein zweites Mal angesehen.«

»Ich denke, meine erfolgreiche Suche nach einem Mann wird mehr von meinem Status als von meinem Aussehen abhängen. Eine arrangierte Ehe, denn ich glaube nicht, dass Vater etwas anderes zulassen wird.«

»Du unterschätzt dich, wie immer. Du wirst ein erstklassiger Diamant sein, merk dir meine Worte. Ich jedenfalls wünschte, ich hätte deine goldenen Haare und deine strahlend blauen Augen.«

»Während ich mir wünsche, ich hätte deine dunklen Locken und grünen Hexenaugen«, entgegnete Catherine grinsend.

Vor ihnen wurde das Herrenhaus sichtbar – ein dunkles, furchteinflößendes Gebäude, das sich erstreckte, so weit das Auge reichte. Die dunkelgrauen steinernen Mauern wirkten im Tageslicht gar nicht so unheimlich, aber Emma war sich bewusst, dass das Haus schon in wenigen Stunden in Schatten gehüllt sein würde, wenn die Sonne zu sinken begann.

Die langen, mit Teppichen ausgelegten Korridore

würden das Quietschen der alten Dielen nicht dämpfen können, und manche Türen würden knarren, wenn man sie öffnete. Sobald der Oktober einsetzte, würde das Haus zittern und ächzen. Der heulende, gegen die Fenster peitschende Wind würde eine Lücke finden und wie eine Todesfee durchs Haus pfeifen.

Emma dankte der hellen Sonne im Stillen dafür, dass sie ihre kindlichen Ängste verringerte.

Sie gingen ins Haus und hatten noch genug Zeit, die für draußen gedachten Kleider gegen andere auszutauschen, bevor die Glocke erklang.

Emma betrat das Familienzimmer und stellte fest, dass alle auf ihren üblichen Plätzen saßen.

Lady Babbage saß in einer Ecke am anderen Ende des Zimmers, beinahe verborgen von den Vorhängen. Sie schien stets mit dem Hintergrund zu verschmelzen, so dass man oft vergaß, dass sie überhaupt anwesend war. Sie gab niemals etwas Geistreiches von sich, und ihr Geplauder war so monoton, dass die Leute es vermieden, mehr als zwei Worte mit ihr zu wechseln.

Sie strickte etwas Blaues, trug ein braunes Kleid, das sich kaum von den tiefgoldenen Brokatvorhängen hinter ihr abhob. Ihre wachsamen Augen blinzelten, als sie Emma sah. Ihr rundes Gesicht lächelte, und sie nickte begeistert.

Emma erwiderte das Lächeln und wandte sich rasch ab. Sie ging zur Duchess und zu Catherine, die zusammen auf dem langen Sofa saßen.

Das Zimmer war so üppig ausgestattet wie alles andere in Arden Manor. Wer an diese Üppigkeit nicht gewöhnt war, mochte das Zimmer einschüchternd finden. Emma hatte viel Zeit in dem Anwesen verbracht, deshalb war es für sie einfach nur das Familienzimmer. Über die teuren Stoffe und Kunstwerke hatte sie nie besonders nachgedacht.

»Meine Liebe, ich muss dir mitteilen, was mein Vater letzte Nacht zu mir gesagt hat«, erzählte die Duchess, sobald Emma sich gesetzt hatte.

Emma wechselte einen Blick mit Catherine und sah dann Lady Arden nicht sehr neugierig an.

»Er meinte, wir wären alle in Gefahr, meine Liebe. Ja, in ernster Gefahr. Er hat mich gedrängt, ganz besonders dich zu warnen, Emma. Er hält deine Pläne für dumm und glaubt, dass sie ein großes Risiko darstellen werden.«

Emma starrte sie unsicher an.

Die Duchess war zwanzig Jahre jünger als der Duke, der sie zehn Jahre zuvor geheiratet hatte. Seine erste Frau war bei einem Unfall ums Leben gekommen – sie war von ihrem Pferd gefallen und hatte sich das Genick gebrochen –, als Catherine gerade fünf geworden war. Möglicherweise verhielt sich der Duke deshalb im Hinblick auf seine Tochter so beschützend und gestattete ihr kaum, sich aus seinem Blickfeld zu entfernen. Es war nur gut, dass Catherine lieber las als sich mit Leuten zu unterhalten.

Die neue Duchess hatte sich ihre jugendliche Schönheit immer noch bewahrt. Ihre Haare waren pechschwarz, ihre Augen jadegrün, und die Mundwinkel zogen sich ein wenig nach oben. Sie war hochgewachsen und hatte eine verführerische Figur, und es war nicht verwunderlich, dass der Duke sie geheiratet hatte.

Nachdem sie ein Jahr verheiratet waren, war allerdings allen klar geworden, dass mit der neuen Duchess etwas nicht stimmte. Kurz ausdrückt, fehlten ihr im Oberstübchen ein paar entscheidende Schrauben. Sie war geistesabwesend, und wenn sie doch sprach, sagte sie die seltsamsten Dinge. So war es höchst eigenartig, dass sie eine Warnung von ihrem Vater erhalten hatte.

Emma erschauerte, als sie der Duchess in die tiefgrünen Augen sah. Das Problem war, dass der Vater der Duchess seit Jahren tot war.

Trotzdem wurde Emma nervös, als sie sie so von vereitelten Plänen reden hörte. Normalerweise war sie nicht abergläubisch, und sie hatte das Gerede ihrer Tante von Omen und Zeichen immer ignoriert. Dieses Mal fühlte sie sich aber aufgewühlt. Die Worte hatten zu sehr ins Schwarze getroffen, um sie nicht zu beunruhigen.

Der Duke betrat das Zimmer und sorgte so für die notwendige Ablenkung.

Emma hatte nicht gewusst, wie sie ihrer Tante antworten sollte. Sie drehte sich dankbar um, als er zu ihnen trat.

Er gab allen Anwesenden einen Kuss auf den Kopf.

Obwohl der Duke sich in den späten Sechzigern befand, war er immer noch ein großer, kraftvoll wirkender Mann. Er hielt den Rücken stets gerade und den Kopf auf arrogante Weise leicht schief. Seine graumelierten Haare betonten sein distinguiertes Erscheinungsbild, das viele feige Männer einschüchterte.

»Deine Mutter wird inzwischen in London angekommen sein, Emma. Ich bin mir sicher, dass du schon bald von ihr hören wirst.«

»Ja, Onkel, sie musste nach Hause zurückkehren, um sich um die Hochzeitsvorbereitungen zu kümmern.« Emma sah ihn hoffnungsvoll an. Sie musste jede Gelegenheit nutzen, sich für ihre Sache einzusetzen. Ein ganzes Jahr warten war einfach zu lang.

»Gut, gut, ich bin überzeugt davon, dass sie alles ordentlich organisiert haben wird«, erwiderte er und wandte sich rasch von ihr ab.

Da ging ihre Chance dahin. Der Duke schien erraten zu haben, worauf sie hinaus wollte, und hatte ihr nicht einmal gestattet, ihr Anliegen vorzutragen. Und jetzt wird er das Thema wechseln, dachte sie bitter.

Nachdem die Duchess ihr eine Tasse Tee und ein Stück prächtigen Obstkuchen gereicht hatte, erhielt sie die Bestätigung, denn der Duke sagte: »Ich habe Neuigkeiten. Ein paar alte Freunde von mir werden eine Weile hier wohnen. Sir Henry Barker, seine Frau und ihre Tochter Prudence. Ich bin mir sicher, dass ihr beide es genießen werdet, eine junge Lady im Haus zu haben. Währenddessen kannst du, meine Liebe, Zeit mit deiner Busenfreundin Mrs Barker verbringen. Ich weiß, wie sehr du sie magst.«

Die Duchess zuckte kurz zusammen, aber der Abscheu in ihrem Gesicht wich rasch dem Ausdruck von Freude.

Emma fühlte mit ihr mit. Prudences Anwesenheit war so ziemlich das Letzte, was sie genießen würde.

Prudence war äußerst flatterhaft. Ihr einziges Gesprächsthema war die Anzahl geeigneter Männer in England und wie sie sie in die Falle locken konnte.

Sie befand sich in der Gesellschaft, seit sie sechzehn war, aber es war keine Überraschung, dass sie noch immer unverheiratet war. Wenn sie den Mund öffnete, klang es, als würden tausend Nägel über Stahl kratzen. Ihre Mutter war eine ältere Version von ihr, auch wenn das Alter ihre Überschwänglichkeit nicht gedämpft hatte.

Catherine war die Einzige, deren Lächeln aufrichtig war. Sie bedankte sich artig bei ihrem Vater für die Neuigkeit und machte sich daran, Pläne für die Unterhaltung der Gäste zu schmieden.

Catherine hätte auch mit einem Heiligenschein um den Kopf nicht fehl am Platz gewirkt, dachte Emma verärgert.

Sie tranken in aller Ruhe ihren Tee. Danach zog sich die Duchess in ihr Zimmer zurück, und Lady Babbage folgte ihr. Der Duke begab sich in sein Arbeitszimmer, so dass Catherine und Emma sich allein zusammensetzen konnten, um ausgiebig zu tratschen.

Catherine nahm Emmas Hand und sagte gespannt: »Die ganze Zeit, als deine Mutter hier war, konnte ich nicht allein mit dir sprechen. Jetzt habe ich dich ganz für mich, und du musst mir erzählen, wie der Earl ist.«

»Er sieht gut aus, ist reich, und ein Earl«, antwortete Emma grinsend. »Ich habe ihn Miss Clearwater vor der Nase weggeschnappt.«

»Liebst du ihn?«

»Sehr.«

»Hast du ihm gesagt, dass du ihn liebst?«

»Nein, er hat nie gefragt.«

»Aber hat er dir gesagt, dass er dich liebt?«

Emma runzelte die Stirn und sagte dann langsam: »Das hat er nicht, aber er muss es auch nicht mit Worten sagen. Er verhält sich so, als würde er es tun.«

»Bist du dir sicher, dass er dich liebt? Vergib mir, aber Rosy, unsere Dienerin unten, war überzeugt, dass unser Stallknecht sie anbetet, bis sie ihn dabei erwischte, wie er mit der Dienerin von oben in einem Teich herumplanschte. Ich möchte, dass du aus Liebe heiratest. Du hast es verdient, aus Liebe zu heiraten, und wenn er es dir nicht gesagt hat, wie kannst du dir da sicher sein?«

Emma sah den Earl in seiner schäbigen Kleidung in den Unterkünften der Dienerschaft schlafend vor sich und lächelte heimlich in sich hinein.

»Ich bin mir sicher. So etwas weiß man einfach, Cat. Du wirst es auch wissen, wenn die Zeit gekommen ist. Manchmal verraten Taten sehr viel mehr als Worte zu sagen vermögen.«

»Nun, dann freue ich mich aufrichtig für dich.«

»Du hast noch eine andere Frage, sie liegt dir auf der Zunge. Raus damit, Cat, ich kenne dich zu gut. Du kannst deine Gedanken vor anderen verbergen, aber nicht vor mir.«

»Also schön. Das hier möchte ich wirklich wissen. Hat er dich geküsst?«

Emma grinste und antwortete: »Oft.«

»Oft? Aber ist das erlaubt?«

»Nein, aber wir haben es trotzdem getan.« Emma lachte.

»Ich bin noch nie geküsst worden.«

»Ich weiß. Ich denke, alle wissen es. Du wirkst unberührt, und ich weiß nicht, welcher Mann mutig genug sein wird, um diese Unschuld zu verletzen. Aber ich weiß, dass du warmherzig bist, liebevoll und loyal. Ich bin mir sicher, dass du einen würdigen Mann finden wirst. Zur Not wird der Duke dafür sorgen.«

Catherine umarmte Emma voller Zuneigung.

»Wenn ich dich so glücklich sehe, möchte ich mich auch

verlieben. Ich sollte wirklich Klavierspielen üben, wenn ich den richtigen Mann erhaschen will. Ich hoffe, ich kann ihn mit meinen Fähigkeiten fesseln, wenn schon mit sonst nichts. Ich habe sie schändlich vernachlässigt, und ich bin mir sicher, das war bei dir auch so. Wenn ich nächstes Jahr mein Debüt habe, muss ich die Gesellschaft mit mehr als nur meinem Status für mich gewinnen.«

»Du bist immer noch so bescheiden. Schön, ich werde mir anhören, wie du spielst, und nachdem ich die ganze Saison über vielen Dutzend Frauen zugehört habe, die wie schreiende Katzen klingen, wird es eine Freude sein zu hören, wie gut du bist.«

Sie verbrachten ihre Zeit zusammen, wie sie es unzählige Male zuvor getan hatten. Sie fühlten sich wohl miteinander, auch wenn Emma sich wünschte, sie könnte sich ihrer Cousine offenbaren und über all die wundervollen Gefühle mit ihr sprechen, die der Earl in ihr erweckte. Doch sie wusste, dass ihre Cousine es ausnahmsweise nicht verstehen würde, und sie hasste es, etwas vor ihr zu verbergen.

Sie hoffte, dass Catherine jemanden finden würde, den sie liebte, so dass die Kluft, die sich zwischen ihnen aufgetan hatte, wieder geschlossen werden konnte.

∞∞∞

»Hat dich jemand auf dem Weg hierher gesehen?«, fragte Richard und sah sich im Garten um.

»Nein, und mach dir keine Sorgen. Ich bezweifle, dass es irgendwen interessiert, wenn ich mit einem Gärtner spreche, der alt genug ist, um mein Großvater sein zu können. Ich kann so tun, als würde ich die Geheimnisse der Pflanzen und Blumen erlernen, um meinen zukünftigen Ehemann zufriedenzustellen. Ein neues Hobby für die zukünftige Ehefrau des Earls, und ich weigere mich immer noch, dich zu küssen. Du stinkst.«

»Wie bezaubernd. Ich habe deine entzückenden Komplimente immer geliebt.«

»Ich habe das Gefühl, dass ich dir noch nicht wirklich begegnet bin, seit du dir diese Verkleidung zugelegt hast. Ich suche immer noch nach dem Earl, von dem ich weiß, dass er hinter der theatralischen Aufmachung stecken muss.«

»Ich stimme dir zu, Em. Wir müssen einen Weg finden, wie wir uns treffen können. In den Gärten ist es zu riskant. Sie sind groß, aber auch, wenn man glaubt, verborgen zu sein, weiß man nie, wer sich da noch versteckt und einen beobachtet. Es ist so, als würden die Bäume nicht nur uns vor anderen verbergen, sondern auch andere vor uns. Verdammt; was ich sage, ergibt überhaupt keinen Sinn.«

»Ich denke, ich verstehe dich. Ich werde mir etwas ausdenken müssen, um dich irgendwo zu treffen, wo du dich nicht verkleiden musst. Erzähl mir, wie lebt es sich bei den Bediensteten?«

»Pickering ist ein Albtraum. Das ist der Butler. Er herrscht über dieses Haus, und die Hausdame hat eine heiße Affäre mit ihm. Sie tut alles, was er sagt. Ich meine, der Mann sieht aus, als würde er aus Stein bestehen. Gestern bin ich an dem Küchenmädchen vorbeigekommen, und sie hat es gewagt, mich in den Hintern zu zwicken. Pickering hat es gesehen und nicht die Miene verzogen, während ich entschieden aufgebracht war.«

»Ist sie hübsch?«

»Wer?«

»Das Küchenmädchen.«

Der Earl dachte darüber nach und sagte langsam: »Ja, das ist sie tatsächlich. Sie heißt Maria, und es hat mich überrascht, dass sie einem alten Mann wie mir überhaupt Aufmerksamkeit schenkt.«

»Du bist nicht alt.«

»Nein, aber das weiß sie nicht.«

»Hmpf, du scheinst Spaß dabei gehabt zu haben.«

Der Earl musterte ihr Gesicht und fragte dann mit heiterer Stimme: »Wieso in aller Welt bist du verärgert, Em?«

Emma stolzierte in Richtung des Rosengartens davon.

Der Earl vergaß zu humpeln, als er beinahe laufen musste, um sie einzuholen.

»Bist du eifersüchtig, Em?«

Emma starrte den lachenden Earl finster an.

»Ich habe keinen Grund, eifersüchtig zu sein.«

»Du weißt, was es bedeutet, wenn man eifersüchtig ist, ja?«

»Ich bin mir sicher, dass du es mir sagen wird, auch wenn ich wiederhole, dass ich nicht eifersüchtig bin.«

»Du protestierst zu viel, und dein Gesicht verrät dich.«

»Oh, geh weg!«

»Erst, wenn ich dir gesagt habe, was ich denke. Ich denke, deine Eifersucht bedeutet, dass du-«

»Ist irgendetwas los, Emma?«, erklang die Stimme des Dukes.

Emma hätte beinahe laut aufgeschrien. Sie musterte rasch die Umgebung.

Der Duke stand ein paar Schritte von ihr entfernt. Dankenswerterweise war er zu weit weg, als dass er ihre geflüsterte Unterhaltung hätte mit anhören können.

»Vorsichtig«, zischte der Earl und riss sie aus ihrer Bestürzung.

Emma sagte das Erste, was ihr durch den Kopf schoss. »Ich habe mich gerade mit dem Gärtner über Rosen unterhalten, Onkel.«

»Du wirkst verärgert. Hat er dich belästigt?«

»Oh, nein. Ich habe nur laut über schwarze Rosen nachgedacht. Der Gärtner sagte, dass es so etwas nicht gibt, aber ich habe bei der letzten Beerdigung welche gesehen. Sie sind in Londen der letzte Schrei ... bei Beerdigungen«, beendete sie lahm den Satz.

Der Duke drehte sich um und musterte den Gärtner.

Der Earl hatte sich verstohlen wieder nach vorn gebeugt, um sich den Anschein eines gealterten Mannes zu geben.

»Was halten Sie davon, dass Emma eine schwarze Rose gesehen hat, während Sie darauf bestehen, dass es keine gibt?«

Der Earl hörte die Drohung in der Stimme des Dukes. Er konnte nicht leugnen, dass er mit Emma darüber diskutiert hatte, aber er konnte ihr auch nicht plötzlich beipflichten. Der Duke würde es nicht mögen, wenn er Emma eine Lügnerin nannte.

Der Duke hob die Brauen, während Zeit verging.

Der Earl antwortete rasch: »Eine Rose ist eine hölzerne mehrjährige Pflanze innerhalb der Familie der Rosaceae. Der Name kommt von dem lateinischen Stamm Rosa. In der Natur bewegt sich die Farbe von Rosen zwischen weiß und dunkelrot, manchmal auch gelb. Miss hat vielleicht eine Rose gesehen, die man geschnitten und in einen Krug mit Wasser gestellt hatte, das mit Tinte vermischt war. Als Ergebnis würde eine Rose schwarz gefärbt sein. Sie könnte aber auch mit schwarzer Farbe betupft worden sein.«

Als er zu Ende gsprochen hatte, wusste er, dass er einen großen Fehler gemacht hatte. Vor lauter Stress, weil der Duke sie beinahe auf frischer Tat ertappt hatte, hatte er angefangen, nervös drauflos zu quatschen. Er fühlte sich, als würde er wieder vor seinem Botanik-Professor stehen. Der Akzent, den er sich sorgsam antrainiert hatte, war verklungen, und er hatte ganz normal gesprochen.

Der Duke legte den Kopf schief und musterte ihn scharf. Nach einer Zeit, die dem Earl wie ein Jahrhundert vorkam, fragte er gedehnt: »Wie heißen Sie? Sie wirken sehr belesen für einen Gärtner.«

»Shufflebottom, Euer Gnaden. Mein früherer Herr, der die Welt seit langem verlassen hat, hat mich unter seine Fittiche genommen, als ich noch ein Junge war. Er hat mir ein bisschen Lesen und Schreiben beigebracht. Ich hätte ein Angestellter werden können, aber ich liebte die Gärtnerei, und er hat mich in meiner Leidenschaft ermutigt. Ich habe keine Neigung verspürt, meine Bildung zu verbessern, da das in jedem anderen Bereich aussichtslos war. Mich interessierten nur Pflanzen. Tatsächlich hat mein gegenwärtiger Herr mich hierher geschickt, weil ich in London melancholisch geworden bin. Die Stadt ist sehr dunkel, und ich habe das Grün vermisst-«

»Ich verstehe, und Sie sind derjenige, der mir von Lord Grey empfohlen wurde?«

»Ja, Euer Gnaden.«

»Für wen haben Sie davor gearbeitet?«

»Für Lord Hamilton.«

»Der gegenwärtig mit Emma verlobt ist?«

»Ja, Sir.«

Die ganze Unterhaltung fühlte sich verdächtiger an, als es dem Earl lieb war. Er hatte die ganze Szene mehr als einmal in seinem Kopf durchgespielt. Das Ende und auch der Beginn waren immer sehr zufriedenstellend gewesen. Er war überzeugt, dass der Duke ihn als Betrüger erkannt hatte.

Der Duke richtete den Blick ein bisschen zu lang auf sein Gesicht, bevor er sich abwandte.

»Emma, begleite mich.«

Emma sah den Earl nervös an und folgte dann dem Duke. Ihr blieb nichts anderes übrig.

»Emma, hast du diesen Gärtner vorher schon einmal gesehen?«

Emma ließ sich einen Moment Zeit mit der Antwort. »Onkel, ich … das heißt Mutter und ich haben den Earl in seinem Haus in London besucht. Damals war seine Schwester zu Besuch, und ich habe auch den Gärtner gesehen. Aber ich habe mich gerade erst wieder an ihn erinnert, als er erwähnt hat, dass er für den Earl gearbeitet hat.«

»Verstehe. Wieso bist du allein herumgegangen?«

»Ich bin früh aufgewacht, und manchmal gehe ich vor dem Frühstück gern ein wenig spazieren. Meine Zofe fühlte sich nicht gut, deshalb habe ich sie schlafen lassen. Ich hatte nicht das Herz, Lady Babbage zu stören.«

»Wenn du keine geeignete Anstandsdame hast, solltest du nächstes Mal im Haus bleiben, Emma.«

»Ja, Onkel«, antwortete sie leise.

Er hätte wütend sein müssen, aber er schien gedanklich mit anderen Dingen beschäftigt zu sein. Sie fragte sich verunsichert, ob der Earl sein Misstrauen erregt hatte. Der Duke würde wahrscheinlich jetzt anfangen, Nachforschungen anzustellen, was bedeutete, dass sie seine Briefe durchgehen musste, um sicherzustellen, dass das Geheimnis des Earls gewahrt blieb.

Im Stillen verfluchte Emma den Earl und sein Gebrabbel. Es war schwer, seine Herkunft zu verbergen, und er hatte nicht genug Zeit gehabt, einen Akzent einzustudieren. Dennoch war es *sein* dummer Plan.

Oh! Warum hatte er unbedingt Latein von sich geben müssen!

Kapitel 6

»Du scheinst durcheinander zu sein, meine Liebe. Stimmt etwas nicht?«

Emma sah Lady Babbage überrascht an. Sie hatte nicht damit gerechnet, dass sie so wahrnehmungsfähig sein konnte. Nicht einmal Catherine war sich des Aufruhrs bewusst, der in ihr tobte.

Sie machte sich wegen des Earls Sorgen, und sie war sicher, dass der Duke schon bald beginnen würde, Nachforschungen anzustellen. Sie würde sich in sein Arbeitszimer stehlen und seine Briefe durchgehen müssen. Sie konnte nicht zulassen, dass der Duke den Hintergrund des Gärtners durchleuchtete, indem er den Bow Street Runners oder privaten Ermittlern schrieb.

Es war nicht länger auszuschließen, dass ihr Vater einen Brief erhielt und dann leugnen würde, jemals einen Gärtner geschickt zu haben. Korrespondenz, die an Richard gerichtet war, würde den Earl erreichen, aber es mochte sein, dass der Vorfall am Vormittag den Duke argwöhnisch gemacht hatte und ihn dazu brachte, ihm nicht zu vertrauen.

Es wurde von Tag zu Tag schwerer, die Scharade aufrechtzuhalten, und es begann sich bereits abzuzeichnen, dass eine Lüge der anderen folgen würde.

Emma zwang sich, entspannt zu wirken, als sie Lady Babbage antwortete. »Nein, es geht mir gut. Ich bin heute Morgen früh aufgewacht, deshalb bin ich etwas müde.«

»Bist du dir sicher, dass dich nichts beunruhigt? Du

kannst mir vertrauen, und ich bin wohl kaum eine Klatschtante. Vielleicht kann ich dir helfen?«

»Danke, aber es ist wirklich nichts.»

Lady Babbage forschte in Emmas Gesicht nach etwas und schüttelte schließlich unzufrieden den Kopf. Dann beugte sie sich vor und tätschelte ihr die Hand.

Ihre Besorgnis rührte Emma. Vielleicht hatte sie Lady Babbage ein bisschen zu hart beurteilt. Sie war langweilig, das ließ sich nicht leugnen, aber sie war auch freundlich. Emma lächelte sie zum ersten Mal aufrichtig an.

Es stimmte auch nicht, dass Catherine ihren Zustand nicht bemerkt hatte. Kaum waren sie allein, wollte ihre Cousine wissen, was los war.

Emma verspürte den Drang, einfach alle Geheimnisse preiszugeben. Aber sie hatte dem Earl ihr Wort gegeben, und Catherine fand die ganze Sache möglicherweise nicht so unterhaltsam, wie sie hoffte. Schließlich ging es darum, ihren Vater anzulügen. Und dann täte Catherine recht daran, mit ihr zu schimpfen, denn den Duke zu täuschen war kein Spaß mehr.

»Vermutlich vermisse ich Richard«, murmelte Emma. Und das stimmte ja auch zum Teil.

Catherine akzeptierte die Erklärung; sie vertraute darauf, dass Emma nichts vor ihr verbarg.

»Die Barkers sind heute Nachmittag angekommen. Mama hat sie in den Gästegemächern untergebracht. Sie ruhen sich noch von der langen Reise aus und werden zum Abendessen bei uns sein.«

Emma wurde immer niedergeschlagener. »Oh, können wir sie nicht einfach zurückschicken?«

»Ich glaube nicht, dass wir Prudence noch Frösche ins Bett stecken können. Wir haben keine andere Wahl, als uns wie wohlerzogene Frauen zu verhalten und sie so lange bei uns wohnen zu lassen, wie sie möchten.« Sie schwieg einen Moment und sagte dann: »Ich verstehe nicht, wieso Vater Sir Henry Barker als guten Freund bezeichnet. Ich habe noch nie erlebt, dass die beiden eine sinnvolle Unterhaltung geführt hätten, und ich bezweifle, dass die Barkers auch nur eine Unze Intelligenz besitzen, um bei meinem Vater irgendein Interesse zu erwecken.«

Emma sah Catherine an. Es war das erste Mal, dass sie hörte, wie ihre Cousine schlecht über jemanden sprach. Was hatte die Verärgerung in ihrem Gesicht erzeugt?

Catherine sprach leise, aber aufgewühlt weiter. »Als du letztes Jahr nach London gegangen bist, habe ich begriffen, dass wir erwachsen geworden sind. Ich konnte es mir nicht länger leisten, eine Traumtänzerin zu sein. Ich fing an, Menschen zu beobachten, um meine Schüchternheit zu überwinden. Wenn man etwas genauer kennt, verliert man die Angst davor. Ich lerne immer noch und behaupte nicht, dass ich eine Expertin für menschliches Verhalten wäre.

Da ich früher immer so ruhig und versonnen war, sind Menschen, die mich kennen, schneller unachtsam. Ich habe Mrs Barker beobachtet, als sie angekommen sind. Du hast in der Zeit einen Mittagsschlaf gemacht, und ich war in der Bibliothek, um mir ein Buch zu besorgen. Was ich gesehen habe, hat mich erkennen lassen, dass manche Menschen wirklich bösartig sind.«

»Was hast du gesehen?«

»Vielleicht interpretiere ich ja ein bisschen zu viel hinein, und ich will deine Wahrnehmung nicht beeinflussen, deshalb will ich es dir lieber nicht sagen. Beobachte sie einfach heute Abend beim Essen und finde heraus, ob dir etwas eigenartig vorkommt. Versuche, ihre grelle Stimme zu überhören, und achte lieber auf alles, was sie von sich gibt. Ich möchte deine Meinung hören, bevor ich ganz davon überzeugt bin, dass ich recht habe.«

Emma betrachtete das Gesicht ihrer Cousine, während sie sich an das letzte Mal erinnerte, als Prudence längere Zeit bei ihnen gewohnt hatte. Sie war eine Nervensäge gewesen, hatte ständig nach Mängeln gesucht und alles kritisiert, was Cat getan hatte. Häufig war sie mit gemeinen Geschichten zum Duke gerannt. Sie hatte es nicht gewagt, Emma zu beleidigen, denn sie wusste, dass Emma es ihr mit gleicher Münze heimgezahlt hätte.

Während der ganzen Zeit, die Prudence bei ihnen verbracht hatte, war Catherine immer gutmütig gewesen. Jetzt aber wirkte ihre Cousine entschieden verärgert, nur einen Tag nach der Ankunft der Barkers.

Mrs Barker hatte schon immer genauso flatterhaft gewirkt wie ihre Tochter. Sie war dumm, aber harmlos, deshalb war Emma mehr als erstaunt, dass ihre engelhafte Cousine Mrs Barker als bösartig beschrieb.

Insgeheim war Emma allerdings erfreut, dass es etwas gab, das die Beherrschung ihrer Cousine durchbrechen konnte, auch wenn sie sich nicht sicher war, ob es in Ordnung war, wenn sie das hier irgendwie genoss. Aber ihre eigenen Sorgen schienen weniger bedrückend zu sein, und bei der Aussicht auf ein bisschen Unterhaltung anstelle eines unangenehmen Essens kehrte ihre gute Laune wieder zurück.

∞∞∞

Der Earl knurrte frustriert. Alle paar Minuten erstand die Begegnung mit dem Duke vor seinen Augen und verspottete ihn. Sehr schlau, dachte er gereizt. Redest wie ein Narr vor dem Duke, um Emma zu beeindrucken. Genau deshalb war er hier – um sich selbst komplett zum Narren zu machen und den Duke noch großartiger wirken zu lassen als König George.

Er sollte seine Sachen packen und nach London in sein Haus zurückkehren. Er war eine armselige Witzfigur von Earl, und seine ganze tolle Ausbildung war mehr ein Hindernis als eine Hilfe. Ganz egal, wie sehr er es auch versuchte, sein vornehmer Akzent ließ sich nicht einfach so in die ungehobeltere Version eines Gemeinen verwandeln. Das war ein anderer Grund, weshalb die anderen Bediensteten sich über ihn lustig machten.

Sein einziges Vergnügen waren die paar gestohlenen

Minuten in den Räumen seines Kammerdieners, wo er sich ein Bad bereiten ließ und es genoss, darin einzutauchen. Vom vielen Beugen und Bücken über den Blumenbeeten fühlte er sich inzwischen so alt wie der Gärtner, den er spielte. Er ließ sich tiefer in die Wanne gleiten und wackelte lustvoll mit den Zehen.

Sein Ego hatte ein paar ordentliche blaue Flecken abbekommen. Auf ihm war herumgetrampelt worden, Fersen waren wiederholt in bestimmte wunde Punkte gedrückt worden.

Er erinnerte sich an eine schreckliche Zeit, als er sich verloren zwischen Fremden gefühlt hatte. Er war damals zehn Jahre alt gewesen. Seine Mutter hatte ihn fest umarmt und sein neues Hemd vollgeheult, bevor sie ihn an einem prestigeträchtigen Internat abgesetzt hatte, das passenderweise den Namen »Die strenge Akademie für Gentlemen« trug.

Sein Vater hatte ihm nachdrücklich erklärt, dass dies für eine Weile sein Zuhause sein würde. Dennoch hatte sein junger Verstand einfach nicht begreifen wollen, dass er nicht nach Hause gehen würde, nachdem er einen Tag lang mit gleichaltrigen Kindern gespielt hatte. Er hatte angenommen, dass seine Eltern gescherzt hatten.

Als es Zeit fürs Mittagessen war, hatte er genug. Nachdem er eine armselige Suppe, feuchtes Brot und den übelsten Reispudding von ganz England bekommen hatte, konnte er es nicht mehr ertragen.

Er warf den Löffel hin und stieß einen durchdringenden Wutschrei aus. Es kümmerte ihn nicht mehr, ob die anderen Jungen ihn für ein Baby hielten, weil er weinte. Er brüllte und schrie, aber das schien niemand zu interessieren. Er wurde von einem Lehrer getätschelt, aber ihm wurde auch in aller Deutlichkeit gesagt, dass er würde bleiben müssen. Der Earl wertete dies als Herausforderung. Der Fehdehandschuh war geworfen worden.

Einige andere Jungen hatten in seinen inbrünstigen Schrei miteingestimmt, und während die Lehrer sich eilig bemühten, die vielen schreienden Kinder zu beruhigen, wischte der Earl sich die Tränen ab und stand auf. Er reckte die Schultern und ging langsam auf die Tür zu, packte den Messinggriff mit seinen kleinen, fettigen Händen und drehte ihn mit aller Macht herum.

Die Tür öffnete sich ächzend, und er war schnell wie der Blitz davon, rannte zum Haupteingang. Bevor die Lehrer auch nur begriffen, was geschehen war, war er draußen in den Gärten.

Die Wachen bemerkten, dass der Earl aus dem Tor lief, und versuchten, den Jungen aufzuhalten.

Der Earl nutzte all seine Tricks und wich ihnen aus. Er sprang in die Luft, machte einen doppelten Salto und rollte mit der Geschwindigkeit eines übereifrigen Cricket-Balls über den Boden. Er tauchte unter den Armen der Wachen hindurch und rutschte zwischen ihren Beinen weiter auf dem Weg in die Freiheit.

Er hatte einen guten Start, und einige Schüler, die vom Anblick des weglaufenden Earls ermutigt wurden, folgten seinem Beispiel.

Die Lehrer rannten holterdiepolter hinterher, fingen Jungen verschiedener Größe, und in der Verwirrung kletterte der Earl schlauerweise auf einen Apfelbaum außerhalb des Schulgeländes. Er saß da und mampfte einen saftigen Apfel, während die ganze Belegschaft der Schule mit Fackeln herauskam und den Abtrünnigen jagte.

Die Dunkelheit war sein Vorteil. Der Earl wurde nicht entdeckt. Als er es für sicher hielt, rutschte er den Baum hinunter und eilte zur Hauptstraße. Er benutzte sein Taschengeld, um die Fahrt zu seinem vier Stunden von der Schule entfernten Zuhause zu bezahlen.

Seine erbärmlichen Finanzmittel hätten ihn nicht bis dorthin bringen können, aber ein alter Bauer hatte ein weiches Herz. Glücklicherweise fuhr er in die gleiche Richtung, und einen kleinen tränenverschmierten Jungen mitzunehmen, machte ihm keine Umstände. Er wickelte den Jungen in eine Decke und legte ihn hinten auf die Pritsche.

Der Earl schlief friedlich und wachte erst zum entsetzen

Kreischen seiner Mutter wieder auf.

Nach nur zwei Tagen wurde er erneut bei der Schule abgeliefert. Aber dass er die gesamte Schule ausgetrickst hatte, machte ihn bei den anderen Jungen zu einem Helden. Sie sahen bewundert zu ihm auf.

Seine brillanten Ideen, Lehrer an Stühlen festzukleben, Spinnen in Schubladen zu legen und Bedienstete zu bestechen, um Süßigkeiten zu bekommen – um nur einige zu nennen –, verschafften ihm die Loyalität und Liebe seiner Klassenkameraden.

Als er etwas älter wurde, errang er den Respekt seiner Kameraden, weil er der Erbe des Hamilton-Besitzes und des Earl-Titels war. Abgesehen von seinem Stand in der Gesellschaft war der Earl auch wegen seines Wesens beliebt. Seine Freundlichkeit und Umgänglichkeit, sein Charme und seine Neigung zum Unfug machten es anderen schwer, ihn nicht aufrichtig zu mögen. Abgesehen davon, dass er sich gelegentlich prügelte – was bei einem heranwachsenden gesunden Jungen als völlig normal betrachtet wurde – führte der Earl ein leichtes Leben.

Dieses leichte Leben setzte sich fort, bis er achtzehn wurde, denn kurz danach starben seine Eltern.

Sie waren nach Afrika gereist, aber ihr Schiff war in einen Sturm geraten und gekentert. Damals hatte er angefangen zu lernen, was Verantwortung bedeutete, aber selbst damals war er von seinen Kameraden gut behandelt worden.

Niemals in seinem Leben hatte man ihn so unbarmherzig geneckt. Jemand, der mit Verhöhnungen aufgewachsen war, hätte vielleicht besser damit umgehen können. Vielleicht wäre er immun dagegen geworden, hätte gelernt, die Sticheleien zu ignorieren oder einfach über sie zu lachen.

Der Earl wusste nicht, wie er reagieren sollte, und seine wütenden Ausbrüche erfreuten und ermutigten die Rüpel. Es war trostlos, ein Leben als Bediensteter zu führen, und sie suchten und fanden Freude in ihren Spielen, so armselig und grausam sie auch waren.

Nicht alle behandelten ihn schlecht, wie er bemerkte. Die Köchin hielt immer das zarteste Fleisch für ihn zurück, um es seinen alten Zähnen leichter zu machen. Die Hausdame hielt höflichen und respektvollen Abstand zu ihm, und die Untergärtner wagten es nicht, sich mit ihm anzulegen, da er derjenige war, der das Sagen hatte.

Die Stallknechte allerdings, Pickering, der Butler, und die verschiedenen anderen Helfer auf dem Besitz hatten keine Skrupel, sich einen Spaß mit ihm zu machen und ihn wieder und wieder zu ärgern.

Der Earl brodelte im Stillen. Er wollte nicht noch länger bleiben, aber auf perverse Weise wollte er die Scharade bis zum Ende durchziehen und das Spiel gewinnen. Er war weder ein Feigling noch einer, der aufgab. Wenn er sich erst für etwas entschieden hatte, blieb er mit starrköpfiger Verbissenheit dabei.

Er beschloss, damit zu beginnen, Risiken einzugehen. Der Duke konnte jederzeit seine Identität herausfinden, deshalb hatte er nicht mehr die Muße, die Dinge langsam anzugehen.

Er würde seinen Spaß haben, da es das war, weshalb er die ganze Sache überhaupt begonnen hatte. Er konnte immer noch entkommen, bevor der Duke ihn in den Kleidern einer Lady auf einen Esel setzte.

Auf seinem Gesicht breitete sich langsam ein Lächeln aus, als er seinen nächsten Zug plante.

»Sie ähneln allmählich einer getrockneten Weintraube, Mylord.«

Der Earl grinste, als er aus der Wanne stieg. Er wollte sofort zurück zum Arden-Anwesen und seine Pläne umsetzen.

Kapitel 7

Als Emma das Esszimmer betrat, blieb sie einen Moment verblüfft und sprachlos stehen. Die Gäste saßen bereits, aber sie wünschte, es wäre nicht so gewesen.

Mrs Barkers Oberweite quoll aus ihrem scharlachroten Kleid, und eine fast schon hysterische Emma fragte sich, ob der Lakai wohl den Teller auf den gigantischen Brüsten balancieren konnte. Ihre aufrechte Position ermöglichte ihr einen hervorragenden Einblick in die unendlichen Tiefen von Mrs Barkers üppigem Busen.

Sie beeilte sich, neben Catherine Platz zu nehmen.

Sie wechselten einen raschen Blick und unterdrückten ein Kichern. Catherine neigte diskret den Kopf nach rechts. Emma musste sich zwingen, den offenen Mund wieder zu schließen, als sie in die angedeutete Richtung sah.

Dort saß Prudence Barker in einem Kleid in kräftigem Pink und trug eine Frisur, die es mit dem Tower von London hätte aufnehmen können.

Emma konnte kaum den Diener sehen, der hinter der Masse an schwarzen Locken stand. Die Haare waren in eine konische Form gebracht und um eine weiße Teekanne aus Porzellan drapiert worden.

»Das ist eine interessante Frisur, Prudence«, bemerkte die Duchess. Der außerordentliche Anblick riss selbst sie aus ihrer Betäubung.

»Ja, nicht wahr?«, antwortete Prudence. »In Frankreich ist sie der letzte Schrei. Nun, die Countess von Elridge, die, wie wir alle wissen, der Inbegriff für Mode ist, hatte ein Schiff auf dem Kopf. Ich habe mich für eine Teekanne entschieden. Es ist schwierig, den Kopf so zu bewegen, dass der Tee nicht herausläuft und das Kleid ruiniert, aber ich denke, ich habe gelernt, diese Kunst zu meistern.« Ihre Haut rötete sich vor Vergnügen, dass sie ein solches Aufsehen erregt hatte.

»Sicherlich müssen Sie keinen Tee in die Teekanne füllen?« meinte der Duke höflich. »Es ist ja nicht so, als würden Sie ihn trinken, da er bereits bitterkalt sein muss. Und es muss schwierig genug sein, ihn aus Ihren Haaren zu bekommen.«

»Oh, aber wenn man etwas tut, muss man es richtig tun«, zwitscherte Mrs Barker. »Meine Tochter ist jetzt lang genug in der Gesellschaft, um zu wissen, was angemessen ist.« Sie warf Catherine einen bedeutungsvollen Blick zu.

Catherine, deren Haare in einer eleganten Haube verschwanden, wurde nicht einmal rot und lächelte einfach nur freundlich zurück.

Sie schwiegen eine Weile, als das Essen serviert wurde. Nachdem die Bediensteten wieder gegangen waren, beugte sich Mrs Barker vor und wandte sich an den Duke: »Ich hatte diese gewagte Farbe heute eigentlich nicht tragen wollen, Euer Gnaden«, sagte sie einfältig lächelnd. »Ich meine, ich bin zu alt, um so etwas anzuziehen. Aber Pupsi wollte es so. Sie hat darauf bestanden.«

Emma sah Catherine an und formte stumm das Wort »Pupsi«, woraufhin Catherine sogleich unter dem Tisch verschwand und so tat, als müsste sie eine heruntergefallene Gabel aufheben. Ihre Schultern bebten besorgniserregend, als sie lautlos lachte, und Emma musste sich alle Mühe geben, nicht mit einzustimmen.

Der Duke konnte nicht anders – er starrte auf das betreffende Kleid. Genau das war die ganze Zeit Mrs Barkers Ziel gewesen. Er wandte den Blick rasch ab und räusperte sich. »Die Farbe ist schmeichelnd, und so alt sind Sie noch nicht, Mrs Barker.«

»Ich fühle mich deutlich besser, seit Sie Ihre

Anerkennung geäußert haben. Ich hatte mir schon furchtbare Sorgen gemacht, dass es unangebracht ist, es in Ihrem Haushalt zu tragen, aber jetzt weiß ich, dass ich bei derartigen Farben keine Bedenken haben muss«, sagte Mrs Barker kichernd.

Emma grub die Fingernägel in die Handfläche, als sie eine Faust ballte. Mrs Barker wusste nur zu gut, dass nicht die Farbe ihres Kleides unangebracht war, sondern der Schnitt.

»Ich muss Sie warnen, Mrs Barker«, sagte da die Duchess. Ihre Worte führten dazu, dass alle mitten in der Bewegung erstarrten.

»Mich warnen?«, fragte Mrs Barker nervös.

»Nun, ja, meine Liebe. Ich habe es den anderen hier bereits gesagt, und weil Sie unser Gast sind, muss ich Sie ebenfalls vor der drohenden Gefahr warnen.«

Emma entspannte sich und aß weiter.

»Vor was für einer Gefahr?«, fragte Mrs Barker gereizt.

»Dieses Haus ist in eine Phase eingetreten, in der Geister wandeln. Die Gefahr lässt die Wände summen, und die Verstorbenen möchten, dass wir gewarnt sind. Schon bald wird es eine Katastrophe geben, und ich fürchte, dass Sie jetzt ebenfalls davon betroffen sind. Sie können abreisen, wenn Sie möchten, wir würden es Ihnen nicht verübeln.«

Emma hätte am liebsten laut gelacht. Die Duchess versuchte, Mrs Barker auf die einzige Weise, die ihr möglich war, zum Packen zu bewegen. Wie sie sah, musste auch Catherine ein Lächeln unterdrücken.

»Ich danke Ihnen für Ihre Besorgnis, Euer Gnaden, aber als gute Freunde der Familie wäre es kaum angemessen, wenn wir mitten in der Gefahr abreisen. Wir werden bleiben, denn ich glaube, Sie werden alle Hilfe brauchen, die Sie kriegen können«, sagte Mr Barker zur allgemeinen Überraschung.

Gewöhnlich war er schweigsam und mehr an seinem Portwein interessiert als an Gesprächen. Als er jetzt mit fester Stimme darauf bestand zu bleiben, machte das alle nachdenklich. Sogar Mrs Barker wirkte befremdet.

»Sie sind hier willkommen, so lange Sie möchten, wie

immer die Umstände auch sind«, sagte der Duke und warf seiner Frau einen bezwingenden Blick zu.

»Danke, Sie geben uns immer das Gefühl, dass wir höchst *willkommen* sind«, antwortete Mrs Barker, wobei sie das vorletzte Wort unnötig stark betonte.

Dieses Mal war die Anspielung für alle deutlich zu hören, abgesehen vielleicht von der Duchess, die damit beschäftigt war, eine einseitige Unterhaltung mit einem unsichtbaren toten Vorfahr zu führen.

»Diese Ente ist wunderbar. Ich muss das Rezept für die Sauce bekommen«, sagte Lady Babbage in die unangenehme Stille hinein.

Niemand wies darauf hin, dass Lady Babbage, die mit dem Duke unter einem Dach lebte und gedachte, dies bis zu ihrem Todestag weiter zu tun, das Rezept nicht kennen musste. Und es erklärte ihr auch niemand, dass die Ente in Wirklichkeit ein Hühnchen war.

Alle stürzten sich sofort darauf, über das Essen zu sprechen, und verbrachten die nächsten paar Minuten damit, sich über den unterschiedlichen Geschmack von Lamm und Rind auszulassen und mitzuteilen, wer was bevorzugte. Sie hatten angenommen, dass Mrs Barker nach dem unangenehmen Moment aufgeben würde, aber sie irrten sich, denn sie vergaßen, wie begriffsstutzig sie war.

Sie wedelte mit einer Gabel, auf der eine Tomate aufgespießt war, während sie sprach und mit ihrer schrillen Stimme alle anderen übertönte.

»Das Essen ist köstlich«, sagte sie und leckte sich die Lippen. »Aber nun ja, Sie haben stets das Beste, Euer Gnaden. Ich hätte nicht übel Lust, für immer hier zu bleiben«, kicherte sie.

Die Wirkung wurde zerstört, als sich die Tomate löste und in den Spalt ihres bemerkenswerten Busens fiel. Unglücklicherweise bekam sie davon nichts mit und wunderte sich nur, warum Emma so vergnügt kicherte. Catherine war kurz davor, es ihr gleichzutun. Die zurückkehrenden Bediensteten verschafften ihnen einen Moment Zeit, sich zu beruhigen.

Das Mahl ging auf ähnliche Weise zu Ende, und die beiden Cousinen waren sowohl wütend als auch erheitert. Die Männer blieben anschließend noch, um Portwein zu trinken, während die Frauen sich in den Salon zurückzogen.

Catherine machte sich daran, Tee einzuschenken und herumzureichen, und Emma trat neben sie. Sie konnte nicht darauf warten, dass alle sich in ihre Zimmer zurückzogen, sondern musste unbedingt sofort loswerden, was sie zu sagen hatte.

»Ich habe Mrs Barker noch nie so verzweifelt gesehen. Liegt es an mir, oder hat sie wirklich die ganze Zeit auf unerhörte Weise mit dem Duke geliebäugelt?«

»Genau das ist es, was mir heute Nachmittag aufgefallen ist. Ich bin mir sicher, dass sie auch früher schon mit ihm geliebäugelt hat, aber dieses Mal treibt sie es zu weit. Es ist peinlich, und es überrascht mich, dass Mr Barker nichts dazu sagt, oder auch der Duke«, sagte Catherine besorgt.

»Du musst einen Witz machen, Cat.« Emma forschte im Gesicht ihrer Cousine, und als sich kein Grübchen bildete, sprach sie weiter. »Der Duke würde sie niemals ernst nehmen. Sie hat sich selbst zum Narren gemacht, und du solltest sie einfach nur als amüsante Ablenkung betrachten.«

»Der Duke ist ein Mann, Em, und wie sehr wir auch um das Thema herumtänzeln, meine Stiefmutter ist nicht ganz bei sich.«

Emma legte Catherine eine Hand auf die Schulter, die sich angespannt anfühlte. »Der Duke sieht immer noch gut aus und ist extrem mächtig. Die letzte Person, an die er sich wenden würde, wäre Mrs Barker. Vielleicht braucht er irgendeine Ablenkung, eine Mätresse, wenn er nicht bereits eine hat. Aber er wird niemals auf eine Frau wie sie reinfallen.«

»Ich hoffe, du hast recht. Ich nehme an, ich habe mir nie die Mühe gemacht, darüber nachzudenken, welche Auswirkung der Wahnsinn meiner Stiefmutter auf meinen Vater haben könnte. Ich hoffe, es gibt da jemanden, die ihn liebt.«

»Er hat dich, und was eine weibliche Gefährtin betrifft, glaube ich nicht, dass es deine Sache ist, dir darüber Gedanken zu machen.«

»Ich bin vermutlich einfach nur überrascht worden. Ich habe noch nie zuvor miterlebt, wie sich irgendeine Frau meinem Vater so an den Hals wirft. Normalerweise schirmt er mich vor solchen Dingen ab.«

»Vielleicht hat er das Gefühl, dass du jetzt alt genug bist, um damit umgehen zu können, oder er hält dich für erwachsen genug, um zu bemerken-« Sie unterbrach sich abrupt, und ihr Blick schoss zur Tür. Sie drückte Catherines Arm und murmelte: »Die Männer kommen. Du solltest zu deinem Vater gehen und den Rest des Abends an seiner Seite bleiben. Beeil dich, Cat; er muss gerettet werden.«

Catherine drehte sich rasch um und kam der sich ihm nähernden Mrs Barker eine Sekunde zuvor. Dann hielt sie den dankbaren Duke beschäftigt, während Mrs Barker verärgert schmollte.

∞∞∞

Später an diesem Abend zog Emma sich in ihr Zimmer zurück und entkleidete sich, so dass ihre Zofe nicht misstrauisch wurde; dann entließ sie sie rasch.

Sie sank in den dunkelroten Brokatsessel und legte nachdenklich eine Hand an den Kopf. Der Duke war dem Gärtner gegenüber misstrauisch, und irgendwann in diesen Tagen würde er ihrem Vater schreiben, damit der sich der Sache annahm. Was, wenn er das schon längst getan hatte und der Brief unten auf dem Tablett lag und darauf wartete, verschickt zu werden?

Sie würde sich in dieser Nacht, sobald alle im Haus schliefen, in seine Bibliothek schleichen müssen, um seine Papiere durchzugehen.

Sie zwang sich, ihre müden Glieder zu bewegen, und ging

zu ihrem Wandschrank. Sie nahm ihren warmen Morgenmantel mit dem Paisleymuster heraus und zog ihn an. Als sie sich bückte, um ihre Schuhe anzuziehen, spürte sie eine Hand sich auf ihren Mund legen.

Starke, männliche Hände zogen sie hoch, und sie beugte instinktiv ein Knie an und ließ den Fuß nach hinten schnellen, rammte ihn zwischen die Beine des Eindringlings. Ein wunderbarer Tritt, den ihre Brüder ihr beigebracht hatten.

Hinter ihr ertönte ein leiser Schmerzensschrei, und die Hände ließen sie los.

Sie lächelte zufrieden, während sie sich umdrehte und das unglückliche Wesen anstarrte, das es gewagt hatte, ihr Schlafzimmer zu betreten.

Kapitel 8

»Richard!« Emma schnappte nach Luft.

»Hallo, Liebling. Ich dachte, es wäre an der Zeit, dass ich meinen Kuss bekomme. Stattdessen hast du die Teile, die dir eines Tages hätten Kinder geben sollen, dauerhaft zerstört«, stöhnte er.

»Es tut mir so leid! Ist alles in Ordnung? Wie bist du hier reingekommen? Du darfst nicht hier sein; was ist, wenn jemand es mitbekommt?«

»Ich bin durch die Tür gekommen. So romantisch ich auch gern wäre, ich wollte nicht das Risiko eingehen, am Efeu hochzuklettern und mir das Genick zu brechen. Ich hätte nicht gedacht, dass es genauso gefährlich sein könnte, einfach durch die Tür zu gehen.« Er hielt einen Moment inne und holte scharf Luft. Dann sprach er mit zusammengebissenen Zähnen weiter. »Ich komme wieder in Ordnung, zumindest hoffe ich, dass es in ein paar Tagen so sein wird. Was das Problem betrifft, dass wir erwischt werden, es schlafen alle. Nach dem Risiko, dass ich bereits eingegangen bin, schien mir dies hier verhältnismäßig harmlos zu sein.«

»Du hast keinen Bart mehr, und deine Zähne sind wieder weiß.«

»Ich wollte dir dieses Mal nicht die Möglichkeit geben, meinem Kuss auszuweichen.«

Emma errötete. Es war eine Sache, den Earl bei Tageslicht oder sogar im dunklen Garten zu küssen. Dass er jetzt in ihrem Zimmer war, war beunruhigend. Es fühlte sich irgendwie intimer an, und die Tatsache, dass sie stundenlang von niemandem gestört werden würden, ließ sie schüchtern und angespannt werden.

»Wie … woher wusstest du, dass dies mein Zimmer ist?«

Der Earl lächelte; er erriet den Grund für Emmas Unbehagen. Sein Kuss würde warten müssen, und angesichts des Zustands, in dem er sich befand, störte es ihn nicht allzu sehr, ihn etwas zu verschieben.

»Das war ziemlich leicht. Ich musste nur deiner Zofe folgen. In den langen Korridoren und all den Nischen und Ecken konnte ich mich gut verbergen. Sie hat so gut wie nie nach rechts oder links gesehen, da sie keinen Grund hatte anzunehmen, dass jemand ihr folgen könnte.«

»Ich war gerade dabei, mich fertig zu machen, um das Arbeitszimmer des Dukes zu durchsuchen.«

»Ich werde ein Gentleman sein und dich begleiten. Ich kann nicht zulassen, dass meine wunderschöne Verlobte allein in diesem geisterhaften Haus herumläuft. Es gibt mir auch die Gelegenheit, einen Blick auf den Arbeitsplatz des Dukes zu werfen. Man kann eine Menge über einen Mann erfahren, wenn man sich seinen persönlichen Bereich ansieht.«

Sie nickte und wandte sich ab, suchte nach einer Kerze, die sie mitnehmen konnte.

Die Stille, die daraufhin folgte, erinnerte sie wieder an die Anwesenheit des Earls in ihrem Zimmer. Sie sah zum Bett und errötete.

Sie wollte etwas sagen, die zunehmende Spannung auflösen, aber sie hatte Angst, dass ihre Stimme zittern und sie verraten würde.

Der Earl lächelte, als er ihre Unruhe bemerkte. Er wartete, bis sie die Kerze angezündet hatte und trat zum Ausgang, packte dann ihren Arm und hielt sie fest.

Emmas Finger umklammerten die Kerze. Sie sah in sein Gesicht, und seine Miene ließ ihr Herz rasen.

Er starrte ihr herrliches Gesicht an, das im Feuerschein glühte. Er nahm ihre Gesichtszüge in sich auf, und es juckte ihn in den Fingern, die Haarnadeln aus ihren Haaren zu ziehen.

»Es wäre tragisch, wenn ich dich jetzt nicht küssen würde«, sagte er heiser.

»Die Engel würden weinen«, erwiderte sie und nickte fiebrig.

Er lächelte kurz, bevor er den Kopf neigte und ihr einen harten, raschen Kuss gab. Er ließ sie sofort los und sagte: »Auf dass es Glück bringt. Schließlich begeben wir uns heute Nacht in die Höhle des Löwen.«

»Sei nicht absurd«, sagte Emma, deren Herz immer noch heftig klopfte.

Sie war insgeheim erleichtert, dass der Earl bei ihr war. Sie hatte sich nicht darauf gefreut, sich in das Arbeitszimmer des Dukes zu schleichen, aber mit dem Earl an ihrer Seite fühlte es sich mehr wie ein Abenteuer als eine mühsame Aufgabe an. Sie war plötzlich aufgeregt und spähte begeistert aus ihrem Zimmer in den Korridor.

Als sie sah, dass die Luft rein war, bedeutete sie dem Earl, ihr zu folgen.

Sie begaben sich auf Zehenspitzen zur Treppe, hielten die Hände um die Kerze, um den Lichtschein abzuschwächen. Emma wusste, welche Stufen quietschten, und machte ihm stumm entsprechende Zeichen.

Sie kamen unten an und wandten sich in einen Korridor. Da Emma wusste, wo sich das Arbeitszimmer des Dukes befand, ging sie voraus; nachdem sie sich vergewissert hatte, dass in dem Spalt unter der Tür kein Licht zu sehen war, traten sie vorsichtig ein.

Das Arbeitszimmer war groß und luxuriös, wie das gesamte Anwesen. Das Feuer war erloschen, nur die Glut leuchtete noch sanft. Der tiefrote Schimmer verstärkte zusammen mit der späten Stunde den Nervenkitzel noch zusätzlich.

Das Bücherregal war voller Bände, auf deren Buchrücken lange und langweilige Namen im Kerzenlicht golden glänzten. Der Geruch nach Leder, Brandy und teurem Schnupftabak war intensiv, was das Gefühl verstärkte, dass dies das Zimmer eines Mannes war.

Sie ging sofort zu einem Tablett mit Briefen, das am Rand eines langen Mahagonitischs lag. Es mussten diejenigen sein, die der Duke an diesem Tag geschrieben hatte und die Pickering am nächsten Morgen abschicken sollte.

Sie stellte die Kerze vorsichtig auf den Tisch und nahm einen Brieföffner auf; sie musste sich an die Arbeit machen. Sie erhitzte die Stahlklinge und schob sie unter das Siegel des ersten Briefes.

Es waren nicht viele Briefe, und sie würden höchstens eine Stunde benötigen, um die Arbeit zu beenden. Sie überflogen die Inhalte so rasch wie möglich, bevor sie sie wieder versiegelten.

Schließlich fanden sie einen, der an einen Mann namens Nutters adressiert war. Er schien ein privater Ermittler in London zu sein. Der Duke erwähnte den Gärtner, aber nur kurz. Überwiegend ging es um notwendige Informationen über eine Ermittlung, deretwegen der Mann angeheuert worden war. Nirgendwo erwähnte der Duke jedoch, worum es ging. Es war alles sehr vage gehalten, allerdings wirkten die Worte unheilverkündend.

»Was könnte mein Onkel mit dem hier meinen?«, fragte Emma und deutete auf einen bestimmten Teil des Briefes.

Der Earl las schweigend, was dort geschrieben stand:

»Ich muss wissen, ob ich bezüglich der Angelegenheit drastische Schritte unternehmen muss. Die Situation verschlimmert sich ständig, und es ist jetzt schwer, die Wahrheit von den Lügen zu trennen. Ich muss meine Familie schützen und würde es zu schätzen wissen, wenn Sie Ihre Ermittlungen beschleunigen könnten. Heuern Sie so viele Männer an, wie Sie brauchen. Sie werden dafür entlohnt werden. Ich verzweifele allmählich, und all meine Hoffnungen ruhen jetzt auf dem, was Sie herausfinden.«

Der Earl schürzte nachdenklich die Lippen. »Ich habe keine Ahnung, was er damit meint. Es klingt, als würde er sich in irgendwelchen Schwierigkeiten befinden. Er sagt nichts

Genaues, daher scheint es, als würde er bereits befürchten, der Brief könnte in falsche Hände geraten. Ich frage mich, wen er verdächtigt, seine Post möglicherweise durchzugehen. Er hat den Gärtner nur kurz erwähnt, hat den Satz nicht einmal beendet, bevor er angefangen hat, über dieses andere Problem zu reden. Ich denke, dieser Nutters wird den Duke bitten, das Problem bezüglich des Gärtners genauer zu erklären, was unglücklicherweise bedeutet, dass wir eine weitere Nacht damit zubringen müssen, seine Briefe durchzusehen.«

»Armer Onkel. Ich frage mich, was ihn so beunruhigt.«

»Es ist üblich, dass ein Duke etliche Probleme hat. Ich glaube nicht, dass wir uns darüber Sorgen machen sollten. Wir sollten uns um unsere eigenen Belange kümmern. Schließlich scheint er jemanden angeheuert zu haben, dessen Beruf es ist, es für ihn herauszufinden. Wir können nichts weiter tun.«

»Vermutlich nicht«, sagte Emma zweifelnd.

»Komm, es ist Zeit, ins Bett zu gehen.«

Als er ihr entsetztes Gesicht sah, lachte er. »Ich meinte, du gehst in dein Bett und ich in meines. Mach dir keine Sorgen. Deine Unschuld ist sicher, zumindest im Augenblick«, fügte er schelmisch hinzu.

Er holte sich einen raschen Kuss, bevor er sie entkommen ließ.

Emma wandte sich ab und kehrte in ihr Zimmer zurück. Der Earl verschwand über die Bedienstetentreppe, die im Korridor verborgen war. Emma blies die Kerze aus und glitt in ihr Bett. Sie empfand Mitleid für den Earl, der jetzt auf einer harten, flohverseuchten Matratze schlafen musste. Sie legte ihre Füße auf die heißen Backsteine und ließ die Nacht im Geist noch einmal an sich vorüberziehen.

Der Brief, den der Duke geschrieben hatte, beunruhigte sie. Wie er den unbekannten Nutters um Informationen bat, klang gar nicht nach ihm. Emma hätte nie gedacht, dass den Duke überhaupt irgendetwas beunruhigen könnte. Er wirkte immer so ruhig, als hätte er alles unter Kontrolle. Aber so oft sie die Worte des Briefes auch noch einmal im Stillen wiederholte, sie konnte nicht erahnen, was der Duke meinte. Sie seufzte und schloss die Augen.

Ihr letzter Gedanke galt nicht dem Duke und auch nicht Mrs Barker und ihren Kapriolen, sondern dem Earl, dessen Gesicht sich zu ihrem beugte, um sie zu küssen.

∞∞∞

Emma erwachte am nächsten Tag mit pochenden Kopfschmerzen. Als sie ins Frühstückszimmer ging, graute ihr davor, die schrillen Stimmen von Mrs Barker und Prudence hören zu müssen. Sie hielt sich den schmerzenden Kopf und betete, dass sie noch im Bett waren, wurde aber enttäuscht.

Mrs Barker saß an ihrem Tee nippend da und unterhielt sich im Flüsterton mit Lady Babbage. Prudence und Catherine waren schweigend damit beschäftigt, Eier auf Toast zu essen.

Prudence war kein Morgenmensch und brachte glücklicherweise keinen Ton heraus, bevor sie nicht ihre Schokolade und drei Tassen Tee getrunken hatte.

Emma holte sich eine Scheibe trockenen Toast und eine Tasse Kaffee, bevor sie sich zu ihnen setzte.

Die Duchess lag immer noch im Bett; sie kam niemals zum Frühstück herunter. Sie hatte Emma erklärt, dass die Geister nachts besonders aktiv waren, und sie konnte es sich nicht leisten zu schlafen, wenn es so viel von ihnen zu erfahren gab. Der Duke hatte wohl bereits gefrühstückt und war vermutlich in seinem Arbeitszimmer.

Catherine warf einen verstohlenen Blick zu Lady Babbage, dann nickte sie Emma zur Begrüßung zu. Emma verstand den kurzen Blick; sie brauchte keine Worte, um zu erkennen, was Catherine ihr mitteilen wollte.

Es war ein seltsamer Anblick, diese zwei so unterschiedlichen Persönlichkeiten derart ins Gespräch vertieft zu sehen.

Sie beendeten ihr Frühstück schweigend, bis Prudence

schließlich sprach.

»Was tun wir heute? Ich fühle mich nicht danach, ins Dorf zu reiten. Es sieht so aus, als würde es heute regnen.«

»Wir können einen Spaziergang im Garten machen«, schlug Catherine vor.

»Schön«, antwortete Prudence widerwillig.

Ihr Ton ließ vermuten, dass sie Besuche in London vorgezogen hätte, statt auf dem Land festzusitzen.

Emma zwang sich, ruhig zu bleiben. Es nützte nichts, sich über Prudence aufzuregen. Selbst wenn sie irgendetwas sagte, würde sie es vermutlich nicht verstehen.

Sie begaben sich also auf einen Spaziergang. Lady Babbage trottete mit ihrem Nähkorb hinter ihnen her. Emma verließ die Gruppe schon bald und ging zu dem alten Gärtner, der das Gemüsebeet düngte.

»Es ist ein schöner Tag.«

Der Earl grinste und sagte: »Sieht so aus, als würde es Regen geben.«

»Ja, aber wenn es regnet, werden die Rosen feucht, und ihr Duft wird göttlich sein«, antwortete Emma.

»Ein Mädchen ganz nach meinem Herzen, das den Geruch frischer Erde und nasser Blumen zu schätzen weiß.«

»Was pflanzt du da?«

»Das hier ist der Kräutergarten. Ich werde etwas Minze und Rosmarin anpflanzen.«

»Du wirst ein nützlicher Ehemann sein. Wir können den Obergärtner wegschicken und dir die Pflege der Gärten überlassen. Wie du siehst, denke ich schon ganz wie eine Ehefrau und wirtschaftlich.«

»Ich glaube nicht, dass ich in Zukunft noch ein Blatt ansehen kann, ohne zu erschauern. Einen Text über Gartenarbeit zu studieren ist etwas ganz anderes als die eigentliche Arbeit zu machen. Wenn ich wieder zu Hause bin, werde ich das Gehalt meines Gärtners verdoppeln. Bei Gott, der Mann hat es verdient.« Er machte eine Pause und stellte den Spaten zur Seite. »Denkst du, du kannst zur Apfelbaumwiese gehen und mich dort treffen, wo wir uns letztes Mal getroffen haben?«

»Ich bin mir nicht sicher«, sagte Emma und warf einen Blick zurück. Prudence und Catherine näherten sich rasch.

»Versuche es«, drängte er sie.

»Also gut. Geh du voraus; ich komme gleich nach.«

Emma wartete, bis der Earl weggehumpelt war, bevor sie sich umdrehte und ihrer Cousine und Prudence zuwandte.

»Wir werden wieder ins Haus zurückgehen. Ich glaube, ich habe einen Tropfen abbekommen«, meinte Prudence. Sie starrte zum grauen Himmel hoch.

Emma warf einen Blick zur Obstwiese. »Ich hätte Lust, ein paar Äpfel zu pflücken. Cat, bleibst du hier?«

Catherine schüttelte den Kopf. »Ich denke, du solltest mit uns zurückgehen, Emma. Du weißt, dass Vater es nicht mag, wenn wir alleine herumlaufen.«

Emma machte ein finsteres Gesicht. »Oh, was kann mir schon im hellen Tageslicht passieren? Das hier ist schließlich sein Besitz. Ich bin vollkommen in Sicherheit.«

Catherine stand unsicher da, bis ein großer Tropfen auf ihrer Nase die Entscheidung herbeiführte. »Beeil dich, ich möchte nicht, dass du nass wirst und dir den Tod holst.«

»Ich bleibe nicht lange; geht ihr schon mal voraus. Ich werde wieder bei euch sein, bevor ihr das Haus erreicht.«

Catherine nickte und nahm den Arm von Prudence; gemeinsam gingen sie zum Haus zurück. Emma sah, dass Lady Babbage das Gleiche tat, und mit einem erleichterten Seufzer schritt sie rasch in Richtung der Obstwiese, an deren Rand der Earl wartete.

Es begann jetzt richtig zu regnen, und sie wollte schon zu den Apfelbäumen rennen, als sie durch die Regenschleier den Duke bemerkte, der zusah, wie sie auf den Gärtner zuging.

Der Earl hatte den Duke ebenfalls bemerkt. Sie stand einen Moment hin und her gerissen da und änderte dann die Richtung, ging stattdessen zum Rosengarten. Sie tat so, als würde sie den Duke nicht sehen, und nahm den längeren Weg, um zum Haus zurückzukehren.

Der Earl verschwand unterdessen zwischen den Apfelbäumen. »Dieser Duke«, stöhnte er laut, »wird mich noch ins Grab bringen.«

Kapitel 9

Catherine sah, wie Emma bis auf die Knochen durchnässt zum Haus gelaufen kam. Sie schüttelte frustriert den Kopf, hielt eine vorbeigehende Dienerin an und bat sie, eine Kanne Tee auf Emmas Zimmer zu bringen.

Ihre Cousine war ein Albtraum für alle, die mit ihr zu tun hatten, wenn sie auch nur einen leichten Schnupfen hatte.

Sie machte sich auf den Weg zum Arbeitszimmer ihres Vaters. Er hatte immer etwas Brandy für medizinische Zwecke bei der Hand. Ein Schuss davon in Emmas Tee würde ihr gut tun.

Die Tür zum Arbeitszimmer stand offen, und Catherine blieb kurz davor stehen. Sie konnte Stimmen im Innern hören und fragte sich, ob sie den Duke stören sollte. Er hatte häufig Besucher, die mit vertraulichen Problemen zu ihm kamen. Und da er der Duke war, war es an ihm, beim Lösen dieser Probleme zu helfen.

Sie drehte sich um und wollte schon weggehen, als sie die Stimme von Mrs Barker erkannte und stehen blieb.

Mrs Barker sprach in drängendem Ton mit dem Duke.

Catherine biss sich auf die Lippe, hin und her gerissen zwischen dem Impuls, hineinzugehen und ihren Vater zu retten, und zuzuhören, was gesprochen wurde. Ein Jahr zuvor wäre sie weggegangen, aber in der letzten Zeit hatte etwas in ihrem Kopf zu rebellieren begonnen – vielleicht hatte Emmas Verlobung bei Catherine eine Veränderung in Gang gesetzt, oder es war der Mangel an Unabhängigkeit, der sie allmählich erstickte.

Statt wegzugehen oder das Gespräch zu unterbrechen,

trat sie also langsam näher, um zu lauschen, während sie einen reizvollen Nervenkitzel in sich aufkommen spürte. Sie hoffte, dass Mrs Barker in ihre Schranken verwiesen wurde, und sie wollte jedes Wort hören, wenn dies geschah.

Sie hörte Mrs Barker sprechen. »Sie wissen, was ich Ihnen anbiete. Sie sind ein intelligenter Mann. Sie können nicht von mir erwarten, dass ich es ausspreche.«

Eine kurze Stille deutete an, dass der Duke sich weigerte, darauf zu antworten.

Mrs Barker sprach weiter; jetzt klang sie flehentlicher. »Wir sind beide unglücklich, und ich kann nicht vergessen …«

Catherine spitzte frustriert die Ohren. Mrs Barker hatte angefangen zu flüstern, und sie konnte ihre Worte nicht mehr verstehen.

Der Duke sagte schließlich laut und deutlich: »Ich habe Arbeit zu erledigen, und ich möchte dies hier nicht länger diskutieren. Bitte bringen Sie uns beide nicht in Verlegenheit, Mrs Barker. Catherine, du darfst reinkommen.«

Catherine zuckte schuldbewusst zusammen. Sie betrat das Arbeitszimmer und fand eine rotgesichtige Mrs Barker, während der Duke verärgert wirkte. Sie begriff, dass er sie im venezianischen Spiegel über dem Kamin gesehen hatte.

In ihrem Eifer, ungezogen zu sein, hatte sie den Spiegel ganz vergessen. Sie fluchte im Stillen und sah ihren Vater entschuldigend an.

Er lächelte leicht und fragte: »Möchtest du etwas?«

»Ein wenig Brandy für Emma. Sie ist in den Regen geraten, und ich möchte nicht, dass sie krank wird.«

Der Duke öffnete die Schublade an seinem Schreibtisch und reichte ihr eine Flasche. Er zwinkerte ihr zu, und Catherine errötete, weil sie dabei erwischt worden war, wie sie so etwas Kindisches getan hatte wie zu lauschen. Sie nahm die Flasche und verließ das Zimmer.

∞∞∞

Die Stimmung im Haus veränderte sich beträchtlich, als der Regen einsetzte. Die Duchess wirkte sogar noch abgelenkter als sonst. Sie murmelte in sich hinein und vergaß sogar, Tee einzuschenken, obwohl Catherine sie fünf Mal dazu aufforderte.

Prudence war empört darüber, dass sie auf dem Land festsaß, und jammerte, weil die Saison zu Ende war. Sie hatte ausgiebig darüber gesprochen, wie viele Männer sie gebeten hatten, sie zu heiraten, und wie sie ihnen allen einen Korb gegeben hatte. Jetzt hatte sie nichts mehr anzubieten.

Emma machte sich Sorgen, dass der Duke sie wieder erwischen könnte, wenn sie allein draußen herumging, und dass er begreifen könnte, dass sie vorhatte, den Gärtner zu treffen. Lady Babbage warf ihr einen mitleidsvollen Blick zu, bot ihr aber nicht wieder an, sich ihr anzuvertrauen. Emma war dankbar dafür und setzte sich neben die alte Lady, fand ihr Schweigen und das rhythmische Klappern ihrer Stricknadeln beruhigend.

Sie rechnete immer noch damit, dass der Duke sie in sein Arbeitszimmer rief und eine Erklärung verlangte. Aber der ganze Abend und die Mahlzeit verstrichen, und der Duke verhielt sich wie immer, als sei nichts gewesen. Er wirkte höchstens etwas nachdenklicher als sonst, und seit Emma wusste, auf welche Anzeichen sie achten musste, bemerkte sie die müden Linien um seinen Mund. Sie hatte ein bisschen ein schlechtes Gewissen, weil sie seine Sorgen noch verstärkte.

Mrs Barker hatte wieder angefangen, mit dem Duke zu liebäugeln, sobald sie das Esszimmer betreten hatte. Mr Barker schien sich wieder an den Speisen zu erfreuen und von der zunehmenden Spannung nichts mitzubekommen.

Der Duke wirkte immer grimmiger, je länger das Essen dauerte, während Catherine erschüttert und verlegen war. Lady Babbages Versuche, die Unterhaltung auf neutrale Pfade zu lenken, wurden häufiger und verzweifelter.

Mrs Barker zeigte ihre beachtlichen Fähigkeiten, indem sie eine Diskussion über Weißkohlsuppe in eine Einladung des Dukes in ihr Bett verwandelte.

Emma war schockiert und fühlte sich genauso verlegen wie Catherine. Sie fragte sich, wie lange es dauern würde, bis der Duke die Geduld verlor.

Und doch unterließen es alle, irgendwelche mahnenden Worte zu sagen, hatten alle das Gefühl, als würde ihnen so etwas nicht zustehen. Die einzige Person, die das Recht dazu hatte, war Mr Barker, der jedoch im Hinblick auf die offensichtliche Liebäugelei seiner Frau mit einem anderen Mann vollkommen unempfänglich zu sein schien.

Emma überlegte, ob Mr Barker wohl insgeheim hoffte, dass der Duke ihm seine Frau abnahm.

Alle fühlten sich unzufrieden und besorgt und zogen sich schon bald in ihre Zimmer zurück.

Emma bereitete sich wieder darauf vor, sich ins Arbeitszimmer des Dukes zu schleichen. Sie war enttäuscht, dass der Earl sie dabei nicht begleiten konnte und wiederholte das, was sie schon in der Nacht zuvor getan hatten, dieses Mal allein.

Sie fand keinen einzigen Brief, in dem der Gärtner erwähnt wurde; überrascht kehrte sie in ihr Zimmer zurück. Der Duke würde die Angelegenheit nicht vergessen oder auf die leichte Schulter nehmen, weshalb sie ihre nächtlichen Untersuchungen fortsetzen musste.

∞∞∞

»Ich habe einen wundervollen Plan.«

Emma stöhnte. Trotz des Argwohns des Dukes hatte sie den Earl aufgesucht und stand beim Blumenbeet. Catherine und Prudence saßen auf einer Steinbank nicht weit von ihr entfernt. Das gab ihr die Möglichkeit, deutlich mehr Zeit mit dem Earl zu verbringen.

»Ich mag deine Pläne nicht«, wandte Emma ein.

»Es ist nur eine kleine Veränderung in dem bereits bestehenden Plan«, drängte der Earl sie.

»Was ist es?«, fragte sie besorgt.

»Du wirst anfangen, für den Gärtner zu schwärmen.«

Emma lächelte. »Verstehe. Liegt es an den Dämpfen des Düngers? Oder vielleicht ist es das Bier in der Schenke? Wie auch immer, dein Hirn hat sich in ein Büschel Flohkraut verwandelt. Du musst zurück in den Londoner Nebel und sofort einen Arzt aufsuchen.«

Der Earl schnalzte gereizt mit der Zunge. »Denk darüber nach, Em. Wenn der Duke sieht, dass du so viel Zeit mit einem alten Mann wie mir verbringst, wird er denken, dass du diejenige bist, bei der im Oberstübchen was nicht stimmt, und dich so schnell wie möglich verheiraten wollen.«

»Er würde mir niemals glauben, dass ich eine Affäre mit einem gewöhnlichen Mann habe, der alt genug ist, um mein Vater sein zu können.«

»Viele Frauen mögen ältere Männer, und woher soll er wissen, was dein Geschmack ist? Es würde ihn aufhorchen lassen und vielleicht dazu bringen, die ganze Verschiebung der Hochzeit noch einmal zu überdenken. Wenn du dich anscheinend so schnell zu einem uralten Mann mit Zahnlücken hingezogen fühlst, ist ein Jahr eine lange Zeit, in der du auf jemand anderen hereinfallen und einen Fehler begehen könntest.«

»Er würde mir so etwas niemals zutrauen. Es ist zu absurd.«

»Er ist bereits misstrauisch geworden. Jedes Mal, wenn er uns gesehen hat, haben wir uns verhalten, als wären wir bei etwas Ungehörigem erwischt worden. Das Fundament ist also bereits gelegt. Du musst mich lediglich unverhohlener treffen und mehr über mich sprechen. Wirf hin und wieder beim Essen ein, wie wundervoll ich bin und wie viel ich über Blätter und Wurzeln weiß.«

»Das kann ich nicht tun! Niemand würde es glauben, und ich kann nicht zulassen, dass sie mich für irgendeine Art unverfrorenes Weibsbild halten!«

Der Earl kicherte. »Na gut, dann erwähne mich nicht,

aber lauf auch das nächste Mal nicht weg, wenn der Duke uns findet.« Er nahm ihre Hand und fügte verschlagen hinzu: »Es ist ja sowieso nicht so, als würdest du versuchen, dich von mir fernzuhalten.«

Emma hatte darauf keine Antwort, deshalb nickte sie kurz und erklärte sich zögernd einverstanden. Danach wechselte sie das Thema und erzählte ihm von ihren Nachforschungen und Mrs Barkers Verhalten.

Der Earl sah sie nachdenklich an. »Es überrascht mich nicht, dass eine Frau sich ihm an den Hals wirft. Er ist schließlich ein Duke, und es ist bekannt, dass seine Frau wahnsinnig ist. So weit ich weiß, hat er keine Mätresse, und Mrs Barker versucht vielleicht, diese Lücke zu füllen. Mr Barker scheint es nicht zu kümmern, was sie tut. Also mach dir keine Sorgen. Der Duke ist alt genug, um selbst zu entscheiden, welche Ablenkungen er bevorzugt. Seltsam ist aber, dass er deinem Vater oder mir immer noch nicht geschrieben hat.«

»Ich vermute, dass er heute schreibt. Wirst du dich heute Nacht aus deiner Unterkunft davonstehlen können?«

»Ich werde mir alle Mühe geben, dich heute in deinem Zimmer zu treffen.«

In diesem Moment rief Catherine ihr zu, dass sie ins Haus zurückkehren wollten.

Emma strich rasch ihr schmutzig gewordenes Kleid sauber, so gut es ging, und kehrte zum Herrenhaus zurück. Beim Eingang begegnete sie dem Duke, der die Erde auf ihrem Kleid mit geschürzten Lippen beäugte.

Ob sie es wollte oder nicht, es schien so, als würde der Duke genau die Schlüsse ziehen, die der Earl im Sinn hatte. Emma ging weg; sie wusste nicht, ob sie lachen oder weinen sollte.

Kapitel 10

Später in dieser Nacht kam der Earl in ihr Zimmer, und Emma begrüßte ihn erleichtert. Es war schwer, die lebhafte Phantasie ihrer Tante mit einem Lachen abzutun, wenn es im Herrenhaus stockdunkel war und jedes winzige Geräusch viel lauter als am Tag klang. Sie hatte durchaus ein bisschen Angst davor, auf die geistigen Freunde der Duchess zu stoßen.

Sie machten sich rasch an die Arbeit, und der Earl war so ungeduldig, dass er sich nicht einmal einen Kuss holte.

Emma stürzte sich auf den ersten Brief, der auf dem Tisch lag. Er war an ihren Vater adressiert. Sie nahm ihn rasch vom Tablett und löste das Siegel. Tatsächlich forderte der Duke darin Informationen über den Obergärtner an, den Lord Hamilton ihm empfohlen hatte.

Emma steckte den Brief ein; sie hatte vor, darauf zu antworten, und dann den Kammerdiener des Earls zu bitten, ihre Antwort nach London zu schicken. Von dort würde er dem Duke zurückgeschickt werden – mit dem Poststempel von London auf dem Umschlag. Dadurch würde sich die Ankunft des Briefes verzögern, aber das konnte man der Post in die Schuhe schieben.

Dann fanden sie einen weiteren Brief, der an Lord Hamilton gerichtet war. Sie ließen ihn unberührt, da er London erreichen und von dort zum Earl nach Arden zurückgeschickt werden würde. Der Earl konnte darauf antworten, wenn er ihn erhielt.

Ansonsten gab es nichts von Bedeutung, und sie kehrten in ihre jeweiligen Zimmer zurück, nachdem Emma einen halbherzigen Kuss erhalten hatte.

Der Earl wurde ungeduldig und fragte sich, wie er die ganze Angelegenheit beschleunigen könnte. Die vor ihm liegenden Wochen schienen sich endlos zu erstrecken, wie eine trockene, freudlose Wüste. Er kam sich vor wie ein durstiger Reisender, der auf unbequemem Boden schlief und um Essen und Wasser bettelte, während sein Körper von all der harten Arbeit schmerzte.

Und es war noch nicht einmal eine Woche vergangen.

∞∞∞

Als Emma am nächsten Tag erwachte, fühlte sie sich erbärmlich. Sie wollte mit dem Earl sprechen, aber sie war nicht in der Stimmung, das Anwesen nach ihm abzusuchen. Deshalb fing sie Pickering ab und fragte ihn, wo der Obergärtner war.

Pickering antwortete nicht sofort. Über sein Gesicht huschte beinahe so etwas wie Überraschung, bevor er ruhig erklärte, dass der fragliche Mann sich im Nachtgarten befand. Emma dankte ihm und machte sich rasch in die entsprechende Richtung auf. Sie fand den Earl am Rand eines Marmorspringbrunnens sitzen.

»Guten Tag, ich hatte nicht erwartet, dich vor heute Nacht zu sehen. Ist etwas passiert?«, fragte der Earl.

»Ja, nein, ich meine, es ist nichts passiert, aber etwas beunruhigt mich, und ich wollte mit dir darüber sprechen.«

Er klopfte auf den Platz neben ihm, und Emma setzte sich.

Sie musterte ihn aufgewühlt. »Bereitet es dir nicht Unbehagen, die Papiere des Dukes durchzusehen? Ich finde es hinterlistig und mag es gar nicht.«

Der Earl lächelte nicht, sondern sagte nachdenklich: »Es ist nicht ehrenhaft, aber wir sehen uns niemals die Briefe an, die er an seinen Gutsverwalter schreibt, an enge Freunde der Familie oder den Arzt der Duchess. Du kennst die meisten Leute, denen der Duke schreibt, und du achtest darauf, dass wir nur die ersten Zeilen von jedem Brief lesen, dessen Absender uns unbekannt ist.«

Der Earl schwieg, während er ein Päckchen hervorholte, das in braunes Papier eingewickelt war. Er löste die Schnüre und reichte es Emma.

In dem Papier waren Beeren. Sie nahm vorsichtig eine, bevor sie sagte: »Ich versuche es, aber so etwas wie der Brief an Nutters war persönlich. Ich glaube nicht, dass es richtig ist, so etwas Privates zu lesen. Die Briefe an meinen Vater sind etwas anderes, da er mir immer erlaubt hat, mit solchen Dingen umzugehen.«

»Ah, meine gute kleine Em, du hast ein reines Herz. Wir wollen niemandem schaden, und unsere Absichten sind nur ein kleines bisschen spitzbübisch. Wir sind vorsichtig und lesen niemals mehr als notwendig.«

»Ich kann nichts dafür, aber ich fühle mich immer noch schuldig.«

»Und das bringt mich dazu, dir noch mehr zu vertrauen. Wir müssen uns heute Nacht wieder treffen und die Briefe des Dukes durchgehen. Er könnte immer noch an Nutters schreiben, und wir müssen sicherstellen, dass ein solcher Brief seinen Bestimmungsort nicht erreicht. Es wird bald alles vorbei sein, und in der Zukunft werden wir darüber lachen können.«

Ihre Lippen kräuselten sich, als sie in die säuerliche Beere biss. »Ich wünschte-«

»Was?«

»Ich wünschte, ich könnte mehr Zeit mit dir verbringen. Diese gestohlenen Momente fühlen sich nicht so an, als wären sie genug.«

Er sah in ihr sehnsüchtiges Gesicht und spürte in sich die gleiche Sehnsucht. »Wieso ziehst du morgen nicht etwas an, das schmutzig werden kann, und trägst ein paar Gartenhandschuhe? Bitte Lady Babbage um die Erlaubnis, mich im Garten zu treffen. Sag ihr, dass du mehr über das Pflanzen von Blumen wissen möchtest, weil du vorhast, selbst ein Beet zu bearbeiten, wenn du erst verheiratet bist.«

»Wir könnten den Tag miteinander verbringen, und wenn Lady Babbage möchte, kann sie sich auf eine Bank setzen und über mich wachen. Der Duke kann sich nicht beklagen«, sagte Emma erfreut.

»Das heißt, du wirst kommen?«

»Ja, das werde ich«, versprach sie um einiges fröhlicher.

∞∞∞

An diesem Abend versammelten sich nach dem Essen alle im Salon. Mrs Barker war besonders mürrisch und fauchte Lady Babbage mehr als einmal an.

Catherine schlug vor, Karten zu spielen, um die Stimmung zu heben, und die Frauen waren rasch einverstanden. Niemand verspürte den Wunsch, sich zu unterhalten, und das Spiel verbesserte irgendwie ihre Laune.

Die Duchess gewann jede Runde, was keine Überraschung war. Sie hatte höllisches Glück, was Kartenspiele betraf. Wie sie erklärte, war es ihr teurer verstorbener Vater, der ihr immer half.

Nachdem Emma alle ihre Pennies verloren hatte, stimmte sie im Stillen zu, dass das Glück ihrer Tante irgendwie unheimlich war, sofern sie nicht betrog. Der Gedanke war jedoch lachhaft. Die Duchess konnte wohl kaum wissen, wie man bei Kartenspielen betrog, und sie hatte auch nicht die Geduld oder die Geistesgegenwart für Taschenspielertricks.

Sie alle zogen sich an diesem Abend früh in ihre Zimmer zurück. Es wurde langweilig im Haus.

Emma traf den Earl in dieser Nacht wieder; allmählich fühlte sie sich sicherer, was ihre nächtlichen Abenteuer betraf. Sie ging davon aus, dass alles wie sonst verlaufen würde. Sie irrte sich. Die Dinge gingen ab dem Moment schief, als sie den Earl traf.

»Ich glaube, Pickering hat Verdacht geschöpft. Er hat mich gefragt, wohin ich nachts verschwinde. Anscheinend hat er mich mehr als einmal dabei gesehen, wie ich mich aus dem Bett geschlichen habe. Möglicherweise ist er mir schon einmal gefolgt, aber ich bin mir nicht sicher.«

»Wie kannst du dir sicher sein, dass er dir heute nicht gefolgt ist?«

»Ich habe ihm am Abend ein Beruhigungsmittel in seine Tasse geschüttet. Es ist von Vorteil, Gärtner zu sein und sich mit Pflanzen auszukennen. Er wird die ganze Nacht wie ein Stein schlafen, aber ich kann ihn nicht andauernd betäuben, ohne dass er misstrauisch wird.«

»Ich hoffe, wir finden einen Brief an Nutters, der dich betrifft. Ich bin es leid, nachts hier herumzuschleichen.«

»Ich stimmte dir zu. Wir können nicht so weitermachen. Früher oder später werden wir ganz sicher erwischt werden.«

Emma nahm die Kerze, und sie traten auf den Korridor.

Sie waren die Haupttreppe nach unten gegangen und bogen gerade um die Ecke, um zum Arbeitszimmer des Dukes zu gelangen, als sie das unverkennbare Geräusch einer quietschenden Diele hörten.

»Das kam von der Treppe«, flüsterte Emma verängstigt.

Der Earl legte einen Finger an die Lippen und spähte um die Ecke zur Treppe.

Emma folgte ihm und unterdrückte ein Aufkeuchen.

Eine gespenstische Gestalt in Schwarz kam langsam die Stufen herunter. Sie hielt in der einen Hand eine Kerze, die flackernde Schatten an die Wände warf. Die Gestalt war groß, ging aufrecht und hatte eine unnatürlich blasse Haut, während ihre Gesichtszüge in der Dunkelheit nur schwer zu erkennen waren.

Emma grub ihre Nägel in den Arm des Earls. Er nahm ihre Hand und hielt sie fest.

Sie sahen wie versteinert zu, wie die Gestalt langsam die Stufen herabstieg. Je näher sie kam, desto mehr wurde Emma sich bewusst, dass sie das Gesicht kannte. Die Körperhaltung war anders, aber die Gesichtszüge waren bemerkenswert vertraut.

Die Gestalt blieb auf der untersten Stufe stehen, und plötzlich wusste Emma, wer es war.

Der Earl zog sie rasch zum Arbeitszimmer. Sie verbargen sich darin und pusteten die Kerze aus. Nach einem Moment hörten sie Schritte, die sich der Tür näherten. Die Person blieb draußen kurz stehen und ging dann weiter. Emma wartete noch ein paar Momente, bevor sie sich gegen den Earl sinken ließ.

Sie hielt sich am Ärmel seines Hemdes fest und sagte: »Das war Lady Babbage. Ich habe sie kaum erkannt. Ich sehe sie immer nur über ein Stück Stoff oder Wolle gebeugt vor mir. Sie kam mir größer vor, und diesen Gesichtsausdruck habe ich bei ihr noch nie zuvor gesehen.«

»Was denkst du, weshalb sie so spät in der Nacht hier herumschleicht? Ich hatte angenommen, dass es die Duchess auf ihrer Jagd nach Geistern ist.«

Emma stellte überrascht fest, dass sie an so etwas gar nicht gedacht hatte. Außerdem war sie leicht verlegen, weil sie die Gestalt zunächst für einen Geist gehalten hatte.

»Sie hat vielleicht nicht schlafen können und will sich ein Buch aus der Bibliothek holen.«

»Allerdings war sie vollständig angezogen und sah aus, als wollte sie das Haus verlassen«, entgegnete er.

»Vielleicht hatte sie sich noch gar nicht umgezogen; allerdings erinnere ich mich daran, dass sie heute Abend ein langweiliges blaues Kleid getragen hat und kein schwarzes.«

»Seltsam. Nun, wir können die Sachen heute nicht mehr durchgehen, da die Kerze aus ist. Ich bezweifle, dass wir hier im Dunkeln eine Zunderbüchse finden werden. Abgesehen davon habe ich Angst, dass Lady Babbage uns erwischen könnte. Das Risiko können wir nicht eingehen. Ich schlage vor, wir ziehen uns zurück und hoffen, dass der Duke Nutters noch nicht geschrieben hat.«

»Bei dem Glück, das ich heute Nacht habe, würde es mich

nicht überraschen, wenn er es getan hat. Oh, na ja, wir können nichts mehr tun. Gute Nacht, Richard.«

Der Earl antwortete nicht auf ihre Worte, sondern zog sie dicht an sich. Es verging eine beträchtliche Zeit, bis Emma ihr Zimmer erreichte.

∞∞∞

Am nächsten Morgen brachen Catherine und Prudence begleitet von der Duchess zum Dorf auf. Mrs Barker erklärte, sie würde ein bisschen unter dem Wetter leiden und hätte sich entschieden, zu Hause zu bleiben.

In der Zwischenzeit suchte Emma in einem verblassten grauen Kleid nach Lady Babbage, die zugestimmt hatte, sie zu begleiten. Anscheinend fand sie ihre Bitte, mehr über Pflanzen zu lernen, völlig akzeptabel.

Pickering informierte sie, dass der Obergärtner sich im Orientalischen Garten befand. Emma vermutete, dass dieser Mann von jeder einzelnen Menschenseele wusste, wo sie sich gerade auf dem Anwesen befand. Er hatte kaum nachgedacht, bevor er geantwortet hatte.

Tatsächlich beugte sich der Earl über irgendeine exotische Pflanze und grub mit den Fingern in der Erde. Neben ihm saß ein etwa dreißigjähriger Untergärtner und lauschte seinen Worten.

Sie blickten beide auf, als Emma sich näherte. Der Earl lächelte zur Begrüßung, und seine geschwärzten Zähne erzeugten Heiterkeit in ihr.

Sie sah den Mann neben ihm an und stellte schockiert fest, dass sie in seinem Gesicht puren Abscheu fand. Emma drehte sich um und folgte seinem Blick zur Ursache seines Zorns – Lady Babbage.

Lady Babbage sah die beiden Männer kaum an und bemerkte auch die Blicke nicht, die sich auf sie richteten. Als sie eine Steinbank erreichte, ließ sie sich darauf sinken. Dann zog sie Stricknadeln und ein dunkelbraunes Wollknäuel aus ihrem Nähkorb.

Als Emma sich wieder umdrehte, war der Untergärtner verschwunden. Der Earl starrte ihm nach.

»Was denkst du, hatte das zu bedeuten?«, fragte Emma und zog ihre Handschuhe an.

Der Earl stach mit dem Spaten in die Erde. »Vielleicht hat sie ihn irgendwann unbewusst beleidigt. Die Reichen sind oft unsensibel gegenüber der Mühsal der Menschen von niederer Geburt. Ich muss beschämt zugeben, dass ich mich selbst gegenüber Bediensteten herzlos verhalten habe. Wir müssen wirklich lernen, mitfühlender zu werden.

Der junge Mann ist neu hier, und ich glaube, er hat sich früher in einer besseren Position befunden, bis irgendein Unglück ihn seines Glückes beraubt hat. Er hatte noch nicht die Zeit, sich die dicke Haut zuzulegen, die man für das Leben als Bediensteter braucht.«

Emma wurde weicher, als sie das Bedauern in seinem Gesicht sah. »Sei nicht traurig. Du weißt es jetzt besser, und wir beide werden uns bemühen, zu unseren Bediensteten freundlicher zu sein. Willst du mir jetzt sagen, was ich tun muss? Ich kann genauso gut etwas lernen, während ich hier bin.«

Der Earl strahlte und begann, ihr beizubringen, wie man Unkraut jätete. Er benutzte es als Ausrede dafür, dass er ihre Hand hielt, während sie gemeinsam unerwünschtes Unkraut auszogen.

Emma wischte sich den Schweiß von der Stirn, verschmierte dabei ihren Kopf überall mit Erde. »Wen von deiner Familie liebst du am meisten?«

»Du weißt, dass ich meine Eltern schon in jungem Alter verloren habe?«

Als Emma nickte, fuhr er fort. »Ich war damals achtzehn, und meine Schwester erst zwölf. Ich würde sagen, sie ist der Mensch, den ich von allen lebenden Mitgliedern meiner Familie am meisten schätze.«

»Sie ist jetzt mit einem Marquis verheiratet, nicht wahr?«

»Ja, und zwar sehr glücklich. Sie erwarten gerade ein Baby.«

»Das ist wunderbar. Ich kann es kaum erwarten, sie zu treffen. Ich schätze, sie war wegen ihres Zustandes auf dem Land, weshalb ich ihr während meiner Saison in London nie begegnet bin.«

»Noch zwei Monate, und wir werden ein neues Familienmitglied haben. Natürlich möchte ich dafür sorgen, dass unser erstgeborenes Kind auf die Welt kommt, bevor sie bereits das zweite kriegt.«

»Das ist kein Wettrennen«, sagte Emma errötend.

»Oh, aber sicherlich, ganz besonders, da ich vorhabe, mindestens zehn zu haben, bevor ich zu alt dazu bin.«

»Zehn Kinder!«, sagte Emma lachend. »Du musst scherzen.«

Die Augen des Earls wurden wärmer, als er sah, wie ihr Gesicht bei der Vorstellung aufleuchtete.

»Ich versuche seit einiger Zeit, dich etwas zu fragen.«

Emma wurde ernst. Sie hörte die Anspannung in der Stimme des Earls.

»Ich habe es mehrfach versucht, aber immer wieder hat irgendetwas es verhindert.«

Emmas Herz schlug schneller. »Was ist es?« Da war etwas in seiner Stimme, dass sie argwöhnisch werden ließ.

»Emma, was tust du hier?«

Emma schoss hoch.

Der Duke und Mrs Barker standen ein paar Fuß entfernt und starrten sie entsetzt an.

Kapitel 11

Emma wandte sich an den Duke. »Ich bin dabei zu lernen, wie man Unkraut jätet. Ich habe vor, einen eigenen Garten zu haben, und dies schien mir der beste Weg zu sein, etwas darüber zu lernen.«

»Ich dachte, ich hätte dir gesagt, dass du nicht allein herumlaufen sollst.«

Einen Moment lang flackerte Wut in Emmas Gesicht auf, ehe es ihr gelang, sie zu verbergen. Sie hasste es, wie der Duke versuchte, über das Leben von allen zu bestimmen, und es niemandem – nicht einmal seiner Tochter – gestattete, unbegleitet auf ihrem eigenen Anwesen herumzugehen.

»Ich bin nicht allein. Dort drüben sitzt Lady Babbage, und ich habe sie vorher um Erlaubnis gefragt«, sagte sie zu ihrer Rechtfertigung.

Der Duke sah in ihr Gesicht und erriet ihre Gedanken. Er stieß einen müden Seufzer aus und sagte: »Vergib mir, ich habe sie nicht gesehen.«

Emma nickte knapp.

Der Duke wartete einen Moment, bevor er mit Mrs Barker an seinem Arm wegging.

»Dieser Duke«, murmelte der Earl, behielt aber klugerweise den Rest seiner Gedanken für sich.

Die zuvor zwischen ihnen herrschende angenehme Atmosphäre war allerdings ruiniert. Sie verbrachte die nächste Stunde schweigend, während er leise auf die eine oder andere Pflanze hinwies.

Er konnte sehen, dass sie nicht mehr bei der Sache war, und schließlich schlug er vor, dass sie wieder ins Haus zurückkehren sollte. Es wurde allmählich kühl, und sie war nicht warm genug angezogen.

Lady Babbage nahm Emmas Arm, und sie begannen, zurückzugehen.

»Dieser Gärtner ist nicht das, was er zu sein scheint«, sagte sie wie beiläufig.

Emma stolperte, und nachdem sie sich wieder gefangen hatte, meinte sie: »»Was meinst du damit?«

»Er ist jünger, als er vorgibt zu sein, oder?«

Emma sah sie schockiert an.

»Ich habe bemerkt, dass er keine Falten im Gesicht hat. Er ist geschmeidiger als ein Mann seines Alters es eigentlich sein sollte. Ist er jemand, den du liebst? Jemand, von dem du nicht willst, dass der Earl etwas von ihm erfährt?«

»Nein! So ist es nicht.«

»Ich war auch einmal jung und weiß, wie es ist zu lieben, ohne sich um Status oder Wohlstand Gedanken zu machen. Der Earl ist ein reicher Mann und eine exzellente Partie. Ich verstehe deine Gefühle vollkommen, meine Liebe. Du kannst dich mir anvertrauen, weißt du.«

»Ich weiß nicht, was du meinst. Ich würde meinem Verlobten so etwas niemals antun. Ich habe keine Affäre, und ich habe auch nichts Seltsames an dem Gärtner bemerkt.«

Ein Hauch von Gereiztheit blitzte in Lady Babbages Gesicht auf, und sie packte Emmas Arm fester. Sie brauchte einen Moment, um sich zu fassen und sagte beruhigend: »Obwohl ich nicht deine Tante bin, bist du doch in diesem Haushalt aufgewachsen. Deine Eltern haben mich zwar nicht zu deiner Wächterin ernannt, aber der Duke möchte ganz sicher, dass ich für dich genauso sorge wie für seine eigene Tochter. Ich denke, ich habe mir das Recht verdient, dich zu warnen. Ich wollte meine Grenzen nicht übertreten.«

Emma weigerte sich, etwas darauf zu sagen. Sie näherten sich rasch dem Haus, und sie beschleunigte ihre Schritte.

Lady Babbage hatte keine Probleme, mitzuhalten. Sie sprach weiter. »Ich habe gelernt, die Menschen um mich herum zu beobachten und zu verstehen. Ich sehe mehr, als die Menschen von mir annehmen, und ich weiß, dass dieser Mann ein Betrüger ist. Du, meine Liebe, bist noch jung und weißt noch nicht viel von der Welt. Ich möchte dich bitten, vorsichtig zu sein.«

»Ich danke dir für deine Besorgnis, aber ich versichere dir, dass ich nichts tue, was den Earl beschämen könnte«, erwiderte Emma nervös. Dann wechselte sie eilig das Thema. »Hast du Catherine gebeten, die menschliche Natur ebenso zu studieren, wie du es tust?«

»Ich werde oft übersehen, und Catherine ist mir sehr ähnlich«, sagte Lady Babbage. Ihr Gesicht wurde weicher, während sie sprach. »Das Mädchen ist intelligent und lernt schnell. Ich habe ihr einen kleinen Stups in die richtige Richtung gegeben. Leute wie wir ziehen es vor, zu beobachten, statt beobachtet zu werden.«

Emma musterte sie skeptisch.

Lady Babbage sprach jetzt mit mehr Nachdruck. »Wir bevorzugen diese Art der Existenz, und ich weiß, sie ist weit ersprießlicher und friedlicher als der Mittelpunkt der Aufmerksamkeit zu sein.«

Emma, die eine ganze Saison in London versucht hatte, bemerkt zu werden und sich schrecklich fühlte, wenn sie abgewiesen wurde, fiel es schwer, die Bedeutung dessen zu erfassen, was Lady Babbage sagte. Sie konnte sich nicht vorstellen, dass es wunderbarer sein sollte, ein Mauerblümchen zu sein als die Ballkönigin.

»Ich habe meine Nadeln vergessen«, sagte Lady Babbage plötzlich und unterbrach damit ihre Gedanken. »Du musst mich nicht begleiten. Ich habe die Erlaubnis, allein herumzugehen. Geh ins Haus zurück; ich sehe dich beim Essen.«

Emma sah zu, wie Lady Babbage den Weg zurückging, den sie gekommen waren. Sie hatte nie gedacht, dass jemand, die sich ihr ganzes Leben vor der Welt versteckt hatte, so viel Tiefe besaß. Lady Babbage war weitaus vielschichtiger, als ihr klar gewesen war.

Aber obwohl sie darauf bestanden hatte, dass sie zufrieden war, hatte Emma die unterschwellige Bitterkeit bemerkt, die in ihren Worten mitschwang.

∞∞∞

»Junger Mann, haben Sie meinen Nähkorb gesehen?«

»Er muss auf der Steinbank stehen.« Der Earl hob den Blick und sah ein zufriedenes Lächeln in Lady Babbages Gesicht. Er begriff seinen Fehler und sprach unsicher weiter. »Aber Sie müssen scherzen, Mylady. Ich bin schon seit Jahren kein junger Mann mehr.«

»Könnten Sie den Korb für mich holen?«, fragte Lady Babbage, statt ihm zu antworten.

Der Earl war verärgert. Die Frau konnte die paar Schritte auch gut selbst gehen.

»Meine Hände sind dreckig, Mylady.«

»Das macht mir nichts. Ich bin es leid, noch viel zu gehen.«

Der Earl ging die paar Schritte, hob vorsichtig mit den Fingerspitzen den Korb hoch und reichte ihn ihr.

In der Vergangenheit hatte er oft seinen Diener gebeten, ihm ein Glas Brandy zu reichen, obwohl er nur die Hand hätte ausstrecken müssen, um es sich selbst zu nehmen. Es war ihm nie bewusst gewesen, wie unerfreulich seine Bitte für seinen Diener gewesen sein musste.

»Also, sind Sie ein zweiter Sohn oder vielleicht einer ihrer Lehrer?«

»Wie bitte, Madam?«

»Ein alter Mann wäre nicht so rasch und geschmeidig aufgestanden, nachdem er stundenlang auf dem Boden gekniet hat.«

»Ich bin einfach nur mit guten Knochen gesegnet. Nun,

mein Vater-«

»Ich habe keine Zeit dafür, Spiele zu spielen. Ich weiß, dass Sie Emma den Hof machen, und Sie sind nicht reich genug oder von ebenbürtiger Geburt. Deshalb führen Sie diese Scharade auf, um in ihrer Nähe sein zu können.«

Er starrte sie ausdrucklos an. In ihrem Gesicht war etwas Grausames, als sie weiterredete.

»Ich sollte den Duke informieren, aber das werde ich nicht tun.«

»Das ist sehr freundlikch von Ihnen, aber ich versichere Ihnen, dass Sie sich irren.«

»Ich irre mich nicht, und ich bin nicht freundlich. Ich denke, es wird sich zu meinem Vorteil entwickeln, dass ich Sie an der Leine habe. Wenn der Zeitpunkt gekommen ist, werde ich Ihnen sagen, was Sie für mich tun sollen.«

»Heißt das, Sie erpressen mich?«

»Sie können es nennen, wie Sie wollen.«

»Ich lasse mich nicht leicht schikanieren, Mylady.«

Lady Babbage hob eine Braue. »Sie müssen an Emma und ihren Ruf denken. Wenn mir entschlüpfen sollte, was ich vermute, wird sie ruiniert sein.«

»Sie kennen sie, seit sie ein kleines Kind war. Sie würden ihr nie etwas tun.«

»Sie kennen mich nicht, und Sie haben keine Ahnung von meiner Beziehung zu dem Mädchen. Sie ist unhöflich und geschmacklos und hat mich und meine Regeln jahrelang ignoriert. Ich hege keinerlei zärtliche Empfindung für dieses Ding.«

Der Earl runzelte die Stirn. »Sie können dem Duke gern erzählen, was Sie wollen, aber ich glaube nicht, dass er irgendetwas Unziemliches finden wird. Sie werden sich zum Narren machen.«

Lady Babbage lächelte und sagte: »Sie lügen mich also weiter an? Sie werden schon bald eine andere Melodie singen.«

Für ihre Bemühungen erhielt sie den ausdruckslosen, gehorsamen Blick eines guten Dieners. Sie stand da und sah ihn unsicher an, dann schüttelte sie den Kopf und ging weg.

∞∞∞

In dieser Nacht fand Emma unter ihrem Bett nicht den Earl, sondern eine Notiz:

Pickering hat sein abendliches Bier nicht getrunken, und ich konnte ihm das Schlafmittel nicht verabreichen. Geh NICHT allein ins Arbeitszimmer des Dukes. Ich werde dir morgen alles erzählen, wenn ich dich sehe.

Dein Richard

»Dein Richard«, murrte Emma. Wieso hatte er nicht geschrieben *dein dich liebender Richard*?

Sie zerknüllte die Notiz und warf sie ins Feuer. Sie sah zu, wie sie verbrannte, und fragte sich, wieso er nicht wollte, dass sie allein Nachforschungen anstellte. Er hätte noch eine Erklärung dazu schreiben können.

Sie dachte daran, ihm nicht zu gehorchen und das Arbeitszimmer aufzusuchen, aber plötzlich hatte sie das Bild von Lady Babbage mit der Kerze vor ihrem geistigen Auge.

Sie gestand sich ein, dass sie nicht mutig genug war, um sich allein auf den Weg zu machen, und beschloss daher, in dieser Nacht in ihrem Zimmer zu bleiben und den Weg des Feiglings zu gehen.

∞∞∞

Am nächsten Morgen saß Emma am Tisch und piekte mit der Gabel in ihre gekochten Eier. Die Duchess war früh aufgewacht und hatte sich zur Abwechslung zu ihnen gesetzt.

Mrs Barker streute begeistert Salz über ihren Teller. »Euer Gnaden, ich bewundere es, wie effizient Sie diesen Haushalt führen. Es ist heutzutage so schwer, gute Diener zu finden. Viele haben angefangen, sich aufzuspielen und sich über ihren Stand zu erheben. Allerdings muss ich zugeben, dass ich selbst noch nie Probleme im Umgang mit ihnen hatte.«

Die Duchess sah sie überrascht an. »Meine Hausdame kümmert sich um sie. Ich überlasse alles ihren fähigen Händen.«

Mrs Barker sah Emma an. »Sie haben Recht, Euer Gnaden. Menschen unseres Standes sollten nichts mit ihresgleichen zu tun haben. Sie können vulgär und launisch sein; man darf nicht zu viel Vertrautheit mit ihnen aufkommen lassen.«

Emma kochte innerlich. Für sie war ihre Zofe Bessie tausendmal kultivierter als Mrs Barker, ungeachtet des Status', den sie in der Gesellschaft hatte.

Der Duke wirkte angesichts der Richtung, die die Unterhaltung genommen hatte, besorgt. »Emma, komm nach dem Frühstück zu mir ins Arbeitszimmer«, sagte er zu ihr.

»Ja, Onkel«, antwortete sie mit pochendem Herzen.

Entweder hatte der Duke die Wahrheit herausgefunden, oder er wollte sie schelten, weil sie sich wie eine Gewöhnliche mit dem Gärtner unterhalten hatte. Keine der beiden Möglichkeiten vermochte ihre Befürchtungen zu beschwichtigen.

Kapitel 12

»Komm rein«, rief der Duke.

»Du wolltest mit mir sprechen?«

Der Duke sah vom Schreibtisch auf und legte den Brief beiseite, den er gerade gelesen hatte. »Ah, ja, Emma. Bitte setz dich. Ich mag es nicht, wenn du so über mir aufragst. Möchtest du etwas Tee?«

»Nein, danke. Ich habe schon beim Frühstück viel getrunken.«

»Bist du hier glücklich, Emmy?«

Tränen traten ihr in die Augen, als er sie nach so vielen Jahren mit ihrem Kindernamen ansprach. Ihre Eltern nannten sie immer noch Emmy, aber der Duke hatte das eigentlich längst aufgegeben.

»Ich bin hier immer glücklich gewesen, Onkel.«

»Ich hoffe, du betrachtest dies immer noch als dein Zuhause und weißt, dass du dich mir anvertrauen kannst, wenn dich etwas besorgt.«

Emma nickte. Sie wollte die Lüge nicht aussprechen.

Er wartete darauf, dass sie etwas sagte, und als sie das auch nach einer Weile nicht tat, fuhr er fort: »Ich mache mir Sorgen, weil du so viel Zeit mit dem Gärtner verbringst. Verstehe mich richtig, ich habe nichts gegen Bedienstete. Ich schätze Pickering mehr als manche Lords und Ladys. Ich nehme oft seinen Rat an, und er hat erwähnt, dass du den Gärtner wiederholt aufgesucht hast. Ich weiß, dass deine Absichten ehrenwert sind, und ich vertraue dir, aber Bedienstete haben die unglückliche Angewohnheit zu tratschen, und deine Vorlieben sind aufgefallen. Selbst Mrs Barker hat heute Morgen angedeutet, dass sie ein anstößiges Verhalten deinerseits bemerkt hat.«

Als Emma etwas sagen wollte, hob er eine Hand. »Hör mich an. Ich weiß, dass sie eine geschwätzige, vulgäre Frau ist, und normalerweise solltest du alles ignorieren, was sie sagt. Aber in diesem Fall könnte solches Gerede deine Aussichten ruinieren. Da du dich erst vor kurzem verlobt hast, findet der Earl ein solches Verhalten bei einer Frau vielleicht nicht akzeptabel.«

»Ich verstehe, Onkel, aber ich versichere dir, dass es nichts gibt, was dem Earl peinlich sein muss. Ich habe mich wie eine Lady verhalten, und es ist nicht gerecht, dass ich nicht die Nuancen des Pflanzens von Blumen erlernen kann, nur weil jemand wie sie Einwände erhebt.«

»Du kannst es lernen, wenn du verheiratet bist«, fauchte der Duke und holte tief Luft, bevor er etwas sanfter weitersprach: »Du weißt, wieso du nach einer so kurzen Zeit des Werbens hier bist. Ich habe vermutet, dass der Earl nicht glücklich über die lange Verlobungszeit sein würde. Aber Emma, du musst den Earl verstehen, seinen Charakter kennenlernen und sicher sein, dass du mit ihm glücklich werden wirst. Ich habe die gegenwärtige Duchess zu schnell geheiratet und es bedauert. Ich möchte nicht, dass dir das Gleiche widerfährt.«

Emmas Herz zog sich vor Schmerz zusammen. »Ich weiß deine Besorgnis zu schätzen und verstehe deine Gründe jetzt besser. Vielleicht würde ich genauso empfinden, wenn ich an deiner Stelle wäre.« Sie beugte sich vor und nahm seine Hand. »Aber man kann Jahre damit verbringen, mit einem Menschen zusammenzuleben, ohne ihn zu verstehen. Auf der anderen Seite kann man einen Mann schon fünf Minuten, nachdem man ihn kennengelernt hat, richtig einschätzen. Zu heiraten ist ein Risiko, Onkel, und ich glaube, ich kenne den Earl gut genug, um dieses Risiko einzugehen. Ich habe so viel Angst, dass er mir weggeschnappt wird, dass ich lieber nicht noch länger warten möchte.«

Der Duke lehnte sich auf seinem Stuhl zurück. Er blickte nachdenklich drein. »Ich begreife, dass die so frühe Trennung von deinem Verlobten dich unglücklich macht. Und dann hat Mrs Barkers Hinweis auf deinen Mangel an Schicklichkeit gegenüber dem Gärtner meine Vorbehalte noch verstärkt. Ich möchte nicht, dass solches Gerede dem Earl zu Ohren kommt; er könnte dich falsch beurteilen.«

»Was schlägst du vor?«

»Ich habe dem Earl bereits geschrieben, dass ich ihn einlade, uns zu besuchen. Ich kann den Mann kennenlernen, den du gewählt hast, und wenn ich ihn für würdig erachte, hast du meinen Segen, ihn zu heiraten, wann immer du willst.«

Emmas Lächeln war breiter und breiter geworden, während ihr Onkel gesprochen hatte. Jetzt sprang sie vom Stuhl auf und eilte zu ihm, um ihn zu umarmen, wie sie es als Kind getan hatte.

»Danke! Danke! Du bist der netteste, freundlichste, wundervollste Onkel auf der ganzen weiten Welt!«

Der Duke lachte und schob sie sanft von sich.

»Und jetzt geh; ich weiß, dass du die Neuigkeit so schnell wie möglich deiner Cousine erzählen willst. Ich hoffe für dich, dass er schon bald hier sein wird.«

Lachend lief Emma aus dem Zimmer, aber sie suchte nicht Catherine, sondern wieder den Obergärtner.

Sie schlich sich aus dem Hintereingang, um Pickering und allen anderen, die sie möglicherweise beobachten könnten, aus dem Weg zu gehen. Der Duke würde ganz sicher nicht damit rechnen, dass sie den Gärtner suchte – nicht nach der Unterhaltung, die sie gerade geführt hatten –, und das hier war zu aufregend, als dass sie es für sich behalten konnte.

Sie fand ihn Pfeife rauchend bei den Apfelbäumen.

»Ich habe Neuigkeiten«, sagte sie keuchend.

»Ich muss mit dir reden«, sagte er gleichzeitig.

Der Earl beschloss, dass er zuerst reden würde, weil sie noch immer nach Luft schnappte.

»Lady Babbage hat versucht, mich zu erpressen.«

Emma sank an Ort und Stelle zu Boden. Sie klopfte auf das Gras neben ihr, und der Earl setzte sich zu ihr.

»Sie ist gestern zu mir gekommen, nachdem sie dich zum Haus gebracht hat«, sagte der Earl.

»Um ihren Nähkorb zu holen?«

»Das war nur eine Ausrede. Sie hat vermutet, dass ich jünger bin, als ich aussehe, und sie weiß, dass etwas zwischen uns vor sich geht. Sie hat aber noch keine Ahnung, wer ich bin. Sie möchte, dass ich etwas für sie tue, und sie hat mir gedroht, dass sie alles dem Duke oder dem Earl erzählen wird, wenn ich ihr nicht gehorche.«

»Aber du musst dich irren. Wieso sollte sie so etwas tun? Sie hat hier ein bequemes Leben, also was könnte sie gewinnen? Sie hat mir von ihren Zweifeln erzählt, aber sie hat es mit ihrer Besorgnis um mich begründet. Das klang gar nicht danach, als hätte sie irgendeinen schändlichen Plan.«

»Sie hat versucht, dich zum Reden zu bringen, und wenn du das tust, wird sie dich auch erpressen. Ich hoffe, du hast dich ihr nicht anvertraut.«

Nachdem sie ihm versichert hatte, dass sie alles für sich behalten hatte, sprach er weiter. »Sie will zu mir kommen, wenn sie eine Aufgabe hat, die ich erledigen soll. Sie hat mich davor gewarnt, dass ich leiden werde, wenn ich mich nicht füge, auch wenn es bedeutet, dass dadurch dein Name ruiniert wird. Sie hat etwas gegen deinen rebellischen Geist und keinerlei Skrupel, dein Glück zu opfern. Ich hoffe, sie schreibt dem Earl und wendet sich nicht an den Duke. Stell dir vor, wie ich die Klage erhalte. Meine Antwort wäre drastisch genug, um Lady Babbage für immer auf ihren Platz zu verweisen.«

»Es stimmt, dass ich sie nie gemocht habe, aber ich habe sie nie gehasst oder absichtlich brüskiert. Ich war jung, und es war normal, dass ich einige Regeln gebrochen und ihre Anwesenheit missachtet habe. Dass sie sich zu einer Erpressung herablässt, kommt mir aber etwas extrem vor. Vielleicht hat sie nur geblufft. Ich kann mir nicht vorstellen, dass sie zu so etwas fähig ist. Sie ist eine liebe alte langweilige Lady. Sie hat versucht, dir Angst einzujagen, damit du mich in Ruhe lässt.«

»Vertrau mir und halte dich von ihr fern. Aus dem Kopf dieser lieben alten Lady ragen winzige Hörner. Ich bin mir sicher, dass sie sie in dem Knäuel ihrer trockenen braunen Haare versteckt hat. Diese Frau hat etwas Arglistiges im Sinn. Ich weiß noch nicht, was es ist, aber ich habe vor, es herauszufinden. Ich möchte, dass du bis dahin in deinem Zimmer bleibst und nicht mehr ins Arbeitszimmer des Dukes gehst, um Nachforschungen anzustellen. Wenn sie uns erwischt, müssen wir uns um viel mehr Sorgen machen als darum, dass der Duke meine Identität herausfindet. Die persönlichen Sachen von jemandem zu durchstöbern ist eine weit ernstere Angelegenheit.«

»Deshalb hast du mir also gestern diese Nachricht geschrieben. Nun, was ich dir zu sagen habe, würde Lady Babbages Plänen einen gehörigen Dämpfer verpassen. Mach aber erst diese stinkende Pfeife aus. Meine arme Nase erträgt diesen Gestank nicht mehr.«

Der Earl nahm einen letzten tiefen Zug und legte die Pfeife dann zögernd weg. Emma machte sich daran, die weiteren Ereignisse des Morgens wiederzugeben.

»Ich bin mir nicht sicher, ob das gute Neuigkeiten sind«, sagte er.

»Wie meinst du das? Du kannst diese ganze Scharade aufgeben und dich dem Duke vorstellen. Du wirst im gleichen Haus wohnen wie zuvor, aber dieses Mal mit all seinen Annehmlichkeiten. Ich kann dich häufiger und offener treffen. Wie könnte das nicht gut sein?«

»Der Duke hat selbst eine komplizierte Ehe und wird sich etwas anderes ausdenken, um die Hochzeit zu verschieben. Seine Sorge gilt vor allem deinem Verhalten, von dem er glaubt, dass es eingeschränkt werden muss. Du scheinst nicht auf ihn zu hören, und er hofft, dass deine Wildheit durch meine Anwesenheit gezügelt wird und du dadurch passiver wirst.

Dann wird er versuchen, mich davon zu überzeugen, dass wir noch ein bisschen länger warten, und mir wird kein vernünftiges Gegenargument einfallen. Mein Instinkt sagt mir, dass wir gut zueinander passen, aber das wird bei einem so praktisch veranlagten Mann nicht so gut ankommen.«

»Was schlägst du also vor?«

»Ich möchte diese Scharade weiter fortführen. Der Hauptgrund ist, dass ich mich inzwischen fast eine Woche beim Gärtnern abgemüht und geschwitzt habe. Ich möchte nicht, dass das umsonst war, und meine Niederlage eingestehen. Meine Wette gilt immer noch, und ich habe vor, diese Sache durchzuziehen.«

»Oh, vergiss doch dieses dumme Spiel. Ich gestehe meine Niederlage ein, und du hast die Wette gewonnen. Und jetzt komm bitte und bleibe als du selbst hier. Ich werde sogar zugeben, dass ich kompromittiert wurde, und danach wird es gar keinen Grund geben, die Heirat hinauszuzögern.«

»Es geht ums Prinzip. Ich muss die Wette gerecht gewinnen, nicht nur, weil meine Verlobte mich plötzlich bedauert, weil ich auf einer von Flöhen heimgesuchten Matratze schlafen muss. Nein, Em. Es tut mir leid, aber es geht doch nur um drei weitere Wochen. Ich werde die ganze Sache durchziehen.«

»Das ist alles schön und gut, aber der Duke rechnet damit, dass der Earl jeden Moment hier eintrifft. Er hat den Brief vor ein paar Tagen abgeschickt. Erinnere dich daran, wir haben ihn gesehen. Es wäre unhöflich vom Earl, nicht auf die Bitte des Dukes, dass er hierher kommen soll, zu antworten. Abgesehen davon würde ein Verlobter lautstark fordern, mit seiner Verlobten zusammen zu sein. Du kannst dich da nicht mit der Ausrede herausreden, du hättest eine wichtige geschäftliche Angelegenheit zu erfüllen.«

Der Earl schwieg einen Moment. Schließlich strahlte er. »Ich kenne den perfekten Mann für diese Aufgabe.«

»Für diese Aufgabe?«

»Ja, er ist brillant. Eine weitere Verbesserung in unserem Plan.«

»Nein.«

»Doch.«

»Nein!«

»Bitte, hör mir zumindest erst einmal zu.«

»Na schön«, antwortete sie und verschränkte die Arme.

»Ich kann als Obergärtner weitermachen, während jemand anderes meinen Platz als Earl einnimmt. Niemand hier ist mir früher schon einmal begegnet. Sie werden es nie erfahren!«

»Sie werden dich bei der Hochzeit sehen. Und was dann?«

»Sie werden kaum wegen ein bisschen Schauspielerei die Hochzeit unterbinden.«

»Ein bisschen Schauspielerei?«, murmelte sie vor sich hin und sagte dann lauter: »Du willst also einen weiteren Schauspieler in dieses ganze Getue mit einbeziehen? Wirst du dann weiter den Gärtner spielen, während jemand anderes dich darstellt? Das bereitet mir jetzt schon Kopfschmerzen! Gibt es jemanden, dem du so weit vertrauen kannst?«

»Ja, Em. Es ist der perfekte Plan.«

»Nicht dein Kammerdiener, Richard. Den kannst du unmöglich meinen! Er sieht aus wie eine dicke, überreife Tomate!«

»Nein, ich denke nicht an Burns. Ich denke an den ältesten Sohn des ehrenhaften Marquis', Lord William Raikes.«

»Du nimmst mich auf den Arm. Lord Raikes hat keinen Fuß mehr auf englischen Boden gesetzt, seit er achtzehn geworden ist.«

»Er ist kürzlich nach England zurückgekehrt, weil es seinem Vater schlecht ging. Ich bin im Laufe der Jahre immer mit ihm in Kontakt geblieben. Wir sind zusammen aufgewachsen. Sein Anwesen grenzt an meines. Du irrst dich, wenn du glaubst, dass er zwischen seinen Reisen niemals in England war. Er kommt häufig, aber er lebt zurückgezogen und meidet die Gesellschaft anderer. Er ist Schriftsteller und hat sich einen ziemlichen Namen gemacht.«

»Ich erinnere mich, dass ich ein Buch von ›W.S. Raikes‹ gelesen habe. Es befindet sich in der Bibliothek meines Vaters. Ist das derselbe?«

»Das ist er, weltberühmt. Er schuldet mir einen Gefallen, und ich denke, ich werde ihn jetzt einfordern. Niemand wird sich an ihn als Jugendlichen erinnern, da er sich seither sehr verändert hat. Er ist ein Gentleman mit einem ähnlichen Hintergrund wie ich, was seine Bildung betrifft, und er hat jeden Teil meines Lebens mitbekommen. Er ist der einzige Mann, der das überzeugend durchziehen kann.«

»Ist er ein guter Schauspieler?«

»Das weiß ich nicht. Er hat bei unseren Schulaufführungen niemals eine Rolle übernommen, weil er große Menschenmengen verabscheut. Aber er ist intelligent, deshalb mache ich mir keine Sorgen.«

»Mir gefällt das nicht. Dein Plan wird immer komplizierter. Irgendwann werden wir auffliegen.«

»Ist es nicht das, was du willst? Die Wette gewinnen? Oder möchtest du lieber verlieren?«

»Oh, was spielt es schon für eine Rolle? Das Ergebnis ist dasselbe.« Sie hörte die Kirchenglocken in der Ferne läuten und sprang auf.

»Ich muss gehen.«

»Erwarte Raikes in ein paar Tagen«, rief der Earl ihr nach.

Kapitel 13

»Oh, wo ist er?«

»Catherine, hör auf, ständig aus dem Fenster zu starren. Der Earl könnte dich sehen«, ermahnte Lady Babbage sie. »Setz dich hin und beende deine Stickerei, wie es sich für die wunderbare junge Lady gehört, die du bist.«

Wie konnte eine Frau, die so viel von Schicklichkeit und Anstand hielt, nur jemanden erpressen, wunderte Emma sich.

Lord William Raikes hatte das Schreiben des Earls erhalten, alle seine Vorbehalte aufgegeben, war in seine gut gefederte Kutsche gesprungen und zum Arden-Anwesen gereist.

Aus diesem Grund war am Morgen eine Nachricht eingetroffen, die den Duke über die bevorstehende Ankunft des Earls von Hamilton in Kenntnis setzte.

Die Ladys wurden informiert, und die Neuigkeit versetzte die Damen des Hauses in helle Aufregung. Es war ein wildes Durcheinander entstanden, als alle angefangen hatten, Pläne zu schmieden und das Haus für den Gast vorzubereiten. Jetzt saßen sie sittsam da und taten so, als hätten sie sich stundenlang den Handarbeiten gewidmet und sich nicht in Staub und Schmutz abgemüht.

»Sag uns noch einmal, wie er aussieht, Em«, bat Prudence. Der Gedanke an einen gutaussehenden jungen Earl – wenn auch an einen verlobten –, hatte wieder Leben in ihr Gesicht zurückgebracht.

Emma, die in der Vergangenheit gerne über die

verschiedenen Qualitäten des Earls geredet hätte, wusste nicht, wie sie antworten sollte.

Dieser Lord Raikes musste anders aussehen als Richard. Er konnte nicht so gutaussehend, kultiviert und redegewandt sein.

Sie erinnerte sich mit leichtem Unbehagen daran, dass sie Catherine einmal ausführlich etwas über das Aussehen des Earls erzählt hatte. Sie hoffte, ihre Cousine würde es als die Übertreibungen einer liebenden Frau abtun.

Prudence gab zu, dass sie den Earl zwei Mal gesehen hatte. Beide Male hatte jemand ihn ihr auf einem Ball gezeigt, aber sie hatte es niemals geschafft, ihm vorgestellt zu werden. Glücklicherweise hatte sie ihn nie richtig deutlich gesehen, erinnerte sich jedoch an einen großen, gutaussehenden Mann. Sein Gesicht konnte sie jedoch nur noch vage vor ihrem geistigen Auge sehen. Emma war dankbar für dieses kleine bisschen Glück.

Der Plan offenbarte sogar noch mehr Löcher. Schon bald würde sie nicht in der Lage sein, mit allen Lügen Schritt zu halten.

»Sie kommen!«, kreischte Catherine.

Emma versuchte zu lächeln, und als sie sah, dass Lady Babbage sie beobachtete, zwang sie sich zu einem Grinsen. Die Wirkung war beunruhigend.

»Ist etwas?«, fragte Catherine.

»Ich bin nur nervös«, antwortete Emma. Und das war die Wahrheit.

»Komm, wir müssen uns zum Abendessen fertigmachen. Es dauert zwar noch eine Stunde bis dahin, aber ich denke, wir sollten uns alle dem Anlass angemessen anziehen«, sagte Catherine und nahm Emmas Arm.

Prudence sprang auf und eilte zur Tür, bevor irgendwer von ihnen einen Schritt machen konnte. Zweifellos hatte sie vor, den Cousinen zuvorzukommen und den Neuankömmling in Beschlag zu nehmen.

Emma schnitt eine Grimasse und verließ das Zimmer als

Erste. Sie stieg die Treppe hinauf und blieb kurz stehen, um einen Blick zurück auf Catherine zu werfen. Ihre Cousine war nicht mehr hinter ihr. Emma beugte sich über das Geländer und stellte fest, dass Catherine im Eingangsbereich stand und einen Mann anstarrte. Ihre Stimmen trieben zu ihr hoch.

»Oh, ich vermute, du bist die Dienerin. Hier ist mein Hut. Nimm ihn, dummes Ding. Du musst neu hier sein. Nun, wo ist das Arbeitszimmer des Dukes?«

»Wer sind Sie?«, schnappte Catherine.

»Ich bin der Earl von Hamilton. Mylord für dich, und ich vergebe dir deine Frechheit, da du nicht wusstest, wer ich bin. Und jetzt rasch, Mädchen, wo ist das Arbeitszimmer des Dukes?«

»Aber ... aber«, Catherines gestotterte Worte wurden von der Stimme des Dukes unterbrochen, und der Mann wandte sich von ihr ab und ging weg, ließ seinen Hut in ihrer ausgestreckten Hand zurück.

Emma lief rasch in ihr Zimmer und dachte daran, ihre Tür zu verbarrikadieren. Wie hatte sie sich nur in eine solche Lage bringen lassen können?

»Emma?«

Besser, sie brachte es rasch hinter sich, dachte sie und öffnete die Tür.

»Ich hatte gerade eine sehr seltsame Begegnung«, sagte Catherine.

»Oh, mit wem?«, fragte Emma unschuldig.

»Mit deinem Earl, aber irgendetwas an ihm war entschieden eigenartig.«

»Was?«

»Du hast mir gesagt, dass er blonde Haare hat.«

»Ich habe vielleicht übertrieben. Sie sind eher dunkelblond.«

»Ja, aber-«

»Manche würden sie sogar als braun bezeichnen. Bei gewissen Lichtverhältnissen sind sie eindeutig dunkelbraun.«

»Ja, aber dieser Mann ... seine Haare – sie sind rabenschwarz!«

Emma schluckte. Alle wussten, dass der Earl blonde Haare hatte. Wie konnte Richard die Haarfarbe seines besten Freundes vergessen haben? Das hier war eine komplette Katastrophe, und er hatte es ihr überlassen, mit diesem ganzen Durcheinander allein fertigzuwerden.

»Vielleicht ist er zu lange in der Sonne gewesen?«

»Emma, die Sonne macht die Haut dunkler und die Haare heller. Was du sagst, ergibt überhaupt keinen Sinn.«

Emma öffnete ihren Wandschrank und streckte ihren Kopf hinein. Ihr Gesicht war zwischen den Kleidern verborgen, und als sie schließlich sprach, klang ihre Stimme gedämpft. »Warte, bis ich ihn beim Essen sehe und sagen kann, ob es der Earl war, mit dem du gesprochen hast. Vielleicht hast du dich geirrt.« Das war das Beste, das sie im Augenblick tun konnte.

»Ich habe mich nicht geirrt. Er hat mir seinen Namen deutlich genannt, und er war derjenige, der sich geirrt hat, denn er hat mich für eine gewöhnliche Dienerin gehalten!«

Sie sah Catherine an und verfluchte den Neuankömmling im Stillen. Er hatte kaum einen Fuß in das Haus gesetzt und schon ein Familienmitglied vor den Kopf gestoßen.

Der Earl dachte sich die idiotischsten Pläne aus. Schon bald würde sie anfangen, richtig nervös zu werden.

∞∞∞

Emma trug ein wunderschönes rosa Kleid, als sie das Esszimmer betrat.

Doch Catherine stellte sie in einem weichen, silbernen Kleid in den Schatten. Sie hatte sich die vorangegangene Kränkung zu Herzen genommen und wollte sich in ihrer ganzen aristokratischen Pracht zeigen. Er würde sie nicht noch einmal für eine Dienerin halten.

Nur eine Person saß auf dem Sofa, und Emma konnte gefahrlos davon ausgehen, dass dies der Freund des Earls war. Ihr sank das Herz, als sie seine pechschwarzen Haare sah.

»Emma!« Unglücklicherweise erhob sich der Mann von seinem Platz und sah Catherine an.

»Es ist schön, dich wiederzusehen, Richard. Darf ich dir Lady Catherine Arden vorstellen?«, fragte Emma rasch.

Lord Raikes verbeugte sich formell vor beiden.

»Emma hat uns viel von Ihnen erzählt, Mylord«, sagte Catherine höflich.

»Sicherlich allerlei wundervolle Dinge, denen kein Mann gerecht werden kann, aber ich versichere Ihnen, ich bin voller Fehler.«

»Oh, nicht alles, was sie sagte, war wundervoll.«

Er war sprachlos, denn ihm war nicht bewusst, dass Catherine auf Rache für die frühere Kränkung aus war.

»Nun, dann.« Er machte eine Pause, unsicher, wie er weitermachen sollte.

Catherines Augen glänzten, und Emma stellte erfreut fest, dass ihre gewöhnlich ernste Cousine auch diese Seite besaß.

Jetzt betraten Prudence und Mrs Barker das Zimmer, gefolgt von der Duchess.

Prudence hatte ihre Teekanne wieder aufgesetzt, und sie verwickelte den Neuankömmling sofort in ein Gespräch. Ein bisschen kalter Tee tropfte auf seine exzellenten Schultern.

Emma sah die Tropfen auf Lord Raikes' blaue Jacke fallen und runzelte die Stirn. Sie fing seinen Blick auf, in dem eine stumme Bitte stand. Sie fragte sich, wie sie ihn vor dem unbestreitbaren Fakt seiner falschen Haarfarbe warnen konnte.

Sie tippte sich diskret mit dem Fächer an den Kopf.

Er blinzelte sie an, wirkte ratlos.

Sie zog die Augen verärgert zusammen und zwang sich zu lächeln, als ihr einfiel, dass die anderen zusahen. Zumindest waren seine Augen blau, wenn auch dunkler als die des Earls, tröstete sie sich. Sie musste zugeben, dass Lord William Raikes auf eine dunkle, grüblerische Weise ein außerordentlich gutaussehender Mann war. Wären seine Haare nur etwas heller gewesen, hätte der Plan wunderbar funktionieren können.

Sie hob die Brauen, als er zufällig wieder in ihre Richtung

blickte, und flüchtete auf den Balkon. Sie hoffte, dass er ihr folgen würde, aber nachdem sie zehn Minuten gewartet hatte, ging sie wieder hinein und stellte verärgert fest, dass er sich wieder mit ihrer Cousine unterhielt. Ihren erhitzten, geröteten Gesichtern entnahm sie, dass das Gespräch nicht gut verlief.

Emma trat zu ihnen und hörte Catherine sagen: »Aber sicherlich, Mylord, müssen Sie doch zustimmen, dass Frauen sehr wohl zu einer Intelligenz fähig sind, die der der Männer vielleicht nicht überlegen sein mag, aber doch zumindest mit ihr auf einer Stufe steht?«

»Diese Tatsache will ich gar nicht bestreiten, Lady Arden. Aber zu sagen, dass es ihnen erlaubt sein sollte, an einer Universität zu studieren, ist einfach lächerlich. Sie verstehen nicht, wie viele Stunden Arbeit dafür nötig sind, und Sie wissen auch nicht, wie die Studenten leben. Frauen sollten vor solchen Umgebungen geschützt werden. Sie haben Ihre eigenen Institute, in denen sie studieren mögen und die dazu gedacht sind, das Beste in ihnen hervorzubringen. Alle jungen Ladys scheinen heutzutage außerordentlich kompetent zu sein, und mit ihrem Talent in ihrem Bereich kann ein Mann es nicht aufnehmen. Danach müssen sie heiraten und Kinder gebären. Es ist die Aufgabe des Mannes, für die Familie zu sorgen und entsprechend seiner gewählten Beschäftigung weiter zu lernen. Was würde es einer Frau nützen?«, fragte Lord Raikes.

»Sie haben einfach nur Angst, dass wir sie auf ihrem Gebiet übertreffen könnten. Deshalb entscheiden sie sich, uns mit Gewalt statt mit Witz und Verstand zurückzuhalten. Wer kann behaupten, dass wir unfähig wären, für unsere Familien zu sorgen? Gouvernanten, Lehrerinnen, Dienstmädchen und Hausdamen verdienen sich alle ihren Unterhalt. Wir können nicht beweisen, was wir können oder nicht können, solange wir nicht die Gelegenheit dazu erhalten, uns auf Augenhöhe mit Männern zu messen.«

»Ich stimme Ihnen zu, dass sie bemerkenswerte Aufgaben erfüllen, aber können Sie sich eine Frau in einer Schlacht vorstellen? Oder wie sie sich auf der Suche nach Kohle in dunkle Höhlen wagt? Mit ihrer sanften Stimme politische Streitgespräche führt? Der weibliche Verstand und Körper sind anders beschaffen als bei einem Mann, und wir müssen uns auf unsere Stärken konzentrieren. Eine gemeinsame Universität für beide Geschlechter würde sich nur schwer überwachen lassen. Die Frauen wären nicht geschützt, da es schwierig ist, eine den Anstand sichernde Begleitung bei so vielen Ladys und Männern herzustellen, für welchen Zeitraum auch immer. Was die Männer betrifft, nun ja, die Frauenschar würde sich als Ablenkung erweisen. Wir können nicht zulassen, dass so etwas die Qualität der Erziehung unserer Gelehrten stört. Selbst wenn eine ungewöhnliche Frau sich hervortut und zu einer Universität zugelassen wird, was passiert dann danach mit ihr? Wer würde sie heiraten oder ihr eine Stelle anbieten? Was ist, wenn sie schwanger wird? Im Beruf hat man nicht den Luxus zu warten. Die Aufgaben müssen sofort erledigt werden. Kein Arbeitgeber wird neun Monate warten, bis seine Arbeiter zurückkehren.«

Catherine schnappte nach Luft. Es war unschicklich, so offen über Schwangerschaften zu sprechen, sogar unter Frauen. Man umschrieb sie als »andere Umstände«, sprach im Flüsterton darüber mit engen Freunden und erwähnte sie nie gegenüber Bekanntschaften. Sie starrte ihn zornig an, während ihre Verlegenheit gegen ihre wachsende Verärgerung kämpfte. Ihre Handflächen juckten vor Sehnsucht danach, ihm ins Gesicht zu schlagen, während ihre Erziehung ihr befahl, das Thema zu wechseln und über das Wetter zu sprechen.

Emma wusste, dass Lord Raikes verschiedene Länder bereist hatte und zweifellos vergessen hatte, sich wie ein Gentleman zu benehmen. Sie war bisher still geblieben, fasziniert von dem Thema, über das die beiden gesprochen hatten. Sie wusste, dass ihre Cousine einige befremdliche Ansichten hatte, aber noch nie hatte sie gehört, dass sie ihr Anliegen gegenüber einem Fremden so leidenschaftlich vertrat.

Sie erkannte auch Catherines Gesichtsausdruck. Als sie ihn das letzte Mal gesehen hatte, waren sie fünfzehn Jahre alt gewesen, und Catherine hatte einem Dorfmädchen ein Büschel Haare ausgerissen, nachdem es Emma verspottet hatte. Man legte sich nicht mit der Tochter des Dukes an und sprach so freimütig. Niemand sonst hätte es gewagt, solche Dinge zu Catherine zu sagen.

Sie mischte sich rasch ein. »Ich habe dich gesucht.« Einen Moment lang befürchtete sie, dass er sie nicht erkennen würde.

Er starrte sie mit ausdrucksloser Miene an und fragte: »Emma?«

»Heute ist Vollmond«, sagte sie in dem Versuch, ihm einen Wink zu geben.

»Ja, nun, das ist gut. Helligkeit schützt Menschen, die im Dunkeln nach Hause gehen, vor Straßenräubern.«

Emma wartete darauf, dass er sie bat, mit ihr auf den Balkon zu treten. Aber das tat er nicht.

Schließlich sagte sie: »Das Essen wird gleich serviert werden. Ich hoffe, du kannst noch etwas warten?«

»Nun ja, das kann ich.« Er drehte sich zu Catherine um. »Als ich auf einer Expedition in Ägypten war, bin ich aus Versehen in der Grabkammer einer Pyramide zurückgelassen worden. Ich hatte nicht mitbekommen, wie die Gruppe, mit der ich hineingegangen war, die Pyramide verlassen hatte, da ich voll und ganz damit beschäftigt war, eine erst kürzlich ausgegrabene Mumie zu untersuchen. Ich musste zwei ganze Tage ohne Nahrung auskommen. Dankbarerweise hatte ich genug Wasser, um nicht einem schmerzhaften Tod durch Dehydrierung zum Opfer zu fallen. Machen Sie sich keine Sorgen. Diese paar Augenblicke stören mich nicht.«

Emma stöhnte. Dieser Mann musste bei seiner Rolle bleiben. Ihr Earl würde niemals seine Umgebung vergessen und Ladys in aller Ruhe von seinen unglücklichen Erfahrungen berichten.

Er hätte über Rosen und Ponys reden sollen. Er hätte sie umwerben sollen, da sie sich hier zum ersten Mal nach einer langen Trennung wiedersahen. Stattdessen jagte er ihr mit Erzählungen über Mumien Angst ein.

»Sie waren in Ägypten?«, fragte Catherine. Im Gegensatz zu Emma klang sie wie verzaubert.

»Ja, vor ein paar Jahren. Es war eine sehr anregende Erfahrung. Ein Mann, mit dem ich gereist bin, wurde von einer Natter gebissen. Er ist gestorben.«

Während Catherine nach Luft schnappte, ging Emma weg. Sie hatte gar nicht gewusst, dass ihre Cousine eine so blutrünstige Ader hatte.

Kapitel 14

Die Duchess reichte Emma ein kleines Glas Kirschlikör. »Mein liebes Kind, du solltest deine Zeit nicht mit einer alten Frau verschwenden, wenn dein Verlobter im gleichen Zimmer ist. Wieso setzt du dich nicht zu ihm?«

»Du bist kaum alt, Tante. Und was den Earl betrifft-« Emma machte eine Pause; ihr wollte einfach keine Ausrede einfallen. Sie hatte sich neben die Duchess gesetzt, um genau dieser Frage aus dem Weg zu gehen.

Die Duchess tätschelte ihr mitfühlend die Hand. »Ich denke, die Zeit, die du von deinem Verlobten getrennt warst, hat die Dinge zwischen euch ein wenig schwierig gemacht. Durch die Briefe entwickelt sich eine bestimmte Vertrautheit, und wenn man der Person dann in Fleisch und Blut gegenübersteht, weiß man nicht, wie man sich verhalten soll. Lass dir Zeit, und ehe du dich versiehst, wird alles wieder normal sein.«

Emma war für diese Ausrede dankbar und stimmte von Herzen damit überein, wie ihre Tante die Situation deutete.

Es wurde verkündet, dass das Essen bereit war, und alle fanden sich im Esszimmer ein, wo der Duke bereits an der Stirnseite des Tisches saß.

Während der erste Gang serviert wurde, der aus kalter Suppe und Entensalat bestand, verwickelte der Duke Lord Raikes in ein Gespräch.

Es schien alles gut zu gehen, bis Catherine ihn unterbrach. »Du hast ihn jetzt lang genug für dich gehabt, Vater.« Sie neigte den Kopf in Lord Raikes' Richtung. »Und jetzt,

Mylord, habe ich eine Frage an Sie, die offenbar niemand stellt. Wie kommt es, dass Sie schwarze Haare haben, wenn der Earl doch, wie wir alle wissen, in Wirklichkeit blond ist?«

Alle am Tisch erstarrten und spitzten die Ohren, um die Antwort zu hören.

Lord Raikes wirkte nicht im Mindesten, als wäre ihm unbehaglich zumute. Er lehnte sich zurück und lächelte reumütig. »Das ist leider eine peinliche Geschichte, und ich hatte gehofft, sie nicht erzählen zu müssen. Aber ich sehe jetzt, dass es notwendig ist.«

Emma setzte sich aufrechter hin. Der Earl hatte es also nicht vergessen, und sie hatten sich eine Geschichte ausgedacht. Wenn sie peinlich war, würde sie glaubwürdiger sein.

Lord Raikes sprach weiter. »Ich habe einige Zeit bei einer Tante verbracht, die sieben Kinder hat. Mein achtjähriger Neffe ist mir die ganze Woche auf Schritt und Tritt gefolgt. Ich gestehe, dass ich manchmal geistesabwesend war, und eines Tages fand er mich in besonders abgelenkter Stimmung vor. Eine geschäftliche Angelegenheit bereitete mir Sorgen, und ich konnte mich nur schwer darauf konzentrieren, weil drinnen und draußen so viele Kinder herumliefen. Also vergeben Sie mir, was ich als Nächstes getan habe.«

Er machte an dieser Stelle eine Pause und trank einen Schluck Wein, ehe er weitersprach. »Er hat mich gefragt, wie er sich bei seinem Lehrer rächen könnte, der, wie er mir versicherte, ein absoluter Tyrann war. Als Kind hatte ich leidenschaftliches Interess an Chemie entwickelt. Ich gab ihm also ein Rezept für das Färben von Haaren, das ich einmal bei meiner Gouvernante angewendet hatte, die lange, rote Locken hatte, auf die sie außerordentlich stolz war. Das Färbemittel war leicht herzustellen; die Materialien finden sich in jedem Haushalt. Also, Sie können sich vorstellen, was als Nächstes passiert ist. Mein lieber, schlauer Neffe hat beschlossen, *meine* Haare zu färben, während ich schlief, um sicherzustellen, dass es auch funktioniert. Für den Jungen war es unvorstellbar, dass ein Erwachsener ihm einen guten Tipp geben würde, wie er Unfug anstellen konnte. Meine Tante hat mich daraufhin hinausgeworfen, was ich ihr nicht verübeln kann.«

»Es steht Ihnen. Nun, ich kann Sie mir gar nicht anders als mit schwarzen Haaren vorstellen«, meinte Prudence.

»Sie werden nur noch drei weitere Wochen dunkel bleiben. Irgendwann werden sie verblassen. Das Schwarz ist nicht dauerhaft.« Er lächelte.

Emma seufzte erleichtert, während Catherine enttäuscht wirkte.

»Es tut mir leid«, sagte sie leise zu Emma, während der Duke sich wieder mit Lord Raikes unterhielt.

»Was denn, Cat?«

»Emmy, ich habe mich gegenüber deinem Verlobten absolut fies verhalten. Es hat mich geärgert, wie er mich bei seinem Eintreffen behandelt hat. Trotzdem hätte ich mich mehr bemühen sollen, ihn zu mögen.«

»Sich an ihn zu gewöhnen braucht etwas Zeit«, antwortete sie. Insgeheim fragte sie sich, wie sie mit ihm umgehen würde. Der Mann hatte den ganzen Abend gerade einmal zwei Worte mit ihr gesprochen, und schon bald würden die anderen das bemerken. Verglichen mit seiner Arroganz wirkte Richard wie ein Engel.

Es war geplant, dass an diesem Abend getanzt wurde, deshalb zogen sich alle nach dem Essen ins Musikzimmer zurück.

Catherine saß am Piano und spielte, und die Duchess bedeutete Lord Raikes, den Tanz mit Emma zu eröffnen. Die Andeutung war deutlich genug, dass er sie verstand.

Entsprechend fand Emma sich schließlich mit ihm auf der Tanzfläche wieder, und das hieß auch, dass sie endlich mit ihm allein war.

»Sie müssen vorsichtig sein, Mylord. Alle haben bemerkt, dass Sie kaum mit mir gesprochen haben, seit Sie hier sind. Bitte vergessen Sie nicht, dass ich Ihre Verlobte bin.«

Lord Raikes antwortete mit einer Entschuldigung. »Richard hat mich in eine schwierige Situation gebracht. Ich bin nicht gut darin, mit Fremden umzugehen. Vergeben Sie mir, dass ich Ihnen nicht genug Aufmerksamkeit geschenkt habe. Ich werde mich von nun an bessern.«

»Ich vergebe Ihnen, Mylord. Und jetzt muss ich etwas wissen. Wie ist das Treffen mit dem Duke verlaufen? Hegt er irgendeinen Verdacht?«

»Nun, ich denke, es ist noch zu früh zu sagen, ob der Duke etwas vermutet. Er hat sich noch nicht ausführlich mit mir unterhalten, aber morgen früh wird er mir ganz sicher einige Fragen stellen. Er hat um ein Gespräch in seinem Arbeitszimmer gebeten.«

»Verstehe. Und haben Sie Richard getroffen?«

»Das habe ich. Ich habe zuerst im Dorf Halt gemacht, und er hat mich über alles in Kenntniss gesetzt. Er möchte, dass wir morgen nach dem Frühstück ein wenig spazieren gehen. Das wird jetzt noch warten müssen, da ich mich mit dem Duke treffen muss. Wir können aber nachmittags einen Spaziergang machen, und wenn Ihre Anstandsdame freundlich genug ist, uns allein zu lassen, können wir versuchen, Richard zu treffen.«

»Oh, ich werde Catherine bitten, Lady Babbage zu beschäftigen. Es wird kein Problem werden, ihr zu entkommen.«

»Catherine scheint mich nicht zu mögen.«

»Sie haben sie für eine Dienerin gehalten, Mylord. Es ist nicht verwunderlich, dass Sie sich gekränkt fühlt.«

»Oh nein, nicht schon wieder! Nur Dienerinnen sollten graue Kleidung tragen dürfen. Wie kann ein Mann den Unterschied zwischen einer Lady und einer Dienerin erkennen, wenn beide die gleiche Farbe tragen?«

»Sie hat ein taubengraues Seidenkleid getragen, und selbst, wenn sie einen Sack angehabt hätte, wäre es schwer, sie mit einer Dienerin zu verwechseln. Sie hat ein aristokratisches Gesicht, und ihre Hände sind so weich wie Butter.«

»Ja, ich verstehe nicht, wie mir ein solcher Patzer passieren konnte. Sie ist wunderschön. Ist sie verlobt?«

Emma hätte fast gelacht. Hier kam eine weitere Komplikation, die niemand brauchte.

»Sie wird nicht beansprucht, Mylord. Vergessen Sie aber bitte nicht, dass alle davon ausgehen, dass Sie mit mir verlobt sind.«

»Das werde ich ganz sicher nicht vergessen«, erwiderte er und starrte in die Ecke, wo Catherine am Piano saß und spielte. Nach ein paar Momenten des Schweigens seufzte er und meinte: »Sie spielt gut.«

Emma seufzte ebenfalls und ließ sich von ihm in Richtung des Pianos führen.

Er tanzte mit allen anwesenden Ladys, und da sie wusste, wie unbehaglich er sich fühlte, stellte sie zufrieden fest, dass es ihm gelang, sie alle zu bezaubern. Die Tatsache, dass er äußerst gut aussah, machte es ihm irgendwie leichter. Er sprach kaum ein Wort, aber das glichen die Frauen aus. Man sah in ihm einen guten Zuhörer, und welche Frau liebte nicht einen Mann, der zuhören konnte?

Im Gegensatz dazu tanzte er mit Catherine in vollkommenem Schweigen. Sie konnten keine Unterhaltung führen, ohne sich zu streiten, und so hielten sie beide es für klug, in dieser Situation den Mund zu halten.

∞∞∞

»Bist du dir sicher, dass du ihn heiraten willst?«

»Cat, wir sprechen jetzt seit zwei Stunden darüber. Ja, ich will den Earl heiraten. Kann ich jetzt bitte frühstücken?«

»Aber er ist so anders im Vergleich zu dem, was du erzählt hast. Er mag keine Gesellschaft. Ich konnte es den ganzen Abend in seinem Gesicht sehen. Er ist höflich, aber wenn er sich unterhält, wirkt es steif und gezwungen.«

»Du bist ihm gerade erst begegnet. Es tut mir leid, dass er dich für eine Dienerin gehalten hat, aber er ist ein sehr netter Mann. Gib ihm etwas Zeit. Er wird dir noch ans Herz wachsen. Du kannst einen Mann nicht nach einem einzigen gemeinsamen Abendessen beurteilen.«

»Ich weiß nicht, warum ich so heftig reagiere. So bin ich sonst gar nicht. Ich urteile gewöhnlich immer eher zugunsten von jemandem. Aber etwas in mir sagt mir, dass da was nicht stimmt. Sein Verhalten dir gegenüber war beinahe kalt.«

»Es war ihm peinlich. Er wollte Zeit mit mir alleine verbringen, aber es war schwierig, da so viele Leute jede unserer Bewegungen beobachtet haben. Wir haben uns beide nicht natürlich verhalten können, und ich bin mir sicher, dass es heute anders sein wird.«

»Vermutlich hast du recht«, meinte Catherine zweifelnd.

»Wir werden am Nachmittag einen Spaziergang machen. Kommst du mit?« fragte Emma.

»Ja, und ich halte euch die Anstandsdame vom Leib«, fügte sie listig hinzu.

»Danke. Und jetzt werde ich essen, und ich will kein weiteres Wort mehr von dir hören, bis ich fertig bin.«

Catherine überließ ihre Cousine ihrem Frühstück und ging in die Bibliothek. Sie war groß, und überall waren Bücher, und es roch nach Leder und Tabak.

Sie musste an ihren Vater denken, wie sie als Kind immer dort gesessen und ihm zugehört hatte, wenn er ihr mit seiner tiefen Bariton-Stimme etwas vorgelesen hatte. Es hatte sie getröstet, und sie vermisste diese Wintertage am Kamin immer noch. Jetzt fand sie den gleichen Trost in Büchern, und ihre Liebe für diesen Raum war in den letzten Jahren gewachsen.

Sie ging zu dem Regal und musterte die Titel, als ein Husten sie darauf aufmerksam machte, dass noch jemand im Zimmer war.

Lord Raikes spähte um die Seite eines Stuhles mit hoher Rückenlehne. Die Sonne strömte durchs Fenster, fiel auf seinen Hinterkopf, so dass seine Haare leuchteten wie schwarze Eisscherben. Ein dunkler Bartschatten umgab sein Kinn, und er sah noch viel besser aus als bei seiner Ankunft.

Sie begrüßte ihn, schürzte die Lippen und musterte ihn wachsam.

Lord Raikes erwiderte die Begrüßung nicht, sondern trat

zu ihr und nahm ihre Hand. »Es tut mir außerordentlich leid, dass ich Sie gekränkt habe, Lady Arden.«

Sie starrte verlegen in seine dunkelblauen Augen. Sie hatte nicht erwartet, dass er sich ihr so kühn nähern würde.

»Vergeben Sie mir, Mylord, ich habe mich ebenfalls schlecht benommen. Ich fühlte mich in meinem Stolz verletzt und habe versucht, es Ihnen heimzuzahlen.«

Er lächelte amüsiert, und um seine Augen bildeten sich Fältchen. »Wollen wir dann von nun an Freunde sein und den ganzen Vorfall vergessen?«

»Ja, das würde mir gefallen, Mylord.«

Er drückte ihr kurz die Hand, bevor er weitersprach. »Ich finde häufig Trost in Bibliotheken. Sie riechen nach Büchern und Leder, und trotz der unterschiedlichen Einrichtung sind sie die gemütlichsten Räume in jedem Haushalt.«

»Dem stimme ich zu«, sagte sie und versuchte, ihm ihre Hand zu entziehen.

Er weigerte sich, seinen festen Griff zu lockern.

»Sie sind auf der Suche nach einem Buch hierher gekommen«, sprach er weiter, als würde er gar nicht merken, dass sie versuchte, sich aus seinem Griff zu befreien. »Gestatten Sie mir, dass ich Sie zu einigen Titeln führe, die sich als Lektüre für Frauen eignen. Sie können über meine Wahl am Nachmittag mit mir diskutieren, wenn wir unseren Spaziergang machen.«

Sie riss ihre Hand frei, und ihre zuvor sanftere Stimmung verwandelte sich sofort in wilden Zorn. Sein Ton war so autoritär, dass es sie ärgerte.

»Ich kann mir meine Bücher selbst aussuchen, danke. Ich brauche keinen Rat, und es ist mir erlaubt, zu lesen, was ich will. Mein Vater hat nie versucht, meinen Geschmack zu diktieren oder mir bestimmte Werke vorzuschlagen, die als für Ladys geeignet gelten. Er glaubt daran, dass es gut ist, wenn ich eine breite Erziehung genieße, und gestattet mir, selbst zu beurteilen, was für mich angemessen ist. Und was das Diskutieren von irgendetwas am Nachmittag betrifft, fürchte ich, dass Sie vergessen, dass Sie mit Emma beschäftigt sein werden, Ihrer Verlobten, die Sie seit einigen Wochen nicht mehr gesehen haben. Sie werden kaum Ihre Zeit damit verschwenden wollen, sich mit mir zu unterhalten.«

Sein dunkler, verhüllter Blick suchte ihr Gesicht, und seine Miene war abschätzend. Ihr plötzlicher Ausbruch schien ihn nicht zu kränken, aber ein Gesichtsausdruck konnte auch täuschen.

Sie senkte die Lider, denn sie war nicht in der Lage, seinem Blick lange standzuhalten.

Er musterte die Bücher in den Regalen mit einem leichten Lächeln. Seine Brauen hoben sich, als er einen Herzschlag von Catherine entfernt eine teilweise verborgene Ausgabe eines Buches entdeckte.

Er runzelte die Stirn. »Wollen Sie damit sagen, dass Ihr Vater es Ihnen erlaubt, jedes Buch in dieser Bibliothek zu lesen? Gibt es gar keine Titel, die für Sie verboten sind?«

»Mein Vater hat niemals versucht, mir meine Lesegewohnheiten vorzuschreiben«, log sie kühn. Es war ihr nicht erlaubt, in bestimmten Bereichen der Bibliothek zu stöbern, aber sie zögerte, dies diesem verflucht arroganten Mann gegenüber zuzugeben.

Er trat zu dem Regal und zog den Band hervor, den er beäugt hatte. Er hielt ihr das Buch entgegen und fragte weich: »Und was bitte ist Ihre Meinung über dieses bestimmte Werk der Poesie?«

Catherine starrte gedemütigt auf eine zum Teil nackte Frau, die den Deckel von »Ovid« zierte. Ihre Wangen röteten sich, und sie wagte es nicht, den Blick zu dem lachenden Mann zu heben.

Sie konnte weder leugnen noch schamlos zustimmen, dass sie das Buch gelesen hatte. Stattdessen wählte sie den Weg des Feiglings und floh.

Sein Gelächter verfolgte sie, als sie aus dem Zimmer rannte.

Kapitel 15

Am Nachmittag musste Catherine ihren ganzen Mut zusammennehmen, um sich zu der Gruppe zu gesellen. Sie spritzte sich mehrmals Wasser ins Gesicht, um die erhitzten Wangen zu kühlen. Im Gegensatz zu ihrer Cousine war sie immer sittsam und schüchtern gewesen. Ihr seltsames Verhalten und ihre Freimütigkeit gegenüber dem Earl alarmierten sie.

Während Emma über den Vorfall gelacht hätte, wäre sie am liebsten ins Bett gegangen und hätte sich dort verkrochen. Es war ihr Stolz, der sie zwang, sich dem Mann zu stellen. Sie war schließlich die Tochter des Dukes, und kein noch so spöttisches Lächeln hätte sie dazu gebracht, wegen eines so unbedeutenden Vorfalls eine Krankheit vorzutäuschen.

Daher stapfte sie also in einem hellblauen Kleid in den Garten. Ein cremefarbener Schal um die Schultern erinnerte sie daran, dass der Sommer wirklich vorüber war.

Lord Raikes sah kurz zu Catherine, die einen bezaubernden Anblick bot. Emma hielt sich an seinem Arm fest, als sie den Weg entlangschlenderten, aber seine Blicke kehrten immer wieder zu ihrer Cousine zurück.

Catherine hatte den Blick gesenkt und ihn noch kein einziges Mal angesehen.

Ihre sanfte Erwiderung auf seine Begrüßung machte ihn gereizt. Am liebsten hätte er ihr Kinn gehoben und sie gezwungen, seinem Blick zu begegnen.

»Sehen Sie, Mylord, die Blätter färben sich golden«, sagte

Prudence und unterbrach damit seine Gedanken.

Prudence war ein anderer Grund, weshalb er verärgert war. Sie hatte sich ihm unverhohlen an den Hals geworfen und dabei die anderen Mädchen rüde ignoriert. Sie klammerte sich an seinen anderen Arm, während er sich angestrengt bemühte, zu vergessen, dass sie da war.

»Ja, sie werden golden, aber das war zu erwarten, da der Herbst einsetzt«, erwiderte er höflich.

»Möchten Sie gerne ausreiten, Mylord? Im Stall gibt es einige vorzügliche Pferde. Wir sollten die letzten paar Tage, an denen es noch warm ist, nutzen«, sagte Prudence.

»Ich bezweifle, dass Lady Babbage in diesem Leben jemals auf einem Pferd sitzen möchte«, sagte Emma und sah zu der älteren Frau, die mit Catherine hinter ihnen herging. »Abgesehen davon ist es nicht warm. Der Regen letzte Nacht scheint alle Spuren des Sommers weggespült zu haben.«

»Wir können allein gehen.« Prudence sah Lord Raikes an und klimperte mit den Wimpern. »Ich bin bereit, die Chance zu ergreifen und den Zorn des Dukes auf mich zu ziehen, wenn Sie es sind.«

»Ich fürchte, ich werde Ihr verlockendes Angebot ausschlagen müssen, da ich ein bisschen Zeit mit meiner Verlobten verbringen möchte. Ich habe sie lange nicht mehr gesehen«, sagte er höflich.

Der Hinweis, sie allein zu lassen, ging an Prudence nicht vorbei, und sie warf Emma einen vernichtenden Blick zu. Aber ihr fiel kein Grund ein, weshalb sie sich noch länger an seinen Arm klammern sollte, und so ließ sie die Hand fallen und drehte sich zu Catherine um, um sie in ein Gespräch zu verwickeln.

»Wie können wir ihnen entkommen?«, flüsterte Emma zu Lord Raikes. »Catherine kann sich um Lady Babbage kümmern, aber Prudence hat ein Auge auf Sie geworfen. Sie wird uns nicht so leicht verschwinden lassen.«

»Ich glaube, heute werden wir Richard womöglich nicht treffen können. Warten Sie … ist er das nicht, der Mann, der da drüben in dem Blumenbeet arbeitet? Du meine Güte, ich hätte nie gedacht, dass ich ihn jemals dabei sehen würde, wie er sich liebevoll um Gänseblümchen kümmert«, erwiderte er lachend.

Sie runzelte finster die Stirn und trat zu dem Earl, zog Lord Raikes dabei mit sich.

»Guten Abend, Miss. Schöner Tag«, sagte der Earl und stellte den Spaten beiseite.

»Wir können sie nicht loswerden«, beeilte Emma sich zu sagen. »Kannst du heute Abend in mein Zimmer kommen?«

Als Lord Raikes darauf entsetzt aufkeuchte, grinste der Earl. »Es ist nicht das, was du denkst, William. Ich bin vollkommen ehrenhaft gewesen, entgegen meiner Natur. Klapp den Mund wieder zu, Mann, und hör auf, dich wie eine empörte Jungfrau zu verhalten.«

Die hohe Stimme von Prudence unterbrach ihre geflüsterte Unterhaltung. »Sie haben den Gärtner gefunden. Ich muss Ihnen sagen, Mylord, dass Emma eine große Leidenschaft für das Gärtnern entwickelt hat. Ja, sie ist niemals weit entfernt vom Obergärtner.«

Lord Raikes beäugte den Obergärtner voller Zuneigung. »Ich bin glücklich, dass meine Verlobte Interesse an Pflanzen entwickelt hat. Ich hege selbst eine Vorliebe für sie. Kaninchen essen Blätter, und ich esse Kaninchen.«

Prudences Augen weiteten sich.

Lord Raikes lächelte und sprach weiter. »Wenn es keine Heilkräuter gäbe, wäre ich heute nicht mehr am Leben. Ja, wirklich, als ich in Indien war, erkrankte ich an Gelbfieber, und-«

»Mir ist kalt, Richard«, wandte Emma ein. Es freute sie, dass Lord Raikes versuchte, sich für ihr Interesse am Gärtnern einzusetzen, aber ihre Stimmung war rapide gesunken. Denn sie hatte begriffen, dass es nun, da Lord Raikes hier war, noch schwieriger werden würde, Richard zu treffen. Prudence würde ihnen überall hin folgen.

Lord Raikes sah den frustrierten Ausdruck in Emmas Gesicht und führte sie sanft in Richtung Haus.

Er neigte den Kopf dicht an ihr Ohr und sagte: »Ich glaube, es wird leichter für unseren Gärtner werden, Sie nachts zu treffen. Wenn er entdeckt wird, während er in den Korridoren herumläuft, kann er immer noch sagen, dass ich um seine Anwesenheit gebeten habe. Ich kann so tun, als hätte ich mir in irgendeinem exotischen Land ein Fieber eingefangen, dessen Symptome nur durch bestimmte Kräuter zu lindern sind. Und wer wäre geeigneter als der Obergärtner, um mir zu helfen? Ich kann das Leiden sogar etwas peinlich machen, damit niemand sich traut, genauer nachzufragen.«

Emma lächelte ihn zum ersten Mal in aufrichtiger Freude an. Er war es wert, ein Freund von Richard zu sein. Was bedeutete, dass Lord William Raikes das Potential hatte, genauso frech zu sein wie der Earl.

Jetzt endlich war Emma in der Lage sich vorzustellen, dass sie den Mann mögen konnte.

∞∞∞

Der echte Earl sah, wie Emmas Gesicht sich erhellte, nachdem sein Freund ihr etwas ins Ohr geflüstert hatte. Als er sie lachen sah, fragte er sich unsicher, ob er einen Fehler gemacht hatte, indem er seinen gutaussehenden Freund in seine Scharade einbezogen hatte. William war nicht nur reich, sondern außerdem auch berühmt.

Gereizt riss er ein Gänseblümchen aus und warf es weg. Er würde seinen Freund ermahnen müssen, die Finger von ihr zu lassen und aufzuhören, sie zum Lachen zu bringen oder ihr irgendetwas ins Ohr zu flüstern. Nun, er würde ihm sagen, dass er niemals wieder ein Wort mit Emma wechseln sollte.

Er stand auf und ging – ohne darauf zu achten, dass es seiner Rolle als alter Mann nicht entsprach – rasch zu einem Teich, den er kannte. Er war vom Haupthaus aus nicht zu sehen und von Trauerweiden gesäumt. Ein trauriger, aber wunderschöner Anblick.

Er entschied sich für einen Baum, der besonders verdrießlich wirkte und dessen Zweige beinahe das schimmernde Wasser unter ihm berührten. Er kletterte weit genug hinauf, dass er nicht gesehen werden konnte, und holte seinen Tabak hervor.

Er wollte in Ruhe dort sitzen und nicht entdeckt werden, während er nach den besten und schrecklichsten Worten suchte, mit denen er seinen besten Freund beschreiben konnte.

Sein kreativer geistiger Prozess wurde gestört, als Stimmen zu ihm heraufdrangen. Rasch rückte er sich etwas zurecht, um vor neugierigen Blicken verborgen zu sein.

»Ich brauche mehr Zeit«, jammerte eine weibliche Stimme.

»Du hast ein Jahr gehabt«, antwortete eine ältere Frau. »Ich bezweifle allmählich, ob du das Geld auftreiben kannst. Deine Kleider sind unmodisch und verändert worden, damit sie den neuesten Stilen entsprechen. Ich erinnere mich an dieses abscheuliche Gelb, auch wenn du den Schnitt verändert hast.«

»Das ist nicht wahr! Ich brauche einfach nur Zeit. Ich werde schon bald einen wohlhabenden Mann heiraten.«

»Hör auf, dich selbst zu belügen. Du bist jetzt schon eine ganze Weile in der Gesellschaft und hast noch keinen einzigen Fang gemacht. Du wirst verzweifelt und hast angefangen, dich dem Earl an den Hals zu werfen. Wir wissen beide, warum.«

»Ich bin mir sicher, dass Papa mir eine weitere Saison finanzieren kann, und wenn ich heirate, verspreche ich, dass ich Sie großzügig bezahlen werde.«

»Dein Vater hat kein Geld mehr. Er schwimmt in Schulden, und das weißt du. Er wird nicht in der Lage sein, dir noch eine weitere Saison zu finanzieren. Ich bezweifle, dass du dich jemals gut verheiraten wirst, aber dein Geheimnis ist bei mir sicher.«

»Danke-«

Die Stimme unterbrach sie scharf. »Danke mir nicht, solange du nicht alles gehört hast, was ich zu sagen habe. Gestern Abend hast du eine hübsche Brosche getragen. Ich habe Gefallen an ihr gefunden. Rubine, wenn ich mich nicht irre. Bring sie mir, und du bekommst vielleicht noch einen weiteren

Monat.«

»Aber sie gehört mir nicht! Meine Großmutter hat sie mir geliehen. Ich muss sie ihr zurückgeben. Ich kann sie Ihnen nicht geben.«

»Nun, dann habe ich nichts weiter zu sagen.«

»Warten Sie, ich habe Perlen.«

»Ich *will* diese Brosche.«

»Na schön, ich … ich bringe sie Ihnen heute Nacht.«

»Danke, und nächstes Mal werde ich mich nicht auf diese Weise mit dir treffen. Ich ziehe es vor, meine Transaktionen diskret zu handhaben. Leg eine Nachricht in meinen Nähkorb, wenn du mir etwas Wertvolles zu geben hast. Ansonsten belästige mich nicht mehr, indem du mich aufsuchst.«

Der Earl saß Pfeife schmauchend da, während er über die Unterhaltung nachdachte. Die Stimmen waren unverkennbar gewesen. Prudence hatte mehr Zeit von Lady Babbage erbeten. Er hatte recht gehabt. Die alte Frau führte etwas im Schilde.

Es war offenkundig, dass sie irgendetwas gegen das Mädchen in der Hand hatte. Es überraschte ihn, dass die Barkers in finanziellen Schwierigkeiten steckten. Sie wirkten gut gekleidet, allerdings hatte Emma erwähnt, dass Mrs Barker sich genauso verzweifelt verhielt wie ihre Tochter.

Erpresste Lady Babbage sowohl die Mutter als auch die Tochter, oder war Mrs Barker einfach nur bereit, die Mätresse des Dukes zu werden, um ihre finanzielle Situation zu verbessern?

Der ganze Vorfall hinterließ einen schlechten Geschmack in seinem Mund. Wie konnte diese Frau so herzlos sein und von jemandem, die so jung war, eine Bezahlung verlangen? Er hatte Prudence nie gemocht, aber das hieß nicht, dass sie so grausam behandelt werden sollte. Er dachte daran, Emma davon zu erzählen.

Emma würde genauso empört sein wie er, aber würde sie ihre Gefühle vor der bösartigen Frau verbergen können? Es würde schwerer für sie sein, sich zu verstellen. Einen Gärtner zu erpressen, damit er irgendeine seltsame Aufgabe erledigte, war etwas anderes, als von einem hilflosen jungen Mädchen eine

Bezahlung zu verlangen.

Was für eine Indiskretion Prudence auch begangen haben mochte, es kam ihm nicht angemessen vor, dass Lady Babbage sie wie ein Schwert über ihren Kopf schwang.

Angewidert löschte er seine Pfeife. Er konnte es Emma nicht sagen, zumindest jetzt noch nicht. Sie würde die Lady niemals höflich behandeln oder so tun können, als wüsste sie nicht, was im Haus vor sich ging.

Er würde William warnen und ihn bitten müssen, die Geschehnisse im Auge zu behalten.

∞∞∞

»Muss ich Sie wieder um Vergebung bitten, Lady Arden?«

Catherine verfehlte ihre Lippen, und der Tee benetzte stattdessen ihr Kinn.

»Hier«, sagte Lord Raikes und reichte ihr ein schneeweißes Taschentuch.

Sie sah ihn fragend an.

»Der Tee könnte auf Ihr Kleid tropfen. Mir gefällt diese Farbe auf Ihrer Haut, und ich möchte nicht, dass der Stoff Flecken bekommt«, erklärte er.

Verlegen nahm sie das Taschentuch und wischte sich rasch die Flüssigkeit ab.

»Sie haben meine erste Frage noch nicht beantwortet. Muss ich mich entschuldigen? Ich hatte heute Morgen nicht vorgehabt, Sie aufzuziehen. Nein, versuchen Sie nicht, mir einzureden, dass es nichts war. Sie haben mich seit dem Vorfall nicht ein einziges Mal angeschaut, weder bei unserem Spaziergang noch beim Abendessen.«

Catherine sah sich um und suchte nach einem Ausweg.

»Mache ich Ihnen Angst?«

»Nein!«, fauchte sie. Ihre Augen blitzten wütend, als sie schließlich seinem Blick begegnete.

»Schon besser. Ich werde mir Mühe geben, Sie nicht mehr

aufzuziehen.«

Sie nickte fahrig, versuchte, von ihm wegzurücken.

Er hatte sich neben sie gesetzt, sobald Lady Babbage sich zum Schlafen zurückgezogen hatte. Niemand schien Lust zu haben, den Abend früh zu beenden, und sie hatte die festliche Stimmung genossen, die der neue Gast mit sich gebracht hatte.

Die untergehende Sonne, die sanfte, kühle Brise, die an den Fenstern rüttelte, und der reichliche Wein hatten alle in eine ungewöhnliche Stimmung versetzt. Alle spürten den Kitzel der späten Stunde, und ganz allmählich begann die höfliche Etikette zu verblassen, und Zungen formulierten Sätze, die sich am Rande der Schicklichkeit bewegten.

Lord Raikes warf ihr einen unergründlichen Blick zu, während seine Finger ein Stück des moosgrünen Seidenstoffs ihres Kleids berührten, der dicht bei ihm lag. »Ich habe nie gemerkt, wie gut Grün zu Blau passt. Ich gestehe, ich habe überhaupt nie bemerkt, wie wunderschön dieses Material ist. Es schmiegt sich an den Körper und reizt die Phantasie.«

Sie sprang auf, und ihre hellblauen Augen starrten in seine dunkleren.

»Ich denke, ich hätte gern noch etwas Tee, Mylord.« Sie wandte sich ab, wirbelte aber gleich darauf wieder zu ihm herum. »Ich kann nicht hier sitzen und zuhören, während Sie so reden. Wie können Sie nur? Sie wissen, dass Sie meine Cousine heiraten werden. Ich bitte Sie inständig, halten Sie Ihre Zunge im Zaum. Ich bin nicht in London gewesen und auch nicht in der Gesellschaft; daher weiß ich nicht, wie man diese Spiele spielt. Sehen Sie in mir bitte mehr ein Landei als eine kultivierte Londonerin, und wählen Sie Ihre Worte mit Bedacht.«

Er stand auf, und kurz flackerte Schmerz in seinem Gesicht auf.

»Ich denke, Sie sind ein wunderschöner Blaustrumpf, und ich wünschte, die Umstände wären anders. Bitte vertrauen Sie mir und urteilen Sie nicht so harsch über mich. Ich weiß, dass im Augenblick alles, was mich betrifft, unschön erscheint, aber hassen Sie mich noch nicht. Ich flehe Sie an, mir Zeit zu geben, mich zu erklären.«

»Selbst wenn Sie nicht mit meiner Cousine verlobt wären, würde es mir schwerfallen, Ihre Arroganz zu ignorieren. In jedem Ton und jedem Wort, das Sie sprechen, schwingt ein Befehl mit. Ich fürchte, Hass ist ein zu harsches Wort, um meine Gefühle zu beschreiben. Was ich Ihnen gegenüber wirklich empfinde, ist eher Gleichgültigkeit – und Sorge um Emma. Das Mädchen hat offenbar wegen eines hübschen Gesichts den Verstand verloren.« Und damit ging sie weg.

∞∞∞

Catherine starrte auf das schneeweiße Taschentuch in ihrer Hand. In ihrer Aufregung hatte sie vergessen, es ihm wiederzugeben. Jetzt würde sie zurückgehen und wieder mit ihm sprechen müssen.

Sie sah zu dem brennenden Feuer im Kamin und dachte daran, es hineinzuwerfen. Es wäre allerdings kindisch, wie sie sich schließlich eingestand.

Lord Raikes war ein Filou. Er wagte es, offen mit ihr zu flirten und Dinge zu sagen, die kein Gentleman jemals äußern würde. Ihre Wangen brannten, und ihr stiegen Tränen der Wut in die Augen. Sie hasste diesen Mann und fragte sich, wie lange sie seine abscheuliche Gegenwart noch ertragen musste. Jedes Mal, wenn sie ihm begegnete, schien sie in eine peinliche Lage zu geraten.

Eine dunkle Stelle am Rand des Taschentuchs erregte für einen Moment ihre Aufmerksamkeit. Sie blinzelte und musterte die Stickerei in der Ecke, zwinkerte dann die Tränen weg, um sie besser sehen zu können.

Sie runzelte die Stirn. Die Initialen waren W.S.R.; wieso hatte der Earl W.S.R. in sein Taschentuch sticken lassen? Hätte da nicht R.A.H. stehen müssen? Ihr anfänglicher Argwohn kehrte zurück.

War dieser Mann wirklich Richard Hamilton, oder

jemand anderes? Zumindest war er nicht so, wie Emma ihn beschrieben hatte. Er verhielt sich wie ein Earl und beherrschte die hochmütigen Gepflogenheiten perfekt, aber ihr Unbehagen blieb dennoch.

Von Anfang an hatte etwas nicht richtig gewirkt. Sie fragte sich, ob Emma einen Liebhaber hatte, und ob dies ihre Art war, ihn dem Duke zu präsentieren. Sie konnte den Brief abgefangen und den Mann gebeten haben, sich als ihr Earl auszugeben. Vielleicht hatte sie vorgehabt zu zeigen, wie viel besser als der Earl dieser Mann war.

Sie verzog verärgert das Gesicht. Ihre Phantasie ging mit ihr durch, wenn sie glaubte, dass Emma eine solche Täuschung durchführen würde. Wenn die Wahrheit wirklich herauskam, würde der Duke allenfalls verärgert sein, und er würde ihrer Cousine jeden weiteren Kontakt mit diesem Mann verbieten.

Aber warum, fragte sie sich schonungslos, versuchte sie sich selbst davon zu überzeugen, dass der Earl ein Betrüger war?

Sie hatte sich den Earl immer als männliche Version ihrer Cousine vorgestellt – zu Späßen aufgelegt, kühn und charmant und nur daran interessiert, draußen in der Natur zu sein.

Sie hatte einen Jungen erwartet. Stattdessen hatte sie es mit einem intelligenten Mann zu tun, der sehr belesen war, interessant, tiefsinnig und introvertiert. Kein Wunder, dass sie verwirrt war. Er entsprach so ganz und gar nicht dem, was ihre Cousine ihr über ihn berichtet hatte. Sie war nicht vorbereitet gewesen – das war es. Das war der einzige Grund für ihren Zwiespalt. Ihre Bekanntschaft hatte einen schlechten Start gehabt, und die Situation war nur immer schlimmer geworden.

Sie schloss die Augen und holte ein paar Mal tief Luft, um sich zu beruhigen. Mit seiner Flirterei musste er kultiviertere Ladys bezaubert haben, während sie nur an die wenigen unreifen Bemühungen der Dorfjungen gewöhnt war. Er hatte sie überrascht, seine Worte hatten sie schockiert.

Mit zunehmender Beschämung begriff sie, dass sie wie ein noch größerer Dummkopf aussehen musste als in dem Moment, da ihr der Tee über das Kinn gelaufen war.

Vielleicht war es in London der letzte Schrei, so kühn zu flirten. Sie lebte in einem abgeschiedenen Dorf und hatte nicht mitbekommen, wie sich die Gesellschaft verändert hatte. Er hatte vermutlich einfach nur die Dinge gesagt, die von ihm erwartet wurden, und sie hatte überreagiert, hatte in seine Worte mehr hineingelesen, als er vorgehabt hatte. Vielleicht hatte er gar kein Interesse an ihr, und ihr Ausbruch hatte einfach nur ihren unangebrachten Stolz betont.

In das dumme Taschentuch konnte schließlich auch der Name seiner Großtante eingestickt sein. Wütend drehte sie sich um und ging zu Bett, ohne irgendwem noch eine gute Nacht zu wünschen.

Kapitel 16

»Ich möchte, dass du dich von William fernhältst.«

Emma löste sich aus der Umarmung des Earls. Er hatte sie wieder in ihrem Zimmer besucht, und sie hatte sich glücklich in seine Arme gestürzt. Jetzt forschte sie in seinem Gesicht und bemerkte die angespannten Linien um seinen Mund.

»Warum?«

»Weil er ein Lebemann ist und ein Lump, und du bei ihm nicht sicher bist! Du weißt nicht, was für Dinge er getan hat. Er ist zehn Mal schlimmer als ich. Er hat keinen ehrlichen Knochen in seinem Körper, und er wird dich kompromittieren, bevor du es auch nur mitbekommst. Warum lachst du?«

»Er ist dein bester Freund, und was das Kompromittieren betrifft, spricht er kaum mit mir. Er ist von meiner Cousine besessen. Ich muss ihn immer wieder daran erinnern, dass ich seine Verlobte bin.«

»Seine *vorgebliche* Verlobte.«

»Ja, stimmt, seine *vorgebliche* Verlobte, und ich denke, wir sollten uns Sorgen machen, dass er Catherine unter dem Dach des Dukes kompromittiert. Ich habe meine arme Cousine noch nie so häufig erröten sehen wie in seiner Gegenwart. Ich dachte, er wäre ein langweiliger alter Professor, aber er muss ein paar wirklich empörende Dinge zu ihr gesagt haben, um sie so aus der Fassung zu bringen.«

»Oh je.«

»Richard«, sagte sie kichernd. »Du klingst wie meine

Mama. Dein missbilligender Ton passt perfekt.«

»Nun ja, da ich schon bald mit ihr verwandt sein werde, fühle ich mich verpflichtet, Catherine vor diesem Halunken zu beschützen.«

»Woher kommt dieser plötzliche Sinneswandel? Ich dachte, ihr beide wärt beste Freunde, und deinen eigenen Worten zufolge ist er absolut wunderbar. Wenn du nicht möchtest, dass ich irgendetwas mit ihm zu tun habe, warum in aller Welt hast du dann ihn für diese Scharade ausgewählt? Ich kann meine Rolle nicht spielen, wenn ich noch nicht einmal mit ihm sprechen darf. Zumindest wird der Duke es entschieden seltsam finden.«

»Das war vorher.«

»Vor was?«

»Egal. Hör mir einfach nur zu. Du musst zur Anstandsdame deiner Cousine werden und meine Tirade darüber, dass du dich von ihm fernhalten sollst, vergessen. Er ist ein gerissener Fuchs, und wir müssen dafür sorgen, dass Catherines Unschuld sicher ist. Ansonsten werden wir uns um noch ganz andere Dinge Gedanken machen müssen, wenn der Duke meine Identität herausfindet. Ich bin mir nicht so sicher, ob ich in einem Duell gegen ihn gewinnen würde. Er übt jeden Morgen, wusstest du das? Ich habe ihn beobachtet, und er trifft auf fünfzig Schritte genau.«

»Ich glaube, dass William ein Gentleman ist, und noch vor wenigen Tagen hattest du eine ganz andere Meinung von ihm. Es interessiert mich wirklich, weshalb du deine Meinung geändert hast.«

Der Earl beugte sich zu ihr und küsste sie, um sie zum Schweigen zu bringen. Er wollte nicht zugeben, dass er eifersüchtig war.

Sie versuchte lachend, ihn davon abzubringen, um ihren Gedankengang weiter verfolgen zu können, aber er hielt ihre Hände eisern fest, so dass sie keine Möglichkeit hatte, zu entkommen. Schließlich gab sie nach, und ihr Lachen verklang, als Begierde in ihr aufstieg.

Ein Klopfen an der Tür ließ sie beide erschreckt auseinanderspringen.

»Wer ist da?«, rief Emma.

»Raikes.«

»Dieser nichtsnutzige-« Die Tirade des Earls wurde von Emma unterbrochen, die rasch die Tür öffnete.

»Ich habe ihn herbestellt«, sagte sie entschuldigend. »Ich dachte, wir könnten hier leichter über alles reden.«

»Du, meine Liebe, wirst in deinem Schlafzimmer niemals einen anderen Mann als mich empfangen. Ist das klar?«, knurrte der Earl.

Sie sah seinen zornigen Blick und nickte kleinlaut.

Er wandte sich an Lord Raikes.

»Und du gehst raus und bleibst dort. Ich komme in dein Zimmer. Wir können uns dort unterhalten, und du kannst Emma morgen bei Tageslicht auf den neuesten Stand bringen, wenn wenigstens drei Anstandsdamen anwesend sind. Ist das klar?«

»Ja, Richard«, sagte er in einer brillanten Imitation einer kleinlauten jungen Lady. Am Ende machte er einen Knicks.

Emma begann zu kichern, und der Earl schlug hinter seinem Freund die Tür zu.

∞∞∞

»Zumindest wirst du jeden Abend für mich ein Glas anständigen Whisky haben. Bislang habe ich solche kleinen Genüsse nie zu schätzen gewusst«, murmelte der Earl.

»Du kannst auf dem Sofa schlafen«, bot Lord Raikes ihm an.

»Das würde Pickering bemerken. Ich denke, der Duke hat ihn gebeten, mich im Auge zu behalten, und er gibt eine gute Imitation eines treuen Hundes ab. Ich hätte Lust, ihn mit dem doppelten Lohn wegzulocken.«

»Damit du ihn herumkommandieren kannst, wie er es in

den vergangenen Tagen mit dir gemacht hat?«

»Genau«, erwiderte der Earl und trank einen Schluck.

»Du weißt, dass ich es niemals wagen würde, Emma als irgendetwas anderes zu betrachten als deine Braut, oder?«, fragte er ernst.

»Das weiß ich. Es tut mir leid, dass ich so heftig reagiert habe. Es ist nur so, dass die Eifersucht nicht weit entfernt ist, wenn man eine Frau gefunden hat, die einem etwas bedeutet. Ich möchte sie besitzen, und ich weiß, wie barbarisch das klingt, glaube mir«, sagte der Earl reumütig. »Aber eines Tages wirst du es verstehen. Es ist ein Teil des Grundes für diese Scharade. Ich möchte sie heiraten und mich wie ein Ehrenmann verhalten. Nicht nur, weil ich sie körperlich begehre, sondern weil ich sie an meiner Seite haben will, mein Leben mit ihr verbringen will, ein Heim und Familie mit ihr haben will. Ich möchte, dass die Leute, die mir wichtig sind, sie kennen und lieben, wie sie es verdient hat.«

»Ich hätte nie gedacht, dass ich den Tag erleben würde, an dem mein Freund zugibt, dass er jemanden liebt.«

»Ich habe nie gesagt, dass ich sie liebe!«

»Das musst du auch gar nicht«, entgegnete Lord Raikes lächelnd.

»Genug von mir, sag mir jetzt, wie gefällt es dir, verliebt zu sein?«

»Verliebt zu sein! Du musst scherzen. Ich bin ihr gerade erst begegnet.«

»Ja, Prudence ist ein reizendes Mädchen. Du könntest es nicht besser treffen als mit ihr.«

»Pru-«, stotterte er, dann bemerkte er, dass der Earl lachte, und machte ein finsteres Gesicht. »Die würde ich noch nicht einmal mit der Kneifzange anfassen.«

Der Earl wurde wieder ernst. Ihm tat das unglückliche Mädchen wieder einmal leid. Er erzählte, was am Nachmittag geschehen war, und berichtete von Lady Babbages Versuchen, ihn zu erpressen.

Lord Raikes runzelte die Stirn. »Lady Babbage scheint

Catherine aufrichtig zu mögen, aber es überrascht mich nicht, von ihren unfreundlichen Machenschaften zu hören. Sie erinnert mich an eine Tante, die ich hatte. Eine Frau, die nach Außen wunderbar ruhig gewirkt hat, aber unter der Oberfläche war sie so verbittert und wütend, dass sie am Ende ihr eigenes Kind getötet hat und dafür gehängt worden ist.«

»William, Lady Babbage macht mir Angst, und ich habe kein Problem, das zuzugeben. Ich habe einen Blick auf das Gesicht von Prudence erhascht, als Lady Babbage gegangen ist und sie ihr nachgesehen hat; der Hass darin war beunruhigend. Sie hat das Mädchen an den Rand des Wahnsinns getrieben, und ich weiß nicht, wie viele andere auch noch.

Ich hege den Verdacht, dass sie es auch beim Duke mit irgendwelchen Schlichen probiert. Dieses ganze Haus erweckt den Eindruck, als würde eine Katastrophe bevorstehen. Es könnte hässlich werden, und ich vertraue dir, dass du für Ems Sicherheit sorgst.«

»Ich fühle mich geehrt, und ich werde mein Bestes tun, Richard. Allerdings hoffe ich, dass du dich irrst und nicht alles schlimmer wird.«

»Ich glaube nicht, dass ich mich irre. Mein nächster Schritt wird darin bestehen, mich ihr entgegenzustellen und herauszufinden, was sie von einem alten Gärtner will. Es interessiert mich, welche Aufgabe sie für mich hat. Es kann nichts Ehrliches sein, und ihre Forderungen geben uns vielleicht einen Hinweis.«

Lord Raikes lächelte. Sein Freund wirkte jetzt hocherfreut, da er die Möglichkeit hatte, ein Rätsel zu lösen, statt sich wegen irgendwelcher dräuender Gefahren zu sorgen. Das Gärtnern war eine exzellente Beschäftigung für den Earl, ganz egal, wie sehr er auch klagte.

Der Tag brach grau, nass und gewittrig an. Der Sturm

sorgte dafür, dass alle Bewohner im Haus festsaßen.

Emma war unglücklich, weil sie ihren täglichen Spaziergang nicht machen konnte.

Die Frauen und Mr Barker saßen im Frühstückszimmer, zögerten, die Wärme dort zu verlassen.

Die Duchess zitterte. »Ich bin mir sicher, dass meine Nase blau anlaufen wird, wenn ich diesen Raum verlasse. Die Korridore sind so zugig, und beim leisesten Temperaturabfall verwandeln sich die Wände in Eis.«

Mrs Barker nickte zustimmend. »Ich ziehe mein eigenes bescheidenes Heim vor. Diese großen Herrenhäuser sind zwar ein großartiger Anblick, aber unpraktisch. Sie sollten einen kleineren Ort erwerben. Ich bin mir sicher, dass der Duke zufrieden sein wird, wenn er die Ausgaben los wird, die damit einhergehen, dieses prachtvolle Haus in Ordnung zu halten.«

Emma machte ein finsteres Gesicht. »Ich für meinen Teil liebe dieses Haus, trotz all des Zitterns und Heulens. Der Duke muss dieses prachtvolle Haus behalten, wie Sie es nennen, da sein Status es von ihm verlangt. Er hat Verantwortlichkeiten gegenüber seinen Bewohnern, und er kann nicht viele hundert Leute entlassen, die davon abhängig sind, hier ihren Lebensunterhalt zu verdienen. Reich mir die Teekanne, Cat.«

»Gern. Weiß jemand, wo der Earl und Vater sind? Ich habe sie den ganzen Morgen noch nicht gesehen«, sagte Catherine.

Mr Barker antwortete ihr. »Sie wollten heute Morgen zum Fischen gehen, aber ich bin mir sicher, dass sie sich bei diesem schrecklichen Regen in seinem Arbeitszimmer aufhalten. Ich finde Fischen furchtbar langweilig. Man wacht bei Morgenanbruch auf, trottet zu einem Teich oder See, sitzt in völligem Schweigen da und wartet darauf, dass man irgendeinen Fang macht. Und dabei wird einem kalt, man wird schläfrig und niedergeschlagen. Zu jagen ist sehr viel aufregender.«

»Ah, etwas frischer, heißer Kaffee«, unterbrach die Duchess ihn. Sie musterte eine Dienerin, die geschickt ein Tablett mit Kaffe, Tee und Zitronenkuchen balancierte, als sie eintrat.

»Ich glaube nicht, dass ich mich bewegen will. Ich habe so viel gegessen, aber eine weitere Tasse klingt himmlisch. In diesem Zimmer ist es warm, doch ich denke, das Wissen um den heftigen Regen draußen erzeugt das Gefühl, wir sollten uns mit einem heißen Getränk in der Ecke zusammenrollen«, sagte Emma düster.

Sie saßen schweigend da. Niemand hatte mehr etwas anzubieten.

Catherine fragte sich, wie sie die Stimmung aufheitern konnte. Sie sah sich im Zimmer um, zermarterte sich das Hirn, um sich irgendein aufregendes Spiel einfallen zu lassen, das sie gemeinsam spielen konnten, ohne sich bewegen zu müssen.

»Ieeeh!«, schrie Prudence plötzlich in der Stille. Ihr Gesicht war kreidebleich, und sie hob langsam einen Finger und deutete auf einen Fleck neben der Tür.

»Ieeeh!«, riefen jetzt auch Mr Barker und Catherine, als sie das sahen, was Prudence zum Kreischen gebracht hatte.

»Großer Gott, das ist … das ist eine Maus«, flüsterte die Duchess entsetzt.

Langsam und vorsichtig, um das Tier nicht aufzuschrecken, kletterten alle auf ihre Stühle.

Mr Barker ging einen Schritt weiter, indem er sich auf den Tisch stellte. Sie standen alle da und beobachteten das Tier, wagten kaum zu atmen.

»Sie hat sich nicht bewegt. Sie sitzt einfach nur da«, flüsterte Emma nach ein paar Minuten.

»Ich kann sie nicht sehen«, klagte Mrs Barker. »Wie sieht sie aus?«

»Braun und klein und zappelig«, erklärte Emma.

»Ich glaube, er bewegt sich«, murmelte Catherine, die dem Tier am nächsten war. »Ja, das tut er. Seht nur, er dreht sich herum, und jetzt-« Sie erstarrte.

»Die Maus sieht uns an«, beendete Emma ihren Satz.

Alle wurden vollkommen reglos, richteten die Blicke auf die Maus und warteten darauf, dass sie den nächsten Zug machte.

Nachdem sich eine weitere Minute auf beiden Seiten nichts gerührt hatte, fragte Emma schließlich: »Woher weißt du, dass es ein er ist?«

»Sie sieht aus wie ein er«, erwiderte Catherine.

»Er ist irgendwie niedlich«, sagte Prudence entschuldigend. »Seht nur das winzige Gesicht mit den kleinen, zitternden Schnurrhaaren, und wie er die winzigen Pfoten ausstreckt und zu uns hochsieht.«

»Jetzt bin ich mir sicher, dass es ein ›er‹ ist, da Prudence sich bereits in das Ding verliebt hat«, hauchte Emma ihrer Cousine ins Ohr.

»Ich weiß nicht; er ist hinreißend«, sagte Catherine und fügte dann laut hinzu: »Er wirkt hungrig.«

»Das tut er, das arme Ding. Die Kälte draußen muss ihn gezwungen haben, sich zu uns zu gesellen. Denkt ihr, wir sollten ihn füttern?«, fragte die Duchess. Niemand rührte sich.

Schließlich wurde Mrs Barker es leid, das Ding nicht selbst sehen zu können, und sie beschloss, auf den Frühstückstisch zu klettern, um einen besseren Blick zu bekommen. Sie platzierte ihre Knie vorsichtig an den Rand des Tischs, kämpfte sich hoch und richtete sich dann unsicher auf. Anschließend schwabbelte sie über den Tisch, wich den verschiedenen Speisen und Bechern aus.

Sie war noch nicht allzu weit gekommen, als sie den vierten Schritt falsch einschätzte. Ihr Fuß landete in der Butter, und sie fiel hin. Ihre Röcke flogen hoch, und sie ruderte mit den Armen in der Luft.

Sofort wandten alle den Blick von der Maus ab und starrten sie besorgt und erschreckt an.

Mrs Barkers Stimme erklang unter ihren voluminösen Röcken, die über ihrem Kopf lagen. »Ich habe eine Idee. Warum werfen wir ihr nicht ein bisschen Käse hin?«

Rund um den Tisch brach erleichtertes Gekichere aus. Alle richteten ihren Blick wieder auf die Tür.

Mrs Barkers unsanfte Landung auf der Tischplatte hatte

die Maus erstarren lassen. Nicht ein Schnurrhaar zitterte, während sie immer noch genau dort saß, wo sie die letzten zehn Minuten gesessen hatte.

Prudence, die dem Käse am nächsten war, brach ein Stück ab und reichte es Catherine, die die beste Position hatte, um die Maus zu füttern.

»Was soll ich tun?«, fragte sie nervös.

Mr Barker gab ihr von seinem sicheren Platz oben auf dem Tisch Anweisungen. »Werfen Sie es einfach nur in ihre Richtung. Nicht zu nah allerdings, sonst wird sie vor dem Essen weglaufen. Sehen Sie die Stelle in der Nähe des Beistelltischs? Zielen Sie dorthin, und hoffen wir, dass das arme ausgehungerte Ding den Käse riechen wird.«

Er war der einzige Mann im Zimmer, und er hielt es für seine Pflicht, die ganze Sache richtig zu leiten.

Catherine biss sich auf die Lippe und warf den Käse auf die beabsichtigte Stelle. Alle sahen zu, wie er hoch durch die Luft segelte und dann zu Boden fiel. Er kam nicht dort auf, wohin sie gezielt hatte, sondern ein paar Schritte weit weg von Catherines Platz.

Ein allgemeines Seufzen erklang. Ein Seufzen voller Bedeutungen, ein Seufzen, das von ihrer Erleichterung kündete, dass der Käse die Maus nicht am Kopf getroffen hatte, ein Seufzen, das voller Kummer war, weil der Käse nicht in der Nähe der Maus war. Ein Seufzen, das sich schon bald in nervöses Stöhnen verwandelte, und in Kreischen, als die Maus aus Angst vor dieser neuen Art Angriff hochsprang.

Die Maus hielt mitten im Sprung inne, ihre Nase zuckte und sie blickte sich fragend um. Dann raffte sie ihren Mut zusammen und bewegte sich auf den Käse zu, machte vorsichtig einige Schritte.

Die Duchess lächelte erfreut und runzelte dann die Stirn. Die Maus hatte den Käse erreicht, was bedeutete, dass sie jetzt näher am Tisch war.

Alle sahen zu, und ihre Mägen rührten sich erwartungsvoll, als die Maus an dem Leckerbissen roch. Und dann wurde die Tür aufgerissen.

»Hat sie den Käse bekommen?«, fragte Mrs Barker.

Der Duke, der in diesem Moment dicht gefolgt vom Earl eintrat, bekam die letzte Frage mit. Er starrte die Ladys an, die auf den Stühlen standen, und sein rechtes Auge begann zu zucken, als er Mrs Barker inmitten von Brot, Eiern und Käse auf dem Tisch sitzen sah.

Mr Barker beeilte sich, seiner Frau vom Tisch herunter zu helfen, und als sie sich wieder auf dem Stuhl befand, sprach der Duke. »Ist dies eine neue Mode aus London, wie man das Frühstück einnimmt? Man muss nicht mehr auf Stühlen sitzen, sondern stellt sich auf sie? Und ich fürchte mich fast davor zu fragen, was in aller Welt Mrs Barker da getan hat.«

»Eine Maus, Vater«, antwortete Catherine kleinlaut.

»Eine *Maus*?«, fragte er und starrte Mr Barker an.

Mr Barker wurde knallrot.

»Und wer hat nach diesem Käse gefragt?«

»Die Maus«, sagte Emma verlegen.

»Verstehe. Die Maus hat nach dem Käse gefragt.«

»Nein, oh!«, wandte Prudence ein. »Das ist alles durcheinander geraten. Es war so. Wir haben eine Maus gesehen und Angst bekommen, aber das Tier tat uns leid. Es war ein bezauberndes Wesen, daher haben wir versucht, ihm ein bisschen Käse zu geben, als Sie hereingekommen sind.«

»Verstehe, und habt ihr ihr auch einen Namen gegeben?«, fragte der Duke erheitert. Als er das entsetzte Kopfschütteln sah, fügte er hinzu: »Ich werde Pickering bitten, sich um unseren uneingeladenen Gast zu kümmern … der im Augenblick verschwunden zu sein scheint. Und nein, ich will nicht wissen, wie es kommt, dass Mrs Barker Teil der Mahlzeit geworden ist. Hamilton, leisten Sie mir in der Bibliothek bei einer Tasse Kaffee Gesellschaft.«

Pickering kam, kurz nachdem der Duke und Lord Raikes gegangen waren. Ihm wurde aufgetragen, die Maus nicht zu töten, sondern sie an einen sicheren Ort zu bringen.

»Wir sind dem lieben Tier alle sehr zugetan. Lassen Sie

etwas Wasser und Essen bei ihm«, wies die Duchess ihn an.

Pickering starrte Mr und Mrs Barker und die verschiedenen Ladys an, die – vermutlich wegen dieses sehr lieben Tiers – immer noch auf dem Tisch und den Stühlen standen.

Ein Ausdruck huschte über sein Gesicht, zum ersten und letzten Mal, seit er dem Haushalt des Dukes beigetreten war. Unglücklicherweise konnte niemand der Anwesenden erkennen, um was für eine Emotion es sich handelte. Es war eine seltene, verpasste Gelegenheit, wie oft beklagt wurde.

Kapitel 17

»Was ist aus ihr geworden?«, fragte Lord Raikes Catherine.

Er hatte im ganzen Haus nach ihr gesucht und sie schließlich allein im Musikzimmer gefunden. Er trat ungebeten ein.

»Sie ist ein ›er‹. Und Pickering ist mit einem Besen, einer Papiertüte und einem Stallknecht hergekommen. Sie haben das Tier durchs Zimmer gejagt, bis sie es schließlich in der Nähe des Kamins in die Ecke getrieben haben. Sie haben uns versichert, dass es ihm gut geht«, antwortete sie steif und beeilte sich, das Piano zu schließen.

»Bleiben Sie noch; ich möchte Sie gerne spielen hören«, sagte er und nahm ihre Hand.

»Emma ist im Morgenzimmer«, sagte Catherine und zog ihre Hand zurück.

»Aber ich möchte ihre Cousine besser kennenlernen.«

»Das können Sie, wenn Sie erst verheiratet sind. Ich werde danach beträchtliche Zeit in Ihrem Haus verbringen, damit Sie unsere Bekanntschaft vertiefen können.«

»Ich möchte, dass wir jetzt Freunde werden, um Emmas Wohl willen. Sie würde wollen, dass die beiden Menschen, die ihr am nächsten stehen, einander zumindest mögen«, sagte er gewitzt.

Sie zögerte kurz und setzte sich dann wieder auf den Klavierstuhl.

»Worüber möchten Sie sprechen?«, fragte sie schließlich.

»Wir haben eine Gemeinsamkeit, Bücher. Wir beide lesen gerne. Sicherlich finden wir einen Autor, der uns beiden gefällt?«

»Ich bezweifle, dass meine Leseliste Ihrem kultivierten Geschmack entspricht. Ihrer Meinung nach sollten wir Frauen nur lesen, was als schicklich angesehen wird. Ich glaube nicht, dass Sie solche Autoren mögen würden.«

»Nennen Sie einen Autor, den Sie mögen, und ich werde Ihnen sagen, was ich von ihm halte.«

»Ich ziehe es vor, über etwas anderes zu sprechen als Autoren und ihre langweiligen Texte. Reiseberichte sind weit lehrreicher und farbenfroher. Ich beneide Sie. Als Mann können Sie reisen, wohin Sie wollen, während ich meine Abenteuer in den Seiten von Büchern finden muss.«

Er sah in ihr wehmütiges Gesicht und verspürte plötzlich den Drang, seine Taschen zu packen und sie mit in irgendein exotisches Land zu nehmen. Er räusperte sich, ehe er antwortete:

»Haben Sie von einem Autor namens W.S. Raikes gehört?«

»Ich habe einmal einen Bericht über seine Reise nach Indien gelesen. In Vaters Bibliothek befinden sich einige seiner Bücher.«

»Was halten Sie von seinen Werken?«, fragte er nervös.

»Ich denke, er muss ein arroganter, selbstsüchtiger und extrem enervierender Mann sein. Ich stelle mir vor, dass er hundert Jahre alt ist und einen kahlen Kopf und schiefe Zähne hat. Auf seinen Reisen trägt er vermutlich ein Fernglas und sieht sich alles an, das ihm über den Weg läuft, wobei er stets der ferne Beobachter bleibt.«

»Das alles haben Sie seinen Schriften entnommen?«, fragte er verärgert. Als er ihr verblüfftes Gesicht sah, wurde sein Ton weicher. »Wieso sollten Sie zu so harten Schlussfolgerungen gelangen?«

»Er schreibt gut, sofern es verständlich ist, was er schreibt. Allerdings spüre ich in jedem Satz, dass er versucht, uns zu zeigen, wie viel besser er als alle anderen ist. Er benutzt unbekannte Worte, die ich nie in einem Wörterbuch finden kann. Er begreift nicht, dass nicht alle von uns in so viele Länder gereist sind und unser Vokabular deshalb begrenzt ist. Ich beherrsche Französisch und Latein, aber wie ein englischer Leser Spanisch, Italienisch, Griechisch und Gott weiß was sonst noch verstehen soll, entzieht sich mir. Er schreibt für alte, trübselige Professoren oder andere Reisende, wie er einer ist. Uns übrigen Sterblichen bleibt es, uns dumm vorzukommen.«

»Vielleicht schreibt er für sich selbst?«

»Warum hat er es dann veröffentlicht? Bei einem Buch geht es doch immer darum, zu unterhalten oder lehrreich zu sein. Er macht nichts von beidem, denn ich kann die Hälfte dessen, was er schreibt, nicht entschlüsseln.«

»Sicherlich sind seine Berichte, wenn schon nicht unterhaltend, dann zumindest lehrreich? Manchmal ist es unvermeidlich, Worte aus einer bestimmten Sprache zu benutzen, wenn unsere eigene Sprache die Bedeutung nicht klar wiedergeben kann. Eine Vielzahl von Gefühlen kann nicht zu Papier gebracht werden, wenn man auf eine Ausdruckweise beschränkt ist. Abgesehen davon bin ich überzeugt, dass Sie etwas dabei lernen, wenn sie die unbekannten Wörter nachschlagen, die er erwähnt.«

»Ich habe die Worte sofort wieder vergessen, nachdem ich sie nachgesehen habe. Es würde die Leute verärgern, wenn ich anfangen würde, wie ein langweiliger Professor zu sprechen. Und von wegen lehrreich – in keinem seiner Berichte erwähnt er jemals die Frauen. Er ignoriert ihre Existenz komplett. Wie ist das möglich? So blind kann er nicht sein, und sie bilden schließlich die andere, entscheidende Hälfte der Gesellschaft.«

»Vielleicht hat er es getan, um den Anstand des englischen Geistes zu bewahren. Kulturen unterscheiden sich voneinander und können zu einer Quelle unangebrachten Humors werden, wenn sie nicht richtig verstanden werden. Er hält die Frauen aus seinen Arbeiten heraus, um die unbekannten Kulturen zu schützen und den Respekt zu wahren.«

»Was Sie sagen, ergibt überhaupt keinen Sinn. Der Autor muss genauso seine Leser respektieren, indem er ihnen die Fähigkeit zuspricht, selbst zu urteilen. Ein gebildeter Mensch würde andere Kulturen niemals verhöhnen, nur weil sie anders sind. Ich denke, dass dieser W.S. Raikes keine Frauen mag und sie als unwichtig betrachtet. Er muss irgendwann in seinem Leben einmal einen Korb bekommen haben, und ich beglückwünsche diese Frau zu ihrem Verstand. Ich denke auch, dass er Ihr Busenfreund ist, da sie seinetwegen so verärgert sind.«

Er starrte sie schockiert und wütend an. Sie hatte einen wunden Punkt getroffen, als sie davon gesprochen hatte, dass der Autor einmal sitzen gelassen worden war.

Er war achtzehn gewesen und hatte sich in eine Frau verliebt, die ihn wegen eines älteren, erfolgreicheren Mannes abgewiesen hatte. Er selbst hätte seinen Titel erst später erhalten – zu spät für sie. Genau diese Geschichte war der Grund, warum er aus England geflohen und durch die Welt gereist war.

Er hatte nicht bemerkt, dass sein Schreiben immer noch von seinem alten Schmerz beeinflusst wurde. Er hatte lobende Worte hören wollen, schließlich wurde er von seinen Kollegen für seine Werke gelobt. Niemand hatte ihn so bitter kritisiert, und die zugrunde liegende Wahrheit schmerzte ihn.

»Nur, weil Sie nicht intelligent genug sind, um seine Werke zu verstehen, die von der allgemeinen, gebildeten Öffentlichkeit gut aufgenommen werden, lassen Sie sich dazu herab, seinen Charakter schlechtzumachen. Ich hatte Sie nach Ihrer Meinung über seine Arbeiten gefragt und nicht um eine Analyse der Persönlichkeit des Autors gebeten. Sie sind ihm nie begegnet, Sie wissen gar nichts über ihn, und trotzdem urteilen Sie über ihn. Sie haben sich niemals aus diesem winzigen Dorf herausgewagt, was unglücklicherweise den Effekt hatte, dass sie kleingeistig und verbittert geworden sind.

Sie wünschten, Sie hätten seine Freiheit, und Sie hassen ihn für genau das, was Sie ihm vorwerfen. Sie hassen ihn, weil er ein Mann ist und tun kann, was zu tun Sie niemals zu hoffen wagen können. Sie sind eine Heuchlerin, Mylady, weil

Sie sich selbst als besser erachten als andere, einfach, weil Sie das große Glück hatten, in diesen Haushalt hineingeboren zu werden. Bitte respektieren Sie einen Mann, der gebildeter ist, und wenn Sie ihn dafür kritisieren, weil sie den Kontext seiner Werke nicht verstehen, geben Sie sich selbst die Schuld für Ihre intellektuellen Defizite.«

»Störe ich gerade?«, rief Emma.

Er drehte sich verärgert um, aber er machte sich nicht die Mühe zu antworten. Er verließ das Zimmer, ohne noch einen Blick zurückzuwerfen.

»Wieso ist er so auf mich losgegangen?«, fragte Catherine verwirrt und verletzt.

Emma wich ihrem Blick aus, als sie sprach. »Er hat das alles nicht so gemeint. Er war verärgert. Vielleicht ist der Autor ein guter Freund von ihm, den er sehr respektiert. Ich kenne dich besser als jeder andere Mensch. Du bist keine Heuchlerin, und du glaubst auch nicht, dass du besser bist als andere. Vergiss es, Cat. Es bringt nichts, sich zu lange damit aufzuhalten. Du hast ein Recht darauf, deine eigene Meinung zu haben, und du hast nichts falsch gemacht, indem du sie ausgedrückt hast.«

Catherine lächelte, um ihre Cousine zu beruhigen, aber innerlich war sie aufgewühlt. Sie flüchtete in ihr Zimmer, um über seine Worte nachzudenken. Obwohl Emma sie in ihrer Meinung bestärkt hatte, wusste sie, dass in seiner Tirade ein Körnchen Wahrheit enthalten war.

Sie war ehrlich genug, um sich einzugestehen, dass sie in ihrer scharfen Kritik und sehr persönlichen Beschreibung des Autors unfair gewesen war. Sie gab auch zu, dass sie jedes Mal, wenn sie Reiseberichte las - die meistens von Männern stammten -, ein bisschen neidisch wurde.

Ein sadistischer Teil in ihr brachte sie jedoch dazu, gerade solche Bücher immer wieder auszuwählen. Sie genoss die Einzelheiten und Beschreibungen sehr, aber das Lesen erzeugte in ihr ein bittersüßes Gefühl.

Es beunruhigte sie, dass ein Mann, der im Grunde ein Fremder war, ihre Fehler so leicht hatte auflisten können.

∞∞∞

An diesem Abend hörte man Lord Raikes zu seinem Kammerdiener sagen, dass er ihm sämtliche Reisetagebücher von W.S. Raikes aus der Bibliothek holen solle. Danach schloss er sich für die ganze Nacht in sein Zimmer ein und kam auch zum Abendessen nicht herunter.

Alle nahmen sein Fehlen schmerzlich wahr. Er war ein Außenstehender, und gerade deshalb hatte seine Anwesenheit den Mahlzeiten einen gewissen Reiz verliehen.

Catherine saß teilnahmslos da und stocherte in ihrem Essen herum. Ihre Augen waren blutunterlaufen und ihre Haare ungebändigt. Emma sah aus, als hätte jemand ihr sämtliche Energie entzogen, während Prudence ihr ständiges Gähnen kaum unterdrücken konnte.

Die wundervollen Speisen, die vor ihnen auf dem Tisch standen, wirkten verdrießlich, während sie abkühlten und erstarrten, ohne gewürdigt worden zu sein.

Catherines Augen wanderten zu dem leeren Platz von Lord Raikes, und ihr entfloh ein leiser Seufzer.

Der Duke bemerkte nachdenklich die Miene seiner Tochter und verkündete, dass ein frühes Zu-Bett-Gehen angebracht war.

∞∞∞

An diesem Abend betrat Emma schweren Herzens ihr Zimmer. Richards Lächeln gefror, als er ihre Miene sah.

»Was ist los?«, fragte er und zog sie zu dem Tisch beim Feuer.

»Cat und Lord Raikes streiten ständig. Ich glaube, dass Cat ihn hasst, und statt sie in Ruhe zu lassen, versucht er, sie zu reizen. Ich kenne ihn nicht gut genug, um zu verstehen, warum er das tut, aber Catherine verhält sich genauso seltsam. Ich habe noch nie erlebt, dass sie so leidenschaftlich argumentiert oder die Beherrschung verliert. Normalerweise ist sie gesittet und schüchtern.«

Richard bemühte sich, nicht zu sehr zu lächeln. Stattdessen nahm er ihre Hand und sagte weich: »Sie fühlen sich zueinander hingezogen. William begreift das, aber deine Cousine ist verwirrt. Sie nutzt ihre Verärgerung, um sich von dem Mann fernzuhalten, von dem sie glaubt, dass er dein Verlobter ist.«

»Nein, das glaube ich nicht. Sie hasst ihn. Ich sehe doch den Widerwillen in ihrem Gesicht, wann immer sie ihn ansieht. Ich kenne meine Cousine, und du irrst dich, Richard. Es ist alles der Fehler deines Freundes. Ich bin mir sicher, dass er sie gnadenlos aufzieht und absichtlich verärgert. Er fühlt sich vielleicht tatsächlich zu ihr hingezogen und versucht, ihre Aufmerksamkeit zu erregen, aber er stellt es einfach falsch an.«

»Em, mein Freund ist ein erfahrener und weitgereister Mann. Er ist in seinem Leben allen möglichen Arten von Menschen begegnet. Er weiß, was er tut. Mach dir keine Sorgen. Deiner Cousine wird es gut gehen, und ich werde William einschärfen, dass er sein Verhalten etwas einschränken soll, damit andere nicht darauf aufmerksam werden und zu falschen Schlussfolgerungen gelangen. Er wird nach unserer Hochzeit alle Zeit der Welt haben, um sie zu werben.« Seine Stimme wurde sanfter, als er hinzufügte: »Mach dir keine Sorgen, Em. Ich mag es nicht, wenn du so aufgebracht bist. Ich werde mit William sprechen und die Dinge regeln. Und jetzt lächele.«

Emma sah Richard an, der bei ihrem Stuhl stand, und schenkte ihm ein zittriges Lächeln. Er berührte sanft ihre Wange und zog sie vom Stuhl hoch und in seine Arme.

Kapitel 18

Lord Raikes hatte den vergangenen Abend und den größten Teil der Nacht damit verbracht, zu dem Schluss zu gelangen, dass er ein aufgeblasener Idiot und entschieden voreingenommen gegenüber Frauen war.

Ursprünglich hatte er zu schreiben begonnen, weil es ihm Spaß gemacht hatte. Außerdem war es eine Möglichkeit gewesen, sich an all das zu erinnern, was er gesehen hatte, wenn er die Worte benutzte, die er auf seinen Reisen kennengelernt hatte. Die Worte der Einheimischen erweckten die Atmosphäre des Landes zum Leben, wie es sonst nichts vermochte.

Er hatte auch dann noch weiter auf diese Weise geschrieben, als sein Verleger ihn gebeten hatte, sein Werk für seine Leser zu vereinfachen. Er schrieb, um seine Intelligenz zu zeigen, und nicht aus dem Wunsch heraus, die Welt zu belehren oder ihr von den verschiedenen Kuriositäten zu berichten, die er entdeckt hatte.

Er wollte seiner längst vergessenen Liebe beweisen, dass er besser war als alle anderen. Er wollte, dass sie bedauerte, ihn gehen gelassen zu haben, und im Laufe der Zeit waren seine Methoden zu einer Gewohnheit geworden – auch dann noch, als ihr Gesicht längst aus seinem Gedächtnis verschwunden war.

Catherine war sich der Identität des Autors nicht bewusst. Sie wusste nicht, dass sie ihn jedes Mal, wenn sie etwas sagte, beleidigte und kränkte. Er konnte ihr das also kaum vorwerfen, denn wäre es ein anderer Schriftsteller gewesen, hätte er gelacht und sich vielleicht mit seinen eigenen vernichtenden Beobachtungen an der Sache beteiligt.

Er hatte ihr vergeben und wollte seine früheren schroffen Bemerkungen wiedergutmachen.

Als er das Morgenzimmer betrat, war Catherine gerade damit beschäftigt, ein blaues Garnknäuel abzurollen.

Er wartete einen kurzen Moment, um tief Luft zu holen. Dann setzte er eine leicht neugierige Miene auf und fragte: »Was stricken Sie?«

Catherine musterte ihn schweigend und neigte den Kopf in Emmas Richtung; ihre Cousine saß am Fenster und starrte nach draußen.

Er ingorierte ihren Hinweis und setzte sich zu ihr.

»Einen Pullover«, beantwortete sie seine Frage schließlich laut und in der Hoffnung, dass ihre Cousine aufsehen und zu ihrem Verlobten gehen würde.

Emma hob den Blick und lächelte ihr ermutigend zu, dann machte sie sich wieder daran, die Landschaft zu mustern.

»Ist es Absicht, dass Sie drei Maschen hintereinander ausgelassen haben?«, fragte er.

»Ja, es gehört zum Muster«, log sie.

»Verstehe. Was glauben Sie, versucht sie zu finden?«, fragte er und nickte in Emmas Richtung.

»Es regnet; ich bezweifle, dass sie etwas sehen kann. Vielleicht denkt sie nur nach.«

»Was glauben Sie, erfordert so viel Konzentration?«

»Wieso fragen Sie sie nicht, Mylord?«

»Oh, ich möchte sie lieber nicht stören. Sie ist vielleicht damit beschäftigt, irgendein schwieriges Problem zu lösen. Meine Frage könnte ihre Gedanken zerstreuen wie aufgereihte Perlen, und dann müsste sie den ganzen Tag damit verbringen, sie wieder aufzureihen.«

»Aber Sie haben keine Skrupel, mich zu stören?«

»Nein, weil Stricken nicht so viel Konzentration erfordert.«

»Ich könnte irgendein großes, drängendes Problem lösen, während meine Hände beschäftigt sind. Wie Sie schon betont haben, muss ich beim Stricken nicht nachdenken.«

»Stimmt. Also hat etwas Ihnen Sorgen bereitet?«

»Wie bitte?«, fragte sie verwirrt und sah ihm in die Augen.

Er blinzelte, und an seinen Mundwinkeln zupfte ein Lächeln.

»Ich habe Sie gefragt, was Sie besorgt. Worüber haben Sie nachgedacht?«

»Über Sie«, antwortete sie und errötete augenblicklich, als sie begriff, was sie gesagt hatte. Als sein Lächeln breiter wurde, errötete sie noch mehr.

»Wir geben heute Abend dir zu Ehren eine Party, Richard«, mischte Emma sich ein. Sie hatte alles bemerkt und empfand Mitleid mit ihrer Cousine und dem Dilemma, in dem sie sich befand.

»Ich freue mich darauf. Wie viele Gäste werden erwartet?«

»Es wurden nur ein paar Familien aus der Nachbarschaft eingeladen. Es ist kein richtiger Ball, aber nach dem Essen wird getanzt werden. Wir haben uns bemüht, die Gästeliste aus verhältnismäßig jungen Leuten zusammenzustellen.«

»Die Party wird sich nicht mit dem messen können, woran *Sie* gewöhnt sind, Mylord«, unterbrach Catherine sie, »aber wir werden unser Bestes geben, um Sie gut zu unterhalten.«

»Ich bin mir sicher, dass es wunderbar wird«, antwortete er höflich, und sie fühlte sich wegen ihrer leisen Anspielung sofort klein.

Emma hatte genug von der Spannung, die zwischen den beiden herrschte.

»Könnt ihr beiden nicht einmal einen Tag vergehen lassen, ohne aufeinander loszugehen? Richard, hör auf, sie aufzusuchen und durcheinanderzubringen, und Cat, in meiner Anwesenheit kannst du in diesem Zimmer sagen, was du willst, aber verhalte dich in der Öffentlichkeit bitte nicht so. Ich werde es ignorieren, andere aber vielleicht nicht.«

Sie stapfte aus dem Zimmer und überließ es den beiden, ihre Differenzen aus der Welt zu schaffen. Richard hatte recht gehabt. Sie hatte ihre Cousine während der ganzen Situation sorgsam beobachtet und ihr Erröten bemerkt. Catherine hatte sich in dem Moment angespannt, als Lord Raikes zu ihr gegangen war. Ihre Finger hatten gezittert, als sie versucht hatte, seine Fragen zu beantworten.

Lord Raikes konnte Catherine nur deshalb so sehr aus der Fassung bringen, weil sie sich zu ihm hingezogen fühlte.

Die Missverständnisse zwischen Catherine und Lord Raikes wären nicht aufgetreten, wären die Umstände anders gewesen. Emma hatte das Gefühl, als wäre es ihre Schuld, weil die Wette der Grund für alles war.

Sie fragte sich, ob die Scharade die Möglichkeit zunichte machen könnte, dass sich eine Romanze zwischen den beiden entwickelte.

Alle gingen davon aus, dass Lord Raikes Richard war. Emma machte sich deshalb Sorgen, dass Catherine zum Ziel des Klatsches werden könnte, wenn andere Leute etwas bemerkten. Es war sonnenklar, dass sie sich von Lord Raikes angezogen fühlte, und die Leute würden vermuten, dass sie versuchte, einen verlobten Mann zu umgarnen. Auch Lord Raikes' Verhalten würde unter die Lupe genommen werden.

Schließlich kam sie zu dem Schluss, dass es richtig gewesen war, die beiden zu warnen. Es musste gesagt werden, und sie war die Einzige, die es sagen konnte.

Lord Raikes sah Emma nach, als sie das Zimmer verließ. Ihre Worte hallten immer noch in seinen Ohren. Schließlich brach er die Stille und sagte: »Ich glaube, sie hat recht. Schließen wir zumindest für heute Abend einen Waffenstillstand. Ich möchte den Leuten keinen Grund für Klatsch und Tratsch geben.«

»Vielleicht sollten Sie mir den ganzen Abend aus dem Weg gehen; das wäre das Beste.« Ihre Stimme zitterte, als sie das sagte.

»Lady Arden?« Er sah eine Träne fallen und zog sie sofort

mitsamt ihren Stricknadeln und so weiter in seine Arme.

Sie protestierte schwach, stemmte sich gegen seine Brust. Er murmelte beschwichtigenden Unsinn, bis sie nicht mehr gegen ihn kämpfte. In dem Moment, als ihr Kopf an seiner Brust ruhte, schien ein Damm in ihr zu brechen, und sie begann heftig zu weinen.

Derart ausgeprägte weibliche Gefühle erschreckten Lord Raikes, auch wenn der Schreck sich rasch in Zufriedenheit verwandelte. Er schlang seine Arme fester um sie und spürte, dass es sich richtig anfühlte, sie zu umarmen.

»Schsch, was beunruhigt Sie? Ich werde mich so weit von Ihnen fernhalten, wie Sie es möchten, aber bitte hören Sie auf zu weinen.«

»Sie sind nicht sehr gut darin, sich von mir fernzuhalten«, brachte sie mit einem Schluckauf hervor. »Ich kann nicht anders als mit Ihnen zu streiten, und ich bemühe mich wirklich, um Emmas willen. Sie wird Sie heiraten und weggehen. Wie soll ich sie besuchen, wenn Sie meine Anwesenheit verbieten? Ich sage immer wieder die falschen Dinge und tue in Ihrer Gegenwart das Falsche, und ich verstehe mich selbst nicht mehr. Gestern haben Sie nur zu deutlich gemacht, dass Sie mich nicht mögen und keine hohe Meinung von meinem Charakter haben, aber aus Liebenswürdigkeit und Emmas wegen haben Sie versucht, freundlich mit mir zu sprechen. Während ich es nicht einmal schaffe, in Ihrer Anwesenheit höflich zu bleiben, und jetzt hat sogar Emma es bemerkt. Sie wird mich dafür hassen, dass ich mich wie ein Kind verhalte.«

»Ich hege keine Abneigung Ihnen gegenüber. Ganz im Gegenteil-« Er unterbrach sich und ballte frustriert die Fäuste. Dann wurde sein Gesicht weicher, und er hob die Hand und strich ihr zärtlich über die goldenen Haare. »Ich verspreche bei meiner Ehre, dass Sie niemals daran gehindert werden, Emma zu besuchen, so oft Sie es auch wünschen, und wie lange Sie auch bleiben wollen. Ich würde meiner Frau niemals derart unvernünftige Beschränkungen auferlegen. Und sie wird auch die Freiheit haben, alles zu lesen, selbst wenn sie unangemessene Stoffe auswählt.«

Catherine lachte und bekam wieder einen Schluckauf. Sie rieb ihr tränenverschmiertes Gesicht an seinem Hamd ab, und seine Muskeln spannten sich an. Sie spürte die Veränderung in ihm und setzte sich schlagartig auf.

»Ich mache Ihr Hemd nass.«

»Es wird trocknen«, entgegnete er sanft.

Sie lächelte zögernd, und seine Augen verdunkelten sich, als ihre Lippen sich kräuselten. Dieses Lächeln war sein Verderben, und die Worte strömten nur so aus ihm heraus. »Ich bin eine Kokosnuss. Ich sehe außen anders aus, aber im Innern bin ich etwas ganz anderes. Sie denken, Sie sehen einen Apfel an, während ich eine Erdbeere bin. Ich bin eine Kuh, kein Wasserbüffel.«

»Geht es Ihnen gut, Mylord? Was Sie sagen, ergibt überhaupt keinen Sinn«, sagte Catherine verwirrt.

Er stöhnte. »Es geht mir nicht gut. Ich versuche, etwas zu erklären.«

»Was versuchen Sie zu erklären?«, fragte Prudence von der Tür her.

Lord Raikes dankte Gott für ihr passendes Auftauchen. Sein Freund hätte ihm niemals vergeben, wenn er gesagt hätte, was er gerade von sich geben wollte.

Von nun an würde er Abstand zu Catherine halten müssen. Er konnte sich nicht sicher sein, ob er sich zurückhalten konnte, ihre Lippen zu kosten, wenn sie das nächste Mal allein waren.

Kapitel 19

»Emma, wie ist es Ihnen gelungen, so viele Menschen einzuladen, von denen noch nie jemand Richard begegnet ist?«

»Lord Raikes, gestehen Sie mir ein bisschen von der Verschlagenheit zu, die der Earl besitzt. Ich habe nur diejenigen eingeladen, die noch nicht Teil der Londoner Gesellschaft geworden sind und sich nicht in den gesellschaftlichen Kreisen bewegen, die Ihrem Rang entsprechen. Die meisten sind in ihrem Leben bisher nicht aus diesem Dorf herausgekommen. Der Duke ermutigt uns, uns mit ihnen zu befreunden, da er keine Unterschiede macht. Er zieht es vor, einen Menschen aufgrund seiner Verdienste zu beurteilen und nicht anhand seiner Geburt.«

»Das ist edel von ihm. Seit meiner Ankunft hier habe ich beträchtliche Zeit mit Ihrem Onkel verbracht, und ich habe gelernt, ihn zu respektieren. Sind Sie sich sicher, dass er von dieser Scharade nichts mitbekommen hat?«

»Wieso, hat er etwas gesagt?«, fragte sie alarmiert.

»Bewegen Sie ihre Füße weiter; der Tanz ist noch nicht vorüber. Nein, das hat er nicht, aber manchmal frage ich mich, wie es uns gelungen sein soll, einen so intelligenten Mann zum Narren zu halten. Die feine Gesellschaft behauptet, dass seine Augen scharf genug sind, um in die Seele eines Menschen zu sehen. Einen solchen Mann können wir nicht täuschen.«

»Oh, er wird alt, und Richards Plan ist brillant. Wie kann irgendwer eine so absurde Situation erahnen? Ich bin die

Einzige, die dem Earl schon begegnet ist, und wenn ich sage, dass Sie Richard sind, hat niemand einen Grund, an meinen Worten zu zweifeln. Sie machen sich zu viele Sorgen, Mylord.«

Er starrte nachdenklich hinunter in ihr Gesicht. Er war sich nicht so sicher. Aber es waren nur noch zwei Wochen, bis dieser lächerliche Plan vorbei war.

»Ich frage mich, ob wir diese ganze Sache vielleicht um eine Woche verlängern könnten?«, fragte er hoffnungsvoll.

Emma hörte auf zu tanzen und weigerte sich auch dann, nachzugeben, als er sie anstupste.

»Wie kommen Sie auf so etwas?«

»Ich brauche Zeit, um Catherine den Hof zu machen.«

»Das meinen Sie nicht ernst, oder? Sie sollen mein Verlobter sein! Wir sollten wahnsinnig ineinander verliebt sein. Wie können Sie meiner Cousine schöne Augen machen? Was werden die Leute denken? Abgesehen davon glaubt sie, dass Sie in mich verliebt sind und mich heiraten wollen. Je mehr Sie sie belästigen, desto tiefer sinken Sie in ihren Augen. Selbst, wenn sie etwas für Sie empfindet, würde sie es niemals zugeben.«

»Ich kann nicht dagegen an, die Dinge zu sagen, die ich zu ihr sage. Und je mehr ich sie meine, desto wütender wird sie. Sie hält mich für einen kalten, herzlosen Mann, der mit ihren Gefühlen spielt und alles umwirbt, was einen Rock trägt.«

»Oh, Sie Ärmster.«

»Ich bin froh, dass Sie mein Dilemma erkennen, während Richard die ganze Situation urkomisch findet.«

»Männer können so gefühllos sein«, meinte sie.

»Genau!«

»Und jetzt tanzen Sie mit Prudence, da ich es nicht aushalte, wenn sie uns noch eine Minute länger anstarrt, während ich meinen Onkel vor Mrs Barker rette.«

»Ich dachte, Sie hätten Mitleid mit mir?«

»Stimmt, aber jetzt ruft die Pflicht. Oh, schauen Sie nicht so kläglich. Wenn ich erst verheiratet bin, werde ich Catherine zu einem Besuch einladen, und Sie können drei Monate lang ununterbrochen um sie werben.«

»Ich werde nicht einmal einen einzigen Monat warten, um sie zu bekommen!«

»Oh, nein, nicht Sie auch noch. Wieso kann ein Mann nicht warten? Zuerst Richard und jetzt Sie! Bitte hecken Sie nicht irgendeinen verworrenen Plan aus, um meine Cousine zu kriegen. Meine Nerven werden nicht in der Lage sein, mit noch so einer Situation umzugehen.«

»Ich warte keinen ganzen Monat mehr«, entgegnete er störrisch zu ihrem sich entfernenden Rücken.

∞∞∞

»Ich brauche etwas frische Luft, Mylord.«

Lord Raikes unterdrückte ein Seufzen. Prudence hatte zwei ganze Tänze lang an seinem Arm gehangen. Er hatte gehofft, dass es ihm erspart bleiben würde, nach Emma jemand anders um einen Tanz bitten zu müssen, aber so war es leider nicht.

»Ich werde Sie auf den Balkon begleiten, wenn Sie möchten«, sagte er in der Hoffnung, dass sie das nicht wollte.

»Danke, Mylord«, antwortete Prudence und klimperte mit den Wimpern.

Sie schlenderten durch die Türen, wobei Prudence sich leicht beugte, um zu verhindern, dass ihre riesige Frisur am Türrahmen hängen blieb. Draußen führte sie ihn zu einer dunklen Ecke, und er begann heftig zu schwitzen, als er ihre Absichten erahnte.

Er war noch dabei, in Gedanken alle möglichen Entschuldigungen durchzugehen, als sie sich nach vorn beugte und sich mit dem ganzen Körper an ihn drückte.

Er starrte nach unten auf ihre geschürzten Lippen und verspürte ein deutliches Jucken an der Schulter. Grundgütiger! Er bekam Hautausschlag von dem Mädchen und musste weg, bevor es noch schlimmer wurde.

Er kämpfte sich immer noch durch seine Liste an

Ausreden, als er bemerkte, dass Catherine sie aus den Schatten anstarrte. Erst jetzt, als seine Augen sich an die Dunkelheit gewöhnt hatten, konnte er sie sehen.

Sie sah ihn voller Verachtung an und ging mit einem Aufbauschen ihrer Röcke davon.

Schlagartig kam er wieder zu Sinnen, schob den Arm von Prudence weg und sagte entschlossen: »Ich werde ohnmächtig. Ich muss mich setzen. Drinnen.«

»Entschuldigung, habe ich Sie gerade sagen hören, dass Sie …?«

»Dass ich ohnmächtig werde? Ja, genau das habe ich gesagt. Und jetzt entschuldigen Sie mich bitte«, sagte er nachdrücklich, drehte sich um und kehrte ins Zimmer zurück.

Er fing Catherine ab, als sie gerade aus dem Raum flüchten wollte.

»Wir müssen uns unterhalten. Ich muss es erklären.«

Sie starrte ihn anklagend an und weigerte sich zu antworten.

»Bitte«, bat er sie weich.

Sie suchte in seinen Augen nach etwas und nickte schließlich.

Er folgte ihr in das dunkle Morgenzimmer. Sie entzündete eine Kerze und drehte sich zu ihm um.

»Ich weiß, wie es ausgesehen hat, aber glauben Sie mir, sie hat sich auf mich gestürzt. Es ist nicht das, wonach es ausgesehen hat«, erklärte Lord Raikes.

»Sie müssen Ihre Absichten erkannt haben; wieso haben Sie dann überhaupt zugelassen, dass Sie in eine solche Situation geraten?«, fragte Catherine ungläubig.

»Sie wissen, wie sie ist. Nichts von dem, was ich gesagt habe, hat sie davon abhalten können. Sie hat mich erst gehen lassen, als ich ihr sagte, dass ich gleich in Ohnmacht falle.«

»In Ohnmacht, Mylord?«, fragte sie. Ihre Lippen zuckten.

»Ja, verdammt. Dürfen nur Frauen diese Ausrede benutzen?«

»Nein, aber ich war davon ausgegangen, dass Männer …

nun ja … männlichere Ausreden benutzen.«

»Schön, ich hätte etwas anderes sagen sollen, aber das war das Erste, das mir in den Sinn kam.«

»Ich glaube Ihnen, Mylord, und Sie müssen sich keine Sorgen machen. Ich werde Emma nichts davon erzählen.«

»Es kümmert mich nicht, was Sie ihr erzählen, solange Sie es nicht selbst glauben.«

»Es kümmert Sie nicht, wie es Emma geht?«, unterbrach sie ihn schockiert.

»Nein … ja … nein … ich meine, es kümmert mich nicht, was Sie Emma erzählen, denn sie weiß, wie Prudence sich mir gegenüber verhalten hat. Sie vertraut mir.«

»Nun, dann ist sie ein Dummkopf, dass sie einem Mann wie Ihnen vertraut«, fauchte sie.

»Für was für eine Art Mann halten Sie mich denn?«, fragte er gefährlich ruhig.

»Für einen, der mit anderen herumtändelt, für einen Lebemann, einen Schuft, einen, der unsensibel ist! Sie können mir gern erzählen, dass Sie Prudence nicht ermutigt haben, aber es fällt mir schwer zu glauben, dass Sie die Situation nicht ausgenutzt hätten, wenn Sie die Chance dazu gehabt hätten. Ich habe gesehen, wie Sie mich ansehen, und so verhält sich niemand, der davorsteht, die Liebe seines Lebens zu heiraten.«

»Auf welche Weise sehe ich Sie an?«, fragte er immer noch beherrscht.

»Als wollten Sie-« Sie errötete.

»Als wollte ich Sie küssen? Da ich gerne herumtändele und herzlos bin und Emma benutze, verursacht es keinen Schaden, wenn ich Sie ansehe, wie es mir beliebt. Ja, ich begehre Sie. Aber vertrauen Sie mir, ich würde Prudence nicht anrühren, auch wenn sie nackt in mein Bett steigt.«

Die Kerze in ihrer Hand zitterte, aber sie reckte trotzig das Kinn. »Ich denke, ich sollte Emma alles erzählen. Ich kann Ihren Charakter nicht länger vor ihr geheimhalten. Sie täuschen meine Cousine, und ich habe jedes Recht dazu-« Ihre Worte wurden abgewürgt, als er einen unterdrückten Fluch ausstieß, und sie, ehe sie sich versah, in seine Arme zog.

»Sie können ihr sagen, was Sie wollen, aber ich denke, ich sollte Ihnen noch mehr geben, über das Sie reden können, als nur Spekulationen und Worte.«

»Was m-meinen Sie damit?«

»Ich meine das hier«, fauchte er und beanspruchte ihren Mund mit seinen Lippen.

Er küsste sie rau und leidenschaftlich, versuchte, ihr zu zeigen, wie er für sie empfand – wenn nicht mit Worten, dann mit seinem Kuss.

Ihr unerfahrener Verstand zerbrach unter einem Ansturm von Gefühlen. Ihr Mund wurde unbewusst weicher, und ihr Körper bog sich.

Er veränderte den Rhythmus hin zu einer sanften Liebkosung, bevor er sie losließ.

Sie stand da und starrte ihn benommen an. Ihre eine Hand lag auf seiner Schulter, damit sie das Gleichgewicht nicht verlor, während er ihr sanft die sich zur Seite neigende Kerze aus der Hand nahm.

Er beugte sich zu ihr und gab ihr einen letzten Kuss auf die Stirn, dann ging er und ließ sie in der Dunkelheit zurück.

∞∞∞

»Emmy?«

Der Earl verschwand nach einem kurzen Aufstöhnen unter dem Bett, und Emma strich sich rasch über die Haare und rückte ihr Nachthemd zurecht.

»Cat?«

»Kann ich reinkommen?«

Emma öffnete die Tür und gestattete ihrer Cousine, ihr Schlafzimmer zu betreten.

»Dein Gesicht ist gerötet. Geht es dir gut?«, fragte Catherine.

»Ja, ich denke, ich habe es mit dem Wein übertrieben,

aber es geht mir gut. Möchtest du etwas?«, fragte Emma nervös.

»Können wir uns unterhalten? Ich konnte nicht schlafen und habe das Licht unter deiner Tür gesehen. Ich muss mit dir sprechen.«

Emma sah die Verzweiflung im Gesicht ihrer Cousine und seufzte. Der Earl würde zunächst noch unter ihrem Bett bleiben müssen.

»Setz dich und erzähl mir, was dich bedrückt.«

»Liebst du den Earl?«

Unter dem Bett spitzte der Earl die Ohren.

»Ja, das habe ich dir bereits gesagt.«

Er grinste fröhlich, dann runzelte er die Stirn. Er kratzte sich geistesabewesend an einer juckenden Stelle am Rücken, während er über Emmas Antwort nachdachte. Sie liebte ihn? Warum hatte sie es ihm dann noch nicht gesagt? Er hatte mehrere Male versucht, sie zu fragen, und sicherlich wusste sie das. Dieser verfluchte Duke störte sie ständig im falschen Augenblick.

Er beschloss, den glücklichen Moment erst einmal einfach nur zu bewahren und nicht darauf zu reagieren, bis sie es ihm von allein gestand. Es war nicht sehr romantisch, herauszufinden, dass die Verlobte einen liebte, während man sich gerade unter ihrem Bett versteckte.

Catherines Stimme unterbrach seine Gedanken.

»Aber ihr zwei verhaltet euch eher wie Freunde als Geliebte. Vergib mir, wenn ich das sage, aber ich verstehe es nicht. Für andere mag es natürlich wirken, aber ich kenne dich schon sehr lange. Ich habe das Gefühl, als würdest du nur so tun, als wäre er dir wichtig.«

»Wie kommst du denn darauf? Ist heute Nacht irgendetwas passiert? Du hast mir diese Fragen schon einmal gestellt«, fragte Emma besorgt.

»Nun ja, ich … ich habe heute Abend Prudence in den Armen des Earls gesehen.«

Der Earl grinste und merkte sich diese Information, um sie in einem geeigneten Moment zu benutzen. Sein Lächeln gefror allerdings, als er eine Spinne vorbeikrabbeln sah. Er steckte sich die Faust in den Mund und biss heftig darauf, um nicht aufzuschreien.

Es wäre nicht gut, wenn Catherine auf diese Weise herausfand, wer er wirklich war. Er kniff die Augen zu, so dass er die Spinne nicht mehr sehen musste.

Emma, die von der Not des Earls nichts mitbekam, sagte langsam: »Ich verstehe. Nun, ich weiß, dass sie ihm schöne Augen macht, aber ganz ehrlich, ich glaube nicht, dass er sie auf diese Weise will. Sie muss ihn verführt haben.«

»Das hat er gesagt, aber-« Catherine hielt inne.

»Ist da noch mehr?«

Catherine errötete verwirrt. Ein Kuss bedeutete gar nichts. Männer, so hatte sie gehört, schienen nicht lieben zu müssen, um jemanden zu begehren. Ihre Tante hatte ihr das viele Male eingeschärft. Er hatte sie geküsst, aber was, wenn er Emma aufrichtig liebte? Dann konnte sie das Glück ihrer Cousine ruinieren. Einen Moment rebellierte ihr Herz bei dem Gedanken daran, dass Emma seine Frau wurde. Sie unterdrückte den verräterischen Gedanken und beschloss, den Mund zu halten.

»Nein, das ist alles.«

»Nun, dann mach dir keine Sorgen, Cat. Ich kenne den Earl, und Prudence ist keine ernstzunehmende Bedrohung.«

Aber bin ich eine?, fragte sich Catherine, als sie das Zimmer verließ.

Kapitel 20

Am nächsten Tag kamen alle erst spät zum Frühstücken herunter.

Emma unterdrückte ein Gähnen. Das Zusammensein am Abend zuvor und dann noch der Besuch des Earls hatten ihr nur ein paar Stunden Schlaf gelassen, und jetzt zeigten sich die Auswirkungen. Sie konnte kaum die Augen offenhalten, die zudem besorgniserregend wässrig waren. Sie blinzelte und versuchte, ihren Blick zu klären.

Als Prudence das Zimmer betrat, bemerkte Emma verblüfft, dass sie noch schlimmer aussah als sie selbst sich fühlte.

»Nein, ich möchte kein Frühstück«, jammerte Prudence.

»Aber Pru, du musst bei Kräften bleiben«, drängte Mrs Barker ihre Tochter.

»Ich fühle mich schrecklich. Ich glaube nicht, dass ich einen Bissen herunterbekomme. Nicht einmal einen Schluck Tee.«

Emma war besorgt; Prudence ließ ihr Frühstück niemals ausfallen, und sie schien wirklich ziemlich krank zu sein. Sie wollte gerade etwas sagen, als die Duchess ihr zuvorkam.

»Versuchen Sie, wenigstens diese Scheibe Toast zu essen. Sie können den Rest liegen lassen, wenn Sie nicht mehr als einen Bissen schaffen. Vertrauen Sie mir. Sie müssen etwas essen. Nur einen Bissen, mir zuliebe?«, schwatzte sie schmeichelnd.

Emma sah Catherine an und hob eine Braue; sie fragte sich, wann die Duchess derart mütterliche Instinkte erworben hatte. Ihre Cousine wirkte genauso überrascht, und sie zuckte als Antwort auf Emmas stumme Frage nur mit den Schultern.

Prudence versuchte ein paar Bissen und aß schließlich die ganze Scheibe auf. Sie griff nach einer anderen, während die Duchess ihr ein wenig schwachen Tee einschenkte.

»Und jetzt trinken Sie und legen Sie sich ins Bett.«

In Prudences Gesicht war ein bisschen Farbe zurückgekehrt, und sie schluckte rasch den Tee hinunter und floh aus dem Zimmer.

Emma stand ebenfalls auf. »Was immer Prudence sich eingefangen hat, ich fürchte, ich habe es auch. Ich werde wieder ins Bett gehen und bis zum Abendessen schlafen.« Sie hielt inne und wandte sich an Catherine, bevor sie das Zimmer verließ. »Kümmere du dich um den Earl, ja? Ich kann meine Augen unmöglich offenhalten.«

Catherine starrte ihrer Cousine nach, als diese verschwand. Das Letzte, was sie wollte, war *diesen* Mann zu unterhalten. Sie wollte ihm aus dem Weg gehen, ganz besonders nach dem Kuss am Abend zuvor.

Sie hatte ebenfalls vorgehabt, mit der Begründung, unter dem Wetter zu leiden, in ihr Zimmer zu flüchten. Jetzt konnte sie das kaum noch tun, nachdem die anderen beiden ihr zuvorgekommen waren. Im Gegensatz zu Emma hatte sie nicht genügend Weitblick gehabt, um beim Frühstück hier und da ein Gähnen einzustreuen.

»Du siehst blass aus, meine Liebe. Vielleicht war mit dem Essen gestern etwas nicht in Ordnung. Möchtest du dich auch hinlegen?«, wollte Lady Babbage wissen.

Catherine hätte diese Entschuldigung am liebsten ausgenutzt, aber vielleicht war es besser, die ganze Sache so schnell wie möglich hinter sich zu bringen. Eines Tages würde sie sich ihm stellen müssen, und es war besser, ihn zunächst alleine zu treffen und ihre Gefühle unter Kontrolle zu bringen, statt beim Abendessen für alle ein Spektakel aufzuführen.

»Nein, es geht mir gut, Tante«, erwiderte sie und schob ihre Schokolade beiseite.

Als das Frühstück vorüber war, zog Catherine los, um nach dem Earl zu schauen. Da sie sich entschieden hatte, sich ihm zu stellen, war es wenig sinnvoll, es zu verzögern.

Lord Raikes hatte den frühen Morgen in der Bibliothek verbracht. Er wusste nicht, dass diejenige, der seine Gedanken galten, im Garten nach ihm suchte. Jetzt ging er in den Frühstücksraum, um sich mit einer Tasse Kaffee zu stärken. Er setzte sich zu Mr Barker und der Duchess, während er sich fragte, wohin all die jungen Ladys entschwunden waren.

Catherines reizendes Kinn sank nach unten, und ihre Nerven waren bereits arg strapaziert. Der Dreck hatte ihre Petticoats beschmutzt, und ihre Augen fühlten sich vom vielen Blinzeln gegen die Sonne und Ausschau-Halten nach dem verfluchten Mann schwer an.

Ein Dorn zerkratzte ihren Handrücken, als sie den Pfad im Rosengarten entlanglief. Auf der blassen Haut tauchten Blutstropfen auf, und ihr traten Tränen in die Augen. Sie beschloss, aufzugeben. Sie hatte ihr Möglichstes getan, und jetzt hatten ihr erschöpfter Geist und Körper keine Kraft mehr, um den Mann zu unterhalten.

Vielleicht war er mit dem Duke unterwegs? Bei diesem Gedanken sanken ihre Schultern vor Erleichterung nach unten, und sie kehrte eilig zum Haus zurück. Sie beschloss, sich einige Bücher zu besorgen und bis zum Abendessen in ihr Zimmer zurückzuziehen.

Vorsichtig öffnete sie die Tür zur Bibliothek und spähte hinein. Sie war leer. Über ihr törichtes Benehmen lächelnd ging sie zu den Buchregalen.

Sie suchte sich fünf dicke Bücher aus, stapelte sie aufeinander und trug sie zur Tür, die sie mit einer Bewegung ihrer Hüfte aufstieß. Und stellte fest, dass sie dem Earl gegenüberstand, der sie von oben herab ansah.

Verwirrt ließ sie die Bücher fallen. Dies war das erste Mal seit dem Kuss, dass sie ihn sah, und ihr mitgenommenes Hirn registrierte vage, dass er sich bückte und die Romane aufhob.

»Hier.«

Geistesabwesend griff sie nach den Büchern, wobei ihre und seine Hände sich leicht berührten. Sie trugen beide keine Handschuhe, und Catherine hatte das Gefühl, als hätte sich sich verbrannt. Sie riss rasch ihre Hände zurück.

Noch einmal fielen alle Bücher auf den Boden; eines landete auf ihrem Zeh.

Der Schmerz brannte in ihren Augen, und sie hob die Lider und starrte ihn trotzig an.

Er streckte die Hand nach ihr aus, und sie geriet in Panik.

Sie duckte sich unter seinem Arm hindurch und rannte zur Treppe.

Er lehnte den Kopf gegen den Türpfosten, während er ihr nachsah und dabei ein leises frustriertes Knurren von sich gab.

∞∞∞

Die Mahlzeit verlief an diesem Abend in gedrückter Stimmung. Prudence stocherte in ihrem Essen herum und trug kaum etwas zur Unterhaltung bei. Catherines Gesicht war hochrot, aber es gelang ihr, die ganze Mahlzeit ohne irgendein Missgeschick zu überstehen. Emma war die Einzige, die guter Laune war; ihr ausgedehnter Schlaf hatte Wunder gewirkt.

Die Frauen zogen sich schon bald nach dem Dessert in den Salon zurück, während die Männer den Portwein herumreichten.

Lord Raikes saß da und ließ die rubinrote Flüssigkeit in seinem Glas herumwirbeln. Der Duke hatte sich entschuldigt, sobald die Frauen weggegangen waren, da er dringende geschäftliche Angelegenheiten zu erledigen hatte. Deshalb war er mit Mr Barker allein. Er hätte sich auch entschuldigen können, denn Mr Barker war furchbar langweilig, aber die guten Sitten erforderten es, dass er so lange bei ihm sitzen blieb, bis sein Glas leer war.

»Spekulieren Sie, Mylord?«, fragte Mr Barker. Er beugte sich eifrig nach vorn. Es war offensichtlich, dass er nur darauf gewartet hatte, Lord Raikes allein zu erwischen. Er trommelte mit den Fingerspitzen auf den Tisch, während er weitersprach: »Ich frage nur, weil ich zwei exzellente Geschäftsmöglichkeiten habe. Der Duke ist sehr angetan von einer davon und hat das Dokument, mit dem er in das Vorhaben investiert, so gut wie unterschrieben. Ich hätte das eigentlich für mich behalten, aber schließlich werden Sie schon bald Teil der Familie sein. Deshalb bin ich bereit, Ihnen die Einzelheiten mitzuteilen.«

Lord Raikes betrachtete Mr Barkers Finger, der auf den Tisch klopfte. Der Mann schwitzte, wie ihm auffiel. Es klang nicht überzeugend, dass er ihm von dieser großartigen Geschäftsmöglichkeit einfach nur deshalb erzählte, weil er Teil der Familie des Dukes werden würde.

Mr Barker zählte nicht zur Familie des Dukes, und selbst wenn er das getan hätte, bezweifelte Lord Raikes, dass er einen Sinn für irgendwelche familiären Pflichten hatte. Er ignorierte seine Tochter und seine Frau und sprach kaum mit Emma. Mit ausdrucksloser Miene nickte er höflich.

Mr Barker wertete dies als ermutigendes Zeichen; seine Finger klopften schneller, als er wieder sprach. »In Zentralafrika gibt es eine Goldmine. Wir brauchen Geld, um Experten hinzuschicken, die das Gebiet finden und dem gegenwärtigen Besitzer abkaufen. Sie können sich sicher vorstellen, was eine solche Expedition für einen Ertrag bringen wird.«

»Wieso verkauft der gegenwärtige Besitzer das Gold nicht selbst? Wieso brauchen Sie Experten, die das Gebiet finden? Ist es abhanden gekommen?«

Mr Barker wirkte verärgert, und seine Finger verharrten reglos. Lord Raikes gab einen tiefen, stummen Seufzer der Erleichterung von sich, während er auf die Antwort wartete.

»Wir wissen, dass es sie gibt. Ich habe von einem pensionierten Colonel von untadeligem Ruf erfahren, dass eine solche Mine existiert. Ungünstige Umstände beim Abbau haben dazu geführt, dass einige Arbeiter gestorben sind. Die Einheimischen glauben, dass die Mine verflucht ist, weshalb sie sie vernachlässigen und es vorziehen, nicht über sie zu sprechen.

Ich bin mir sicher, der Eigentümer wird sie bereitwillig zu einem vernünftigen Preis verkaufen.«

Lord Raikes runzelte die Stirn. Er glaubte nicht einen Moment lang, dass der Duke sich an solchen Spekulationen beteiligen würde. Es war zu riskant, und das Leben vieler Menschen hing von ihm ab.

Die Sache mit der Goldmine klang unklar, und er hatte das Gefühl, dass Mr Barker log, als er sagte, der Duke wäre bereit, in ein solches Vorhaben zu investieren. Dennoch konnte er auch nicht geradeheraus jegliches Interesse bestreiten, und die Höflichkeit gebot es, dass er den Mann anhörte.

Lord Raikes antwortete in einem Ton, den Ärzte gewöhnlich anwenden, wenn sie es mit sich ängstigenden Patienten zu tun haben. »Afrika ist ein gefährliches Land mit fremdartigem Gelände. Es würde schwer sein, die Einheimischen dazu zu bringen, mit Ihnen zu sprechen, selbst wenn es Ihnen gelänge, sich mit Ihnen zu verständigen. In diesem Land gibt es unzählige verschiedene Sprachen, und es dürfte schwierig sein, einen Übersetzer zu finden.« Er sprach freundlich weiter. »Was ist mit der anderen Unternehmung?«

Mr Barker strahlte sichtlich. »Ich habe eine Mannschaft, die bereit ist, nach Indien zu reisen und ein Schiff mit exotischen Gewürzen und Seidenstoffen zurückzubringen.«

»Unter hohen Risiken, nicht wahr? Ich kenne Leute, die mit genug Reichtum zurückgekehrt sind, um jahrelang äußerst bequem zu leben. Aber wie sollen sie ihr Ziel erreichen, wenn Piraten die Gewässer unsicher machen? Eine unerfahrene Mannschaft würde niemals in der Lage sein, eine so lange und gefährliche Reise zu bewältigen, auch wenn es ihnen gelingt, die Stürme auf dem Ozean zu überstehen.«

»Aber die Mannschaft ist erfahren, Mylord. Nun ja, sie haben die Reise in den letzten fünf Jahren bereits fünf Mal gemacht, und sie ist immer erfolgreich gewesen.«

Lord Raikes runzelte die Stirn. Er mochte den Mann nicht, weil er ihn offen anlog, und sprach daher mit kalter Stimme weiter:

»Wenn sie, wie Sie sagen, bereits fünf Mal erfolgreich nach Indien gesegelt sind, müssen sie genügend Schätze angehäuft haben, um keine finanzielle Unterstützung mehr zu benötigen. Wieso ersuchen sie dann um Geld?«

»Sie wissen, dass es in England immer teurer wird, und diese Männer kennen nur Segel und Spieren. Sie haben ihr Geld verschleudert, und im Gegensatz zu uns haben sie keinen Sinn fürs Geschäft«, erwiderte Mr Barker ganz entspannt.

»Es fällt mir schwer zu glauben, dass sie innerhalb eines Jahres das gesamte Vermögen verbraucht haben, das ein Schiff voll mit indischen Gewürzen einbringt. Nun, sie sind so begehrt wie Edelsteine und Juwelen, und vom Lohn müsste jedes Mannschaftsmitglied eine lange Zeit bequem leben können. Ich fürchte, Sie sind getäuscht worden, Mr Barker, und ich habe meine Zweifel daran, dass der Duke in ein solches Unternehmen investieren würde. Ich rate Ihnen, halten Sie sich fern von solchen Spekulationen. Sie sind riskant, und sie bringen selten gute Erträge.«

Mr Barker krampfte seine Hände um das Glas, und Lord Raikes zögerte einen Moment. Aber der Mann hatte ihn angelogen, und sein Gewissen gestattete es ihm nicht, seine Unterstützung anzubieten.

Hätte Mr Barker sich gut benommen und seine Frau und seine Tochter so behandelt, wie ein Mann es tun sollte, hätte er ihm ohne Frage finanzielle Hilfe angeboten. Aber er hatte seine Zweifel, was Mr Barker tun würde, selbst wenn er von ihm Geld erhielt. Der Mann war dumm, und er würde das ganze Geld wahrscheinlich bei irgendeiner lächerlichen Unternehmung oder in einer Spielhalle verschleudern.

Er stürzte sein Getränk hinunter, entschuldigte sich höflich und ging zu den Frauen im Salon.

Catherine sah ihn eintreten und rückte sofort dicht zu Lady Babbage. Ihr Blick wanderte oft zu ihm, und sie musste sich zwingen, sich zu benehmen und sich auf den Pfau zu konzentrieren, den sie auf ein Taschentuch stickte.

Schließlich beschloss Lady Babbage, sich für die Nacht

zurückzuziehen. Catherine folgte dem Beispiel ihrer Tante und entschuldigte sich kurz nach ihr.

Schon bald, nachdem sie gegangen war, verlor Lord Raikes das Interesse an Gesellschaft, und als die anderen seine niedergeschlagene Stimmung bemerkten, wurden auch sie gelangweilt und gingen zu Bett.

∞∞∞

Am nächsten Tag war es kalt und matschig. Catherine war nur zu glücklich, dass sie es ablehnen konnte, Emma auf ihrem Spaziergang zu begleiten.

Prudence sah immer noch so aus, als würde es ihr nicht gut gehen, und schließlich begaben sich nur Lord Raikes, Emma und Lady Babbage zu einem Spaziergang in den Garten.

Der Earl sah, wie Lady Babbage und Emma mit Lord Raikes im Schlepptau näher kamen. Er setzte sich rasch auf, damit die drei ihn mit seinen Scheren gut sehen konnten. Sie würden keine Chance haben, eine geflüsterte Unterhaltung zu führen, da Lady Babbage an diesem Tag regelrecht an Emmas Seite klebte. Daher nickte er ihnen nur zu, als sie vorbeigingen.

Er sah Emma nach, die sich immer weiter entfernte, aber dann erregte Lady Babbage seine Aufmerksamkeit, als sie ein paar Schritt von ihm entfernt stehen blieb. Er zwang sich, auf die alte Lady zu achten und nicht auf Emmas reizvollen Hintern.

Lady Babbage kramte in ihrem Nähkorb. Sie wartete, bis Lord Raikes und Emma ein paar Schritte weitergegangen waren, bevor sie sich zum Earl umdrehte und ihm einen durchdringenden Blick zuwarf.

Zufrieden, dass er sie eingehend beobachtete, ließ sie ein Stück Papier zu Boden fallen und warf einen Blick zurück zu ihm, um sich zu vergewissern, dass er den Zettel gesehen hatte. Verstohlen neigte sie den Kopf in Richtung des Papiers und ging dann rasch weiter, um Emma einzuholen.

Es schien, als hätte sie ihm seine Aufgabe leichter

gemacht, indem sie ihn aufgesucht hatte. Sobald die Gruppe hinter der Biegung verschwunden war, stand er auf und griff sich den Zettel.

Auf ihn war in unordentlicher, verkrampfter Handschrift eine einzige Zeile gekritzelt.

Trauerweiden-Teich, acht Uhr abends.

Der Earl runzelte die Stirn und zerknüllte den Zettel in der Faust. Er hatte herausfinden wollen, was sie von ihm verlangte, aber jetzt, als er die Chance dazu bekam, zögerte er. Wollte er sich in dieses Gewirr verstricken? Er hatte sich bereits einen gehörigen Brocken Arbeit aufgehalst. Wollte er wirklich etwas noch weit Gefährlicheres heraufbeschwören?

Es ging nur darum, mit der Frau zu sprechen. Er würde ihr zuhören, und vielleicht konnte er dann den Duke vor einer bevorstehenden Gefahr warnen.

Er musste ihre Wünsche nicht beherzigen, da sie keine große Macht über ihn besaß. Das Schlimmste, was sie tun konnte, war, den Duke und seinen besten Freund zu informieren. Das war keine bedrohliche Situation. Abgesehen davon war seine Neugier zu groß, um eine solche Gelegenheit einfach verstreichen zu lassen.

Kapitel 21

Lord Raikes und Emma gingen rasch, denn sie versuchten, die Anstandsdame abzuhängen. Lady Babbage ging genauso schnell und schien nicht im Mindesten außer Atem zu kommen.

Sie beäugten die alte Frau gereizt und wurden noch schneller. Sie hörten erst dann auf zu rasen, als sie die Orangerie durchquerten.

»Ist das nicht die Duchess?«, fragte Lord Raikes. Er starrte auf eine Gestalt, die ein Stück weiter weg stand.

»Ich frage mich, was sie da tut. Sie scheint mit einem Mann zu sprechen. Wer ist er wohl?«, fragte Emma zurück.

»Vielleicht ein Arbeiter? Sie muss auf diesem Anwesen mit etlichen Leuten zu tun haben«, gab er zu bedenken.

»Nein, das hat sie nicht. Da Ihre Gnaden normalerweise unpässlich ist, hat Catherine die Leitung übernommen«, bemerkte Lady Babbage höflich.

»Sie gibt ihm etwas. Ich kann nicht erkennen, was es ist. Sieht aus wie ein Päckchen oder so«, sagte Emma. Sie beschirmte die Augen vor den grellen Sonnenstrahlen, um etwas sehen zu können.

»Der Duke hat vielleicht um ihre Hilfe gebeten. Catherine muss sehr beschäftigt sein«, antwortete Lord Raikes unbesorgt.

»Das vermute ich.«

»Kommen Sie, gehen wir zurück«, sagte Lady Babbage und zog an Emmas Arm.

Sie gehorchte nach einem letzten Blick zur Duchess, und

gemeinsam kehrten sie zum Haus zurück.

∞∞∞

Emma ging in ihr Zimmer, um sich die schmutzige Kleidung auszuziehen. Der ganze abscheuliche Spaziergang war Zeitverschwendung gewesen.

Lady Babbage hatte sie nicht einmal für eine Minute allein gelassen und es ihnen schwierig gemacht, eine sinnvolle Unterhaltung zu führen.

Lord Raikes zog sich mit Hilfe seines Kammerdieners ebenfalls um. Er beschloss, ins Morgenzimmer zu gehen und hoffte, dort Catherine zu begegnen. Er hasste es, dass sie ihm auswich, seit er sie geküsst hatte.

Er ging zu dem Zimmer und öffnete die Tür, fand die Duchess und Lady Babbage in einem hitzigen Streitgespräch.

»Ich warne dich«, fauchte die Duchess, bevor sie auf Lord Raikes aufmerksam wurde.

Lady Babbage schob ihren Stuhl zurück und verließ ohne ein Wort des Grußes den Raum. Er starrte die Duchess erst überrascht, dann zunehmend alarmiert an. Ihr Gesicht war fast weiß, und sie zitterte vor unterdrückter Wut.

Er hastete zu dem Krug, der auf dem Beistelltisch stand, und goss Limonade in ein Glas. Er reichte ihr das Glas, kniete sich vor sie und hielt ihre Hand. »Trinken Sie etwas. Es wird Ihnen helfen.«

Sie trank. Ihr Zittern hörte auf, aber sie war immer noch bleich im Gesicht.

Er beruhigte sie besorgt und überlegte, ob er nicht rasch den Duke holen sollte, als sich die Tür öffnete und Catherine eintrat.

Sie sah, wie Lord Raikes die Hand der wunderschönen Duchess streichelte, und zog daraus den falschen Schluss. Ihr Gesicht rötete sich vor Ärger und Verlegenheit. Ihr voreingenommener Verstand nahm die Blässe ihrer Stiefmutter kaum war, und ihr Blick war vorwurfsvoll.

Lord Raikes erriet ihre Gedanken und seufzte. »Ihre Mutter ist krank«, sagte er gereizt. »Vielleicht können Sie ihr helfen?«

Sofort sah sie ihre Stiefmutter an und schnappte nach Luft. Die Haut der Duchess war bleich, ihre Finger zitterten, und der Blick ihrer matten Augen wirkte verwirrt. Zerknirscht und besorgt eilte sie an ihre Seite. »Was ist los? Tut dir etwas weh?«

Die Duchess ließ sich etwas Zeit mit der Antwort. »Nein, es wird vorübergehen. Sei unbesorgt und lass mir nur etwas Kaffee bringen. Davon sollte ich wieder auf die Beine kommen.«

Lord Raikes läutete die Glocke und ordnete an, dass Kaffee gebracht wurde, während Catherine sich neben die Duchess setzte und ihre Hand hielt.

»Hast du dich mit Tante gestritten?«, fragte Catherine.

»Woher weißt du das?«

»Ich habe sie im Korridor gesehen und versucht, mit ihr zu sprechen, aber sie hat mich beiseite geschoben.«

»Wir hatten gerade eine kleine Meinungsverschiedenheit«, antwortete die Duchess schwach.

»Mutter, du hast sie nie gemocht. Wieso besprichst du das nicht mit dem Duke?«

Die Duchess sah sie überrascht an. »Wir haben versucht, es unter uns auszumachen. Wie hast du das erraten?«

»Du meidest sie, und jedes Mal, wenn ich das Zimmer betrete, und ihr beide seid allein, kann ich die Spannung fühlen. Du lebst jetzt seit vielen Jahren mit ihr zusammen und hast niemals eine Verbindung zu ihr aufgebaut. Ich weiß, dass sie schwierig ist, aber ich frage mich trotzdem, wieso du dem Duke niemals von deinen Sorgen erzählt hast?«

»Wir sind beide erwachsen und können unsere Probleme lösen. Man kann nicht mit allen Menschen gut auskommen, und unter dem gleichen Dach zu leben, bringt nun mal Probleme mit sich. Abgesehen davon dachte ich, dass es nicht an mir ist, den Duke zu bitten, sie woanders hinzubringen. Er allein entscheidet, wer als Anstandsdame für dich geeignet ist. Selbst dann, wenn ich anderer Meinung bin, kann ich nichts daran ändern. Schließlich ist sie meine Schwägerin.«

Catherine schwieg und dachte über ihre Worte nach.

»Sind Sie glücklich damit, dass sie Ihre Anstandsdame ist?«, fragte Lord Raikes und sah Catherine an.

»Vor ein paar Jahren hat es mich noch nicht gestört. Sie war freundlich, aber das hat sich im Laufe der Jahre geändert. Sie sorgt sich um mich, aber sie lehnt es ab, sich über die Grenzen dieses Anwesens hinauszuwagen. Sie verhält sich kaum zivilisiert gegenüber den jungen Ladys im Dorf. Sie weigert sich, irgendeinen Menschen anzuerkennen, der nicht von edler Geburt ist. Meine Freundinnen sind ehrenwert, aber sie fühlen sich durch ihre kaum verhüllte Verachtung gekränkt. Es ist ihr gelungen, mich von allen zu entfremden, und ich wünschte, ich könnte zur Abwechslung eine andere Anstandsdame haben.«

Die Heftigkeit in ihrer Stimme überraschte ihn. Er hatte nicht bemerkt, wie verbittert sie eigentlich war. Sie verhielt sich stets ruhig und höflich gegenüber ihrer Tante. Es war ihm nicht entgangen, dass andere in Gegenwart von Lady Babbage irgendwann gereizt wurden, auch der Duke, aber Catherine hatte immer den Eindruck gemacht, als würde sie ihre Anstandsdame ohne Klagen annehmen.

In diesem Moment kam der Kaffee, und das Gespräch musste auf später verschoben werden. Die Duchess schien sich schon nach ihrer ersten Tasse wieder zu erholen.

Catherine machte sich daran, ihre Stiefmutter aufzumuntern, und weigerte sich, weiter über Lady Babbage zu sprechen.

Lord Raikes gab ein paar humorvolle Geschichten aus seiner Kindheit zum Besten, und schon bald lachten die beiden Frauen.

Sein Lächeln wurde breiter, als Catherine zwischen zwei Lachanfällen schnaubte. Er sprach weiter. »Und dann saß ich mit kaum etwas an auf dem Pferd. Mein Vater beobachtete mich vom Fenster aus, als ich mitten im Winter zu den Ställen ritt-«

»Oh, einen Moment, ich habe eine Nachricht, können Sie

sie hören, Mylord?«, unterbrach die Duchess ihn.

Er hielt inne; die plötzliche Unterbrechung befremdete ihn. Er ließ höflich von seiner Geschichte ab und spitzte die Ohren. Er konnte nichts hören.

»Auf was soll ich lauschen?«, fragte er vorsichtig.

»Mein liebes Kind, Ihre verschiedene Mutter möchte mit Ihnen sprechen.«

Die Mutter des Earls war tot, aber er war ziemlich lebendig. Wenn er jemals das Gefühl gehabt hatte, dass Ihre Gnaden ein echtes Medium war, wurde dies jetzt vertrieben.

»Hören Sie sie!«, schrie die Duchess ihn plötzlich an.

Alarmiert schob Lord Raikes seinen Stuhl zurück. Catherine begann zu kichern. Es war das erste Mal, dass er miterlebte, wie die Duchess eine ihrer seltsamen Nachrichten bekam.

Sie schlug mit den Händen auf den Tisch, und die Löffel klapperten in den Tassen. Plötzlich sprang sie auf und deutete anklagend auf ihn: »Sie haben eine Nachricht … hören Sie sie! Sie spricht von jenseits des Grabes mit Ihnen.«

Lord Raikes lehnte sich auf seinem Stuhl zurück und warf flehentliche Blicke zu Catherine, die ihn nicht beachtete.

Die Duchess ging jetzt um den Tisch herum. Ihr Blick war wild, als sie sich ihrer Beute näherte.

»Hören Sie zu!«, schrie sie und streckte die Hand aus.

Er geriet in Panik, lehnte sich weiter zurück, bis der Stuhl umkippte und er rücklings auf dem Boden landete.

Er befand sich immer noch auf dem Stuhl; seine Beine ragten in die Höhe und wedelten in der Luft. Er war mit dem Kopf auf den üppigen, dicken Teppich geprallt, daher war der Aufprall nicht besonders schmerzhaft gewesen. Sein Ego allerdings hatte deutliche Prellungen erlitten.

Die Duchess fiel aus ihrer Trance und lief zu ihm. Catherine trat an seine andere Seite, und sie sprachen beide gleichzeitig auf ihn ein.

»Es geht mir gut«, murmelte er.

»Ihre Mutter wollte nur, dass Sie wissen, dass Sie sich

eine wundervolle Braut ausgewählt haben, und eines Tages wird sie Sie davor bewahren, sich an einem Kronleuchter zu erhängen. Solche Gedanken sollten sie nicht verfolgen ... Oh je!« Sie starrte auf etwas zwischen seinen Beinen.

Erst jetzt wurde er sich der kühlen Brise an der Stelle bewusst, wo seine beiden Hosenbeine miteinander verbunden waren. Oder es sein sollten. Mit wachsendem Entsetzen begriff er, dass seine Hose und seine Unaussprechlichen mitten durchgerissen und seine Kronjuwelen der frischen Luft ausgesetzt waren.

Die Duchess starrte mit purer Bewunderung darauf.

Catherine beugte sich vor, um nachzusehen, was ihre Stiefmutter so faszinierte, und ihr Blick fiel auf die Ursache. Sie schlug sich eine Hand vor den Mund, aber sie war nicht in der Lage, den Blick abzuwenden.

Er kniff die Augen zusammen, sich nur zu bewusst, welchen Anblick er bot. Er konnte nicht glauben, dass Catherine ihn in dieser unwürdigen Position sah. Seine Beine wackelten in der Luft, und sein verletzlicher Intimbereich lag bloß. Darüber hinaus schien sein Gehirn sich gegen seine Versuche zu wehren, die Beine wieder zusammenzubringen.

Das Geräusch einer sich öffnenden Tür brachte Catherine wieder zur Besinnung, und sie sprang auf und rannte aus dem Zimmer.

Lord Raikes spähte zur Tür, um zu sehen, wer gekommen war, um Zeuge seiner Demütigung zu werden.

Der Duke stand da und starrte auf das Bild, das sich ihm bot. Hinter ihm traten Mrs Barker, Prudence, Mr Barker und Emma ein. Er stöhnte, zog die Beine zusammen und legte sich auf die Seite.

Es schien, als wären alle da, um diese für ihn so peinliche Situation mitzuerleben. Er tat das Einzige, das ihm übrig blieb. Er schloss die Augen und gab vor, ohnmächtig zu werden.

»Er ist mit dem Stuhl umgestürzt. Ich glaube, er hat sich den Kopf angeschlagen. Vorhin ging es ihm noch gut, aber jetzt scheint er das Bewusstsein verloren zu haben«, meinte die

Duchess besorgt.

»Er muss in sein Zimmer gebracht werden. Ich werde den Arzt kommen lassen«, erklärte der Duke. Er wandte sich an Pickering und gab ihm Anweisungen.

Lord Raikes war sich nicht sicher, wieso er die Fassade aufrecht hielt, das Bewusstsein verloren zu haben. Er konnte blinzelnd aufwachen und erklären, dass es ihm gut ging. Stattdessen war da ein störrischer Teil in ihm, der sich weigerte, die Augen zu öffnen.

Kurz danach hörte er Stimmen über seinem Kopf. Helfer waren eingetreten, um ihn in sein Zimmer zu tragen. Er war froh, dass es ihm gelungen war, die Beine zusammenzubringen, als er seine Ohnmacht vorgetäuscht hatte. Er gratulierte sich für diese Weitsicht.

»Pickering, nehmen Sie sein Bein und versuchen Sie, ihn nicht zu erschüttern. Davy, du nimmst das andere Bein, und ihr beiden haltet seine Schultern. Und jetzt hebt ihn auf drei hoch. Eins, zwei und drei!«

Einen Moment lang herrschte tödliche Stille im Zimmer. Die beiden Männer packten jeweils ein Bein von Lord Raikes und hoben ihn hoch. Seine Beine wurden dadurch gespreizt, und seine Unaussprechlichen wieder den Blicken der glotzäugigen Anwesenden preisgegeben.

Der Duke verstellte den Ladys rasch den Blick, aber es war bereits zu spät. Sie alle hatten genug gesehen.

»Ähm, Pickering ... ähm ... es wäre besser, wenn Sie beide Beine beim Tragen zusammendrücken, und Davy kann ihn dann unter den Knien stützen«, murmelte der Duke.

Lord Raikes wurde wieder auf den Boden gelegt, und dieses Mal wurde sein Schamgefühl geschützt, als er aus dem Zimmer getragen wurde.

»Ich habe nicht richtig sehen können«, flüsterte Prudence ihrer Mutter zu.

»Prachtvoll«, antwortete Mrs Barker und runzelte dann die Stirn. »Was hast du nicht richtig sehen können?«

»Sein Gesicht natürlich. War er sehr weiß?«, erfand sie

rasch eine Antwort.

»Nein, er sah aus, als wäre er in Ordnung.«

»Was war dann prachtvoll?«, fragte sie ihre Mutter verschlagen.

»Der Duke und die Art und Weise, wie er die Angelegenheit in die Hand genommen hat, was sonst, dummes Mädchen?«, erwiderte Mrs Barker. Prudence hatte die Kunst der Täuschung schließlich von einem alten Hasen gelernt.

Kapitel 22

Dem Earl liefen Tränen über das Gesicht. »Ich kann nicht glauben, dass du zu mir gekommen bist, um mir das zu sagen. So schlimm kann es nicht gewesen sein. Ich bin mir sicher, dass die wichtigen Teile verborgen waren.«

Lord Raikes lächelte reumütig. Er war zum Earl gegangen, sobald der Arzt ihn für gesund erklärt hatte.

»Jedes kleine bisschen hat die frische Luft geschnuppert. Meine Hose ist genau in der Mitte gerissen, und ich habe in diesem Gebiet eindeutig die Kühle gespürt.«

Der Earl brach wieder in schallendes Gelächter aus.

»Lach ruhig auf meine Kosten, aber Emma konnte ebenfalls einen guten Blick darauf werfen. Es wird dir nicht gefallen, wenn sie unsere Ausstattungen vergleicht und deine als ungenügend empfindet.«

»Ich fordere dich heraus! Zieh sofort deine Hose aus, und wir werden feststellen, wer den größeren-« Ein Geräusch hinter ihnen veranlasste den Earl, abrupt abzubrechen.

Sie wirbelten beide herum und sahen eine Dienerin vor sich, die sie schockiert anstarrte.

»Ähm, es ist nicht das, wonach es geklungen hat. Ich weiß, dass es schlimm geklungen hat, aber es ist nicht das, was du denkst, Maria.«

»Jetzt weiß ich, warum du meine Annäherungsversuche ignoriert hast, Shufflebottom. Du hättest mir sagen können, dass du die andere Seite bevorzugst. Dann hätte ich meine Zeit nicht verschwendet.« Sie warf ihm einen zornigen Blick zu und ging wieder ins Haus.

»Hör auf zu lachen. Wir sind quitt«, murrte der Earl. »In zehn Minuten habe ich eine Verabredung mit der Erpresserin«, fügte er hinzu.

»Soll ich dich begleiten?«, fragte Lord Raikes, der rasch wieder ernst wurde.

»Nein, ich erzähle dir später, was passiert ist. Du solltest wieder ins Haus gehen.«

»Nimm dich in Acht.«

»Vor einer alten Frau?«, spottete der Earl und machte auf dem Absatz kehrt.

∞∞∞

Der Earl fand einen Ast, auf dem er sitzen konnte, und machte sich darauf gefasst, zu warten. Fast eine halbe Stunde nach dem verabredeten Zeitpunkt traf Lady Babbage ein.

»Ich komme gleich zur Sache. Sie haben einen Tag und eine Nacht Zeit, um die Aufgabe zu erledigen. Wenn Sie versagen, werde ich dem Earl morgen nach dem Abendessen alles erzählen«, erklärte Lady Babbage, sobald sie ihn erreicht hatte.

»Was werden Sie ihm erzählen?«, fragte der Earl.

»Nun, dass Sie nicht der sind, der zu sein Sie scheinen, und dass Sie eine Affäre mit seiner Verlobten haben. Er wird es glauben, seien Sie versichert, denn verliebte junge Männer neigen zur Eifersucht und denken das Schlimmste von Frauen, egal, wie unschuldig diese auch sein mögen.«

»Verstehe. Was soll ich für Sie tun?«

»Räumen Sie den Safe des Dukes aus und verschonen Sie Joe.«

»Joe? Den Untergärtner?«, fragte er überrascht.

»Ja, und geben Sie ihm mehr freie Zeit. Ich brauche ihn.«

»Dann arbeitet Joe also für sie«, sinnierte er.

Sie antwortete nicht darauf.

»Wieso bitten Sie nicht Joe, dem Duke seine

Wertgegenstände zu stehlen?«

»Er ist für mich nützlicher als Sie es sind. Wenn Sie gefangen genommen werden, steht Ihr Wort gegen meines. Was glauben Sie, wem wird der Duke glauben? Ich kann es mir nicht leisten, dass Joe auf den Kontinent verschifft wird. Ich habe größere Pläne für ihn.«

Er begriff, dass sie Joe noch mehr in der Hand hatte als ihn. Da sie seine wahre Identität nicht kannte, konnte er sich leicht aus dem Staub machen, aber der arme Joe saß in der Falle.

»Ich fürchte, ich muss Sie enttäuschen. Ich werde den Safe des Dukes nicht für Sie ausrauben. Es ist mir lieber, wenn Sie dem Earl alles sagen, was Sie möchten. Das scheint mir die weniger gefährliche Möglichkeit zu sein.«

Ihre Augen blitzten verärgert. Sie hatte nicht damit gerechnet, dass ihre Pläne vereitelt werden könnten.

»Sie werden leben, selbst dann, wenn Sie bei einem Diebstahl erwischt werden und im Gefängnis sind. Aber wie wollen Sie einem Duell auf Leben und Tod entkommen? Der Earl wird Sie herausfordern.«

»Ich bin ein guter Schütze«, sagte er nur.

»Ich werde bis morgen warten«, fauchte sie. »Denken Sie darüber nach. Wenn Sie sich weigern, werde ich es dem Earl erzählen.«

Er schwieg dazu, und Lady Babbage ging mit einem letzten unsicheren Blick in seine Richtung davon.

∞∞∞

Der Earl traf Lord Raikes in dieser Nacht in seinem Zimmer und brachte zum ersten Mal Emma mit.

»Ich dachte, ich sollte dich über mein Treffen mit Lady Babbage informieren. Sie ist weitaus gefährlicher als ich dachte. Ich bin besorgt«, sagte er und griff nach einer Flasche Whisky, aus der er sich großzügig etwas einschenkte.

Lord Raikes zog ihn nicht auf, weil er Emma zu dieser

späten Stunde mit in sein Zimmer genommen hatte. Der Earl wirkte beunruhigt, und seine Schlussfolgerungen mussten ihn dazu gezwungen haben, Emma ins Vertrauen zu ziehen. Er wusste, dass der Earl die ganze Zeit versucht hatte, sie zu beschützen.

»Erzähl uns, was passiert ist«, sagte Lord Raikes.

Das tat er und schloss mit den Worten: »... aber ich begreife nicht, warum diese Frau Geld braucht. Sie erpresst Prudence und vielleicht auch noch andere Mitglieder des Haushalts. Möglicherweise tut sie das schon seit Jahren.

Sie hat Joe irgendwie in der Hand. Sie hat mich aufgefordert zu stehlen, aber nicht eine kümmerliche Summe, sondern die ganze Schatzkiste des Dukes. Wieso braucht sie so viel Geld?«

»Sie hat alles ... ein Zuhause, eine Kutsche, Seide, Juwelen, und alles andere, was sie haben will«, wandte Emma ein. »Sie muss lediglich den Duke fragen. Selbst wenn sie das ganze erpresste Geld bekommt, wo bewahrt sie es auf, und was tut sie damit? Sie kann es wohl kaum hier in ihren Zimmern verstecken.«

»Vielleicht hat sie irgendwo ein anderes Haus?«, fragte Lord Raikes.

Emma schüttelte den Kopf. »Nein, Sie wissen doch, wie wenig sie ausgeht. Sie verbringt niemals eine Nacht außerhalb dieses Hauses. Sie scheint es auch nicht sonderlich auf extravagante Dinge wie Diamanten abgesehen zu haben. Sie trägt langweilige Kleidung, als würde sie versuchen, keine Aufmerksamkeit auf sich zu ziehen.«

Sie saßen schweigend da, jeweils in eigene Gedanken versunken.

Schließlich sprach der Earl. »Ich mache mir Sorgen, weil ihre Forderung grotesk war. Kein Wunder, dass Prudence so verängstigt gewirkt hat. Ich wäre genauso verzweifelt, wenn ich wirklich in der Situation wäre, in der sie mich wähnt. Vielleicht hätte ich mich dann dazu zwingen lassen, den Duke zu bestehlen. Und wenn ich erwischt worden wäre, hätte ich keine

Möglichkeit gehabt, zu beweisen, wer die wahre Täterin ist. Der Duke würde niemandem glauben, der ihn bereits getäuscht hat.«

Lord Raikes rieb sich nachdenklich die Schläfen. »Wir haben bereits festgestellt, dass die Frau bösartig ist, und wir haben keine Ahnung, welchen größeren Plan sie verfolgt oder was sie mit dem Geld vorhat. Mich besorgt vor allem, was ich ihr morgen sagen soll, wenn sie kommt und mir von dir erzählt. Ich kann wohl kaum so tun, als wäre es mir gleichgültig, dass meine Verlobte einen verborgenen Liebhaber auf diesen Ländereien hat.«

Der Earl stellte sein Getränk zurück. »Sag ihr, dass du dir Sorgen machst und dich das, was sie sagt, beunruhigt. Dass du Emma aber ohne Beweis nicht beschuldigen möchtest. Du willst sie auf frischer Tat ertappen, da es ihr dann unmöglich sein wird, es zu leugnen. Es ist kein großes Verbrechen, wenn ein Mann so tut, als wäre er älter als er in Wirklichkeit ist. Er könnte sagen, dass er sich diese Posse ausgedacht hat, weil er verzweifelt Arbeit gesucht hat. Du kannst ihn kaum ins Gefängnis werfen lassen, weil er geschauspielert hat, aber du kannst ihn zur Rede stellen, wenn er der Geliebte deiner Verlobten ist.«

»Ich verstehe. Und dann sollte ich so tun, als würde ich darauf warten, dass Emma einen Fehler macht, während sie sich wie eine hingebungsvolle Verlobte verhält. Es geht schließlich nur noch um eine Woche, und daher scheint es ein vernünftiger Ansatz zu sein, sie auf frischer Tat erwischen zu wollen«, erwiderte Lord Raikes.

Emma nickte. »Ich denke aber auch, dass wir die Dinge im Auge behalten sollten. Wenn sie sonst noch jemanden in diesem Haus erpresst, muss ich es wissen. Ich bin mir sicher, dass der Duke mir zuhört, ganz besonders, wenn ich irgendeinen Beweis dafür vorbringen kann.«

Die beiden Männer nickten ernst.

Emma lächelte. »Und jetzt möchte ich ein Glas Whisky haben. Es ist eine Schande, dass es Frauen nicht gestattet wird, so etwas zu trinken. Er sieht köstlich aus, und ich wollte ihn schon immer mal probieren. Ich möchte auch eine Zigarre rauchen.«

Der Earl stammelte etwas, während Lord Raikes schockiert wirkte. Sie entschuldigten sich rasch damit, dass es schon spät war und sie müde wären. Sie gähnten übertrieben, während sie Emma zur Tür hinaus in den Korridor schoben und ihr die Tür vor der Nase zuschlugen.

Sie seufzte enttäuscht und kehrte in ihr eigenes Zimmer zurück.

∞∞∞

Lord Raikes tat so, als hätte er von dem Zwischenfall mit der Hose nichts mitbekommen. Das machte es ihm leichter, den Tag zu überstehen. Er achtete nicht auf die Frauen, die sich errötend nach ihm umdrehten, sondern täuschte Unwissenheit vor.

Aber Catherine war dabei gewesen und hatte mitbekommen, dass er bei klarem Verstand gewesen war. Wann immer sie sich zufällig trafen, amüsierte ihn ihre Reaktion.

Sie war beschämt und fragte sich, wann sie aufhören würde, sich in seiner Gegenwart verlegen zu fühlen. Ihr Gesicht schien seit seiner Ankunft beständig gerötet zu sein. Ein entsetzlicher Zwischenfall war auf den anderen gefolgt, seit er einen Fuß in dieses Haus gesetzt hatte.

Statt besser zu werden, war alles nur noch schlimmer geworden. Nach diesem letzten Vorfall war sie fix und fertig. Sie hatte ihren Mut verloren und konnte seinem Blick nicht mehr standhalten.

Lord Raikes fand ihre Verlegenheit unterhaltsam. Er machte sich nichts aus den Meinungen und dem Gekichere der anderen Frauen, aber Catherines offensichtliches Unbehagen amüsierte ihn. Er achtete darauf, sie zu suchen und mit ihr zu sprechen, lachte dabei innerlich über ihre Versuche, sich seiner zu erwehren, und über ihre drollige Haltung, wann immer sie ihm begegnete. Sie starrte entweder zur Decke oder musterte ihre Zehen, schaute überall hin, nur nicht auf das, was dazwischen war.

Im Laufe des Tages verbesserte sich seine Stimmung, da in ein paar Tagen alles enthüllt werden würde und er offen um sie werben konnte.

Er versuchte, aus diesen Momenten das Beste herauszuholen und so viel wie möglich über ihre Interessen zu erfahren. Er las mehr in dem, was sie nicht sagte als in dem, was sie sagte.

Währenddessen verhielt Emma sich wundervoll. Jetzt, da sie ihn besser kannte, fiel es ihr leichter, ihre Rolle als hingebungsvolle Verlobte zu spielen. Sie klimperte mit den Wimpern, wenn er das Zimmer betrat, und flirtete mit ihm mit Hilfe ihres Fächers, um den sie beobachtenden Mitgliedern des Haushalts etwas zu geben.

∞∞∞

Lady Babbage näherte sich Lord Raikes nach dem Essen.

Er achtete sorgfältig darauf, ein ausdrucksloses Gesicht zu machen, als er ein Gespräch mit ihr begann. Er musste nicht lange warten, ehe sie ihn bat, mit ihm auf den Balkon zu gehen. Noch immer gab er sich höflich und tat so, als würde er ihre Gründe nicht kennen, und begleitete sie nach draußen.

»Sie scheinen Emma sehr zu mögen«, sagte Lady Babbage, sobald sie alleine waren.

»Ja, ich habe sie sehr gern«, antwortete Lord Raikes.

»Wann haben Sie vor zu heiraten?«

»Sobald der Duke uns seinen Segen gibt. Ich bin hierher gekommen, um ihn davon zu überzeugen, unsere Verlobungszeit zu verkürzen.«

»Ich bin froh, dass er Ihnen so viel Zeit zum Nachdenken gegeben hat«, erklärte sie in einem Tonfall, der auf etwas

Unheilvolles hindeutete.

Lord Raikes spielte mit. »Wieso wünschen Sie mir etwas so Grausames? Es ist nicht nett, zwei Liebende voneinander fernzuhalten. Wir haben beide den richtigen Hintergrund; niemand würde Einwände gegen unsere Verbindung erheben.«

»Ich denke, mein Bruder ist ein intelligenter Mann, und er hat oft gute Gründe für das, was er tut.«

Bis zu diesem Moment hatte Lord Raikes nicht geglaubt, dass Lady Babbage sich dazu herablassen würde, das Leben eines Mannes zu zerstören. Jetzt zweifelte er nicht mehr an ihren Anspielungen. Sie war wütend auf Richard, weil er sich ihrer Bitte widersetzte, und sie wollte ihn lieber zu Fall bringen, als dass ihr Stolz verletzt wurde.

Er hatte nicht damit gerechnet, dass sie eine so gefährliche Situation erzeugen würde, sondern gehofft, sie würde einen Funken Mitgefühl haben und dem Earl irgendeine Warnung zukommen lassen, dass er das Anwesen für immer verlassen sollte.

»Bitte sprechen Sie offen«, sagte er knapper, als es ihm gefiel.

Lady Babbage hielt angesichts des Tons inne. Sie missverstand den Grund für seine Verärgerung und sagte: »Ich weiß, wie sehr die lange Verlobungszeit Sie ärgern muss und wie ungeduldig Sie mit dem Duke sind. Aber lassen Sie mich Ihnen versichern, dass ich es auch nicht geglaubt hätte, hätte ich es nicht mit eigenen Augen gesehen.« Sie zögerte einen Moment, und dann, als würde sie sich stählen, erklärte sie: »Ich halte es für vernünftig, es Ihnen zu sagen, bevor es zu spät ist. Noch haben Sie eine Chance, und ich glaube, Sie sind ein wunderbarer Mann und haben es besser verdient. Emma hat eine Affäre.«

»Das glaube ich nicht!«, explodierte er.

»Sie hat ihn als Obergärtner getarnt. Ich bin mir sicher, Sie haben die beiden ein paar Mal miteinander sprechen gesehen. Schon als ich ihm das erste Mal begegnet bin, habe ich erkannt, dass mit den beiden etwas nicht stimmt. Ich habe herausgefunden, dass er weit jünger ist, als er vorgibt. Nun, ich bin mir sicher, dass er nicht älter ist als Sie.«

»Unsinn! Der Mann muss sechzig sein, alt genug, um Emmas Vater sein zu können.«

»Er ist ein junger Mann, der sich als Obergärtner ausgibt.«

»Sind Sie sich sicher?«, fragte er und ließ jetzt etwas Zweifel in seinem Tonfall mitschwingen.

»Ja, ich habe ihn darauf angesprochen, und er hat mir gegenüber zugegeben, dass ich recht habe. Er hat mir seinen Fall vorgetragen. Er hat keinen so guten Stand in der Gesellschaft wie Ihr, Mylord, und er war sich sicher, dass sein Antrag abgelehnt werden würde. Daher hat er sich als Obergärtner ausgegeben, um so die letzten Monate mit Emma zu verbringen, bevor sie verheiratet wird.«

Lord Raikes hätte am liebsten laut gelacht, als die Lügen aus dem Mund der Frau strömten. Er starrte in die Dunkelheit und hoffte, dass sein Gesicht ausreichend im Schatten lag, so dass sie es nicht deuten konnte.

»Ich weiß, dass dies alles Sie peinigen muss, aber es ist besser, es jetzt zu wissen, als wenn es zu spät ist«, sagte sie.

Ein Moment herrschte Schweigen.

»Was haben Sie jetzt vor?«, fragte sie dann und wrang die Hände.

»Ihn zur Rede zu stellen«, antwortete er sofort.

»Ist das nötig, Mylord?« Sie konnte den Eifer nicht gänzlich aus ihrer Stimme fernhalten.

»Es geht um meine Ehre.«

»Möchten Sie nicht noch einmal nachdenken, was Emma betrifft?«

Er applaudierte ihr stummn für ihre ausgezeichnete Schauspielerei. Er hätte der Frau vielleicht geglaubt, wäre er nicht zuvor über die Situation informiert worden.

Er kontrollierte sein Grinsen und antwortete kurz angebunden: »Emma … ich mag sie, und es fällt mir schwer zu glauben, dass sie mich täuscht. Ich bekenne, dass ich diese ganze Sache etwas zu phantastisch finde. Aber wenn das alles stimmt, möchte ich, dass der Mann leidet.«

Er fragte sich, ob er seine Verzweiflung übertrieben hatte. Er spähte zu Lady Babbage hin und sah sie zufrieden nicken. Er fuhr erfreut im gleichen Ton fort: »Aber wenn ich mich ihm nähere, wird er sich sicherlich wie ein Feigling verhalten und alles abstreiten. Deshalb möchte ich beide auf frischer Tat ertappen, damit es keine Möglichkeit gibt, dass er entkommt.«

»Es wird nicht leicht sein, sie zu erwischen. Sie sind außerordentlich raffiniert«, sagte sie und wirkte leicht ungehalten.

»Ich bin mir sicher, dass sie Fehler machen werden. Briefe und Treffen sind leicht aufzustöbern. Sie wissen nicht, dass ich von ihrem heimlichen Verhalten weiß, daher habe ich eine recht gute Chance.«

»Wenn Sie keinen Beweis bekommen können, was werden Sie dann tun, Mylord?«, fragte sie gereizt. Es gefiel ihr nicht zu warten; alles Mögliche konnte schief gehen. Der dumme Gärtner konnte sich entscheiden zu fliehen, und dabei hatte sie seine Identität immer noch nicht herausgefunden.

»Ich werde nicht länger als eine Woche warten. Wenn ich bis dahin keinen Beweis finde, werde ich ihn einfach konfrontieren und es hinter mich bringen.«

Eine Woche, überlegte sie, war nicht lang. In der Zwischenzeit konnte sie zum Gärtner gehen und sagen, dass sie einen Sinneswandel vollzogen hatte und nicht länger vorhatte, ihn anzuzeigen. Vielleicht würde er sich dann verpflichtet fühlen, ein paar seltsame Aufträge für sie zu erledigen.

»Sie wissen es am besten, Mylord«, antwortete sie höflich und beendete damit das Gespräch.

Kapitel 23

In dieser Nacht trafen sich Emma und der Earl in Lord Raikes' Zimmer.

Sie lachten, als er versuchte, in dem schroffen Ton eines wütenden Liebhabers zu sprechen, wie er es zuvor bei seiner Begegnung mit Lady Babbage getan hatte.

Der Earl stand auf und zog Emma hoch. Er hielt ihre Hände und sprach in spöttisch-ernstem Ton: »Meine Liebe, ich bin ein einfacher Gärtner. Wie konntest du mich nur diesem Mann vorziehen?« Er warf Lord Raikes einen empörten Blick zu. »Ich kann dir nicht den Luxus bieten wie er. Nein, lass mich sausen, heirate ihn.« Er riss dramatisch den Arm hoch, bedeckte mit ihm seine Augen.

Emma kicherte, und Lord Raikes sagte gelangweilt: »So leicht wirst du sie nicht los. Sie hat dich gewählt, und jetzt kannst du sie behalten. Versuche nicht, sie mir zuzuschieben, auch wenn ich dir zustimme, dass ich reicher bin, besser aussehe und ein größeres Haus habe.«

»Ich habe niemals gesagt, dass du besser aussiehst!«, sagte der Earl mit seiner normalen Stimme.

Emma sank auf die Knie und erklärte theatralisch, zum Teil auch, um einen Streit zwischen ihnen zu vermeiden: »Mylord, ich meine, mein Gärtner, ich möchte lieber mit dir in einer winzigen Hütte mit Rosen und Efeu leben als mit diesem wohlhabenden Mann, der, wie ich zugebe, wirklich ein kleines bisschen besser aussieht als du-«

Der Earl knurrte, und sie sprach rasch weiter: »Ich«, sagte

sie laut, »möchte lieber mit dem Mann leben, den ich liebe-« Sie schlug sich die Hand vor den Mund, als sie begriff, was sie da gerade zugegeben hatte. Der Earl wurde reglos und suchte ihren Blick. Die beiden schienen an Ort und Stelle erstarrt zu sein.

Lord Raikes stöhnte innerlich. Mussten sie sich ihre Liebe ausgerechnet in seinem Zimmer gestehen? Er ging auf Zehenspitzen zur Tür und schlüpfte in den Korridor.

»Em, hast du das so gemeint?«, fragte der Earl schließlich.

»Was?«, fragte sie nervös.

»Dass du mich liebst?«

»Tust du es?«, entgegnete sie.

»Tust du es?«, schoss er zurück.

»Sag du es mir zuerst.«

»Schön, sonst machen wir das hier die ganze Nacht.« Er kniete sich ebenfalls hin, so dass er auf Augenhöhe mit ihr war, und nahm ihre Hände.

»Ich liebe dich, Em«, sagte er weich.

»Ich weiß«, sagte sie schmunzelnd. Als sie seinen Gesichtsausdruck sah, fügte sie rasch hinzu: »Ich liebe dich auch, Richard.«

»Wieso hast du es mir nicht schon früher gesagt, wenn du wusstest, wie ich empfinde?«

»Es war für mich kaum zu übersehen, schließlich hast du deine Annehmlichkeiten aufgegeben, nur um in meiner Nähe zu sein. Ich dachte, wie ich empfinde, wäre selbstverständlich und müsste nicht extra ausgesprochen werden.«

»Aber ich musste es hören«, gestand er und zog sie an sich.

∞∞∞

Lord Raikes stampfte mit den Füßen auf, um die Kälte von sich fernzuhalten. Er hatte vergessen, seinen Umhang mitzunehmen, und keine Ahnung, wie lange es dauern würde, bis ihnen einfiel, dass er auch noch da war.

Er fragte sich, was er tun sollte. Schließlich beschloss er, ein bisschen herumzugehen, um sich aufzuwärmen. Seit er Richards Gesicht gesehen hatte, als Emma zugegeben hatte, dass sie ihn liebte, fühlte er sich unvollständig. Er sehnte sich nach einer solchen Liebe und der Sicherheit einer Ehe.

Vor Catherines Tür blieb er stehen und strich über das Holz. Er wusste, dass er sich in sie verliebt hatte. Er konnte es nicht länger leugnen. Seit er sie das erste Mal gesehen hatte, war er in sie verliebt. Dann runzelte er die Stirn; es war nicht beim ersten Mal gewesen, aber sicherlich beim zweiten, da er sie zunächst für eine Dienerin gehalten hatte.

Noch ein paar weitere Tage, dachte er verärgert. Allerdings fragte er sich, ob sie ihn vielleicht jeden Tag ein bisschen mehr hassen würde. Je länger sie glaubte, dass er versprochen war und mit ihr nur aus reinem Spaß liebäugelte, desto weniger mochte sie ihn.

Er hatte in ihrem Gesicht gesehen, dass sie zunehmend verwirrter wurde. Sie war hin und her gerissen zwischen der nicht zu leugnenden Anziehung, die er auf sie ausübte, und ihrem Verstand, der ihr sagte, dass er mit ihrer geliebten Cousine verlobt war – und dass er deshalb ein Schuft war, der keinen Respekt verdient hatte, und ihre Zuneigung erst recht nicht.

Vielleicht war es an der Zeit, Catherine in das Geheimnis einzuweihen. Er würde mit dem Earl sprechen und ihn davon überzeugen.

Sie musste es erfahren; er konnte nicht mehr darauf warten, dass Emma verheiratet war. Bis dahin konnten noch Monate vergehen. Wenn sie es aber jetzt erfuhr, würde er ein paar Tage Zeit haben, um sie davon zu überzeugen, dass er es ernst meinte. Dass er niemals vorgehabt hatte, mit einer anderen zusammenzusein als mit ihr.

Als seine Gedanken jäh unterbrochen wurden, blieb er stehen. Er sah sich um und fand sich in einem ihm unbekannten Korridor wieder. Eine Tür stand weit offen, und Lady Babbages

Stimme war zu hören.

»Ich freue mich, dass du einen Weg gefunden hast, mich zu bezahlen, Prudence. Auch wenn es mich – wie ich zugeben muss – überrascht, dass es dir gelungen ist. Ich wusste, dass weder der Earl noch der Duke dich als Mätresse nehmen würden, daher frage ich mich, wie du die Summe zusammengebracht hast?«

»Ich habe die Diamantkette meiner Mutter verkauft. Das Geld wird morgen hier sein. Ich habe heute einen Mann nach London geschickt, der morgen Abend zurückkehren müsste. Ich hoffe, damit ist dann mit der Sache endgültig Schluss.«

»Wie ich dir gesagt habe, ist dies das letzte Mal, dass ich dich um irgendetwas gebeten habe. Aber ich kann nicht umhin zu erwähnen, dass es bald sichtbar werden wird. Wie willst du das vertuschen? Du kannst dafür sorgen, dass mein Mund verschlossen bleibt, aber andere werden nicht so freundlich sein.«

»Ich habe einen Plan, aber der geht Sie nichts an, Lady Babbage.«

»Verstehe. Nun gut, ich werde morgen Nacht, wenn alle zu Bett gegangen sind, in deinem Handarbeitskorb eine Nachricht hinterlassen, auf der ich eine Zeit und einen Ort vorschlage. Ich werde dir die Briefe zurückgeben, wenn ich das Geld habe«, sagte sie kalt.

»Sie werden für Ihre Taten büßen. Merken Sie sich meine Worte.«

»Ist das eine Drohung?«

»Nein, es ist eine Beobachtung. Und jetzt gute Nacht.«

Leise ging Lord Raikes den Weg zurück, den er gekommen war. Er wartete nicht mehr auf eine Einladung, sein eigenes Zimmer betreten zu dürfen, sondern klopfte und trat nach einem Moment, in dem Emma sich zurechtsetzen konnte, ein.

»Es tut mir leid, dass ich euch in dieser Situation stören muss, aber ich glaube, ihr solltet das hier erfahren«, sagte Lord Raikes, sobald er im Zimmer war.

Als er ihnen die Einzelheiten berichtet hatte, sagte Emma schockiert: »Deshalb ist sie krank gewesen!«

»Das ist brillant«, sagte der Earl, und als er Emmas wütenden Blick sah, fügte er eilig hinzu: »Wir müssen die Nachricht aus dem Korb holen. Sie ist der Beweis, den wir benötigen. Nachdem alle wie immer zu Bett gegangen sind, werden wir uns treffen und die Nachricht suchen.«

»Es könnte sein, dass sie ihren Nähkorb mit in ihr Zimmer nimmt«, gab Emma zu bedenken.

»Nicht, wenn sie damit rechnet, dass Lady Babbage eine Nachricht für sie hinterlassen wird. Erinnerst du dich daran, wie sie mitten in der Nacht in den Korridoren herumgelaufen ist, als wir beinahe erwischt wurden? Vielleicht lässt sie ihren Opfern ihre Nachrichten immer auf diese Weise zukommen. Sie wird es morgen auch tun, weshalb Prudence ihren Korb sonstwo stehen lassen wird, nur nicht in ihrem Zimmer«, beharrte der Earl zuversichtlich.

»Wieso sucht sie Prudence nicht einfach in ihrem Zimmer auf und informiert sie dort?«, fragte Emma.

»Das wäre zu riskant. So haben sie es heute gemacht, und William hat das Gespräch mit angehört. Sie muss wissen, dass ein Besuch im Zimmer von Prudence Fragen aufwerfen wird. Mrs Barker wird es sicherlich nicht freundlich aufnehmen, dass ihre Tochter erpresst wird. Lady Babbage ist heute ein Risiko eingegangen, aber sie ist eine vorsichtige Frau. Ich bezweifle, dass sie sich noch einmal so offenkundig verhält.«

»Aber die Nachricht ... wie kann dies ein sicherer Weg sein? Was, wenn jemand anderes sie findet?«, fragte Emma verwirrt.

»Niemand außer Prudence wird irgendeinen Grund haben, in ihren Nähkorb zu sehen. Abgesehen davon wird Prudence den Brief kaum öffentlich zeigen, angesichts der Tatsache, dass sie wegen eines dunklen Geheimnisses erpresst wird«, erklärte der Earl geduldig.

»Armes Ding. Ich frage mich, wie sie vorhat, ihren Zustand zu verbergen«, grübelte Emma laut.

»Ich würde vermuten, dass sie in ein weit entferntes Dorf flüchtet«, meinte Lord Raikes.

»Heute Nacht können wir nichts mehr tun. Wir können dem Mädchen helfen, wenn wir dem Duke den Beweis bringen«, sagte der Earl nüchtern.

»Einverstanden«, sagte Lord Raikes. »Und jetzt würde ich gerne schlafen.« Er unterdrückte ein Gähnen.

Der Earl und Emma wünschten ihm eine gute Nacht und gingen weg. Er schlief nicht sofort, sondern lag noch lange wach und dachte über die Geschehnisse des Tages nach.

∞∞∞

Am nächsten Morgen nahm der Duke Mr Barker und Lord Raikes mit auf die Jagd. Die Frauen blieben zurück und frühstückten gemütlich zu Ende.

Emma und Catherine kauerten sich eingehüllt in fellgefütterte Umhänge ans Feuer.

»Es sieht aus, als wären die Blätter mit Karamel überzogen«, sagte Catherine, als sie aus dem Fenster blickte.

»Das hast du wundervoll ausgedrückt. Ich kann dem Wetter fast dafür vergeben, dass es umgeschlagen ist«, erwiderte Emma.

Catherine beugte den Kopf näher zu Emma und senkte die Stimme. »Prudence scheint es nicht besser zu gehen. Sie isst kaum etwas.«

»Sie tut mir leid. Mrs Barker ist beinahe schroff zu ihrer Tochter. Sie drängt sie, sich zu vergnügen, statt dass sie einen Arzt ruft.«

»Em, denkst du, ich sollte Vater bitten, dass er Dr Johnson ruft?«

»Nein!«, kreischte Emma unwillkürlich und senkte dann die Stimme. »Ich bin mir sicher, dass sie sich nach London sehnt. Nach all der Aufregung der Saison muss es hier langweilig für sie sein. Abgesehen davon gibt es hier keine brauchbaren Männer, auf die sie ihre Aufmerksamkeit richten könnte. Sie hat sogar aufgehört, mit dem Earl zu liebäugeln.«

»Vielleicht liegt es daran. Trotzdem mache ich mir ihretwegen Sorgen. Sie ist hier die Jüngste und obwohl sie lästig ist und einen wütend macht, kann ich über das Elend in ihren Augen nicht so einfach hinwegsehen«, sagte Catherine besorgt.

»Lass ihr noch ein paar Tage. Wenn es ihr dann noch nicht besser geht, werde ich es dem Duke sagen«, antwortete Emma. Sie fragte sich, wie sie verhindern konnte, dass der Arzt gerufen wurde. Niemand durfte wissen, dass das Mädchen schwanger war. Es würde sie ruinieren.

Sie verbrachten den Morgen damit, Schals und wärmere Kleider aus Truhen und Schränken zu holen.

Emma behielt Lady Babbage im Auge, die ihre Aufregung zu unterdrücken schien. Vielleicht, weil sie glaubte, dass sie bald eine große Summe von Prudence erhalten würde, aber Emma hatte das Gefühl, dass da noch etwas anderes war.

Am Nachmittag fand sie den Duke und Lady Babbage streitend vor dem Morgenzimmer vor. Sie hörte, wie ihr Onkel eine Warnung andeutete, bevor er wütend wegging. In Lady Babbages Gesicht stand ein zufriedenes Grinsen.

Emma ballte die Hände zu Fäusten und zwang sich, ihren Abscheu zu unterdrücken. Als sie sich zum Tee zu den anderen gesellte, hatte sie ihre Gesichtszüge wieder unter Kontrolle.

Die Jagd war erfolgreich gewesen. An diesem Abend würde es ein Festmahl geben. Die Duchess wollte die Gelegenheit nutzen und es zu einem großen Ereignis machen. Sie entschieden gemeinsam, sich alle festlich zu kleiden und erneut ein paar Leute aus dem Dorf einzuladen.

Der Gedanke an Unterhaltung brachte wieder etwas Farbe in Prudences Wangen, worüber Emma froh war. Die Einladungen wurden verschickt, und die Antworten kamen prompt.

Der Duke bewirtete nicht häufig Gäste, und wenn er es tat, betrachteten die Dorfbewohner es als Privileg, dabei sein zu dürfen.

Catherine war unterwegs, um der Dienerin ein paar Kleidungsstücke zum Bügeln zu geben, als Lord Raikes sie einholte. Er zog sie in das leere Musikzimmer. »Ich muss mit Ihnen sprechen.«

»Ich möchte nicht mit Ihnen sprechen. Bitte lassen Sie mich gehen, Mylord. Ich habe noch einige Dinge zu erledigen, bevor die Gäste eintreffen«, entgegnete sie kühl.

Er ließ sie gehen, ohne ein weiteres Wort zu sagen.

∞∞∞

Emma bestand darauf, ihren gewohnten Spaziergang zu machen. Sie versprach Catherine, ihr später bei den Vorbereitungen für die Party zu helfen.

Nach einem kleinen Streit gab Catherine schließlich nach, und kurz darauf machten sich die beiden Mädchen zusammen mit Lord Raikes und Lady Babbage zu einem kleinen Gang in den Garten auf.

Emma fing Catherines Blick auf und neigte den Kopf bedeutungsvoll und diskret in die Richtung von Lady Babbage.

Catherine blinzelte zur Antwort zwei Mal.

Ein paar Augenblicke später stieß Catherine einen Schmerzensschrei aus.

Emma blieb stehen und drehte sich zu ihrer Cousine um.

Catherine zwinkerte, und Emma packte Lord Raikes' Arm und zwang ihn, schneller zu gehen.

»In meinem Schuh ist ein Stein, Tante«, antwortete Catherine auf Lady Babbages Frage.

Lady Babbage war hin und her gerissen. Sie wusste nicht, ob sie bei ihrer geliebten Nichte bleiben oder hinter dem Paar herlaufen sollte, das sich rasch entfernte. Die Liebe zu ihrer Nichte obsiegte, und sie beschloss, auf Catherine zu warten, die schrecklich lange brauchte, um den Stein in ihrem Schuh zu finden.

»Wann habt ihr das ausgeheckt?«, fragte Lord Raikes

amüsiert, nachdem Emma ihm erklärt hatte, dass Catherine es einfach übertrieb.

»Kurz bevor wir das Haus verlassen haben. Ich wollte mit Ihnen sprechen. Ich habe gehört, wie Lady Babbage und der Duke sich gestritten haben. Ich konnte die Worte nicht verstehen, aber sie führt etwas im Schilde, und ich bezweifle, dass es irgendetwas mit Prudence zu tun hat«, antwortete Emma.

»Hm, ich werde sie heute Abend ebenfalls im Blick behalten. Wir können nichts anderes tun, als einen Beweis für ihre üblen Pläne finden und ihn dem Duke präsentieren. Wir werden diese Nachricht irgendwie stehlen müssen.«

»Richard hat vergessen, Ihnen zu sagen, dass wir uns um ein Uhr heute Nacht in Ihrem Zimmer treffen werden«, sagte Emma. Sie warf einen Blick zurück, um zu sehen, wie weit Lady Babbage und ihre Cousine hinter ihnen waren.

»Was ist, wenn noch Gäste da sind?«, fragte Lord Raikes.

»Niemand bleibt beim Duke länger zu Besuch als bis elf Uhr, wenn es kein Ball ist. Der Duke zieht sich gerne früh zurück, und das wissen alle.«

»Ihre Cousine weigert sich, mit mir zu sprechen. Finden Sie nicht, dass es an der Zeit ist, ihr zu sagen, was vor sich geht? Ich bin mir sicher, dass sie zustimmen wird, Ihr Geheimnis noch ein paar Tage zu bewahren.«

»Ich bin mir nicht sicher, ob ihre Loyalität ihrem Vater gegenüber es ihr gestattet, uns bei dieser Scharade zu helfen. Immerhin ist er es, den wir täuschen.«

»Ich denke, wir sollten es ihr sagen«, entgegnete er hartnäckig.

Sein entschlossener Gesichtsausdruck beunruhigte Emma.

»Sprechen Sie erst noch mit Richard darüber«, bat sie ihn. »Heute Nacht.«

»Das habe ich vor.«

∞∞∞

Der Abend war ein Erfolg. Sie hatten alle etwas gebraucht, um ihre Gedanken eine Weile von ihren persönlichen Sorgen abzulenken. Die Duchess hielt mehrere Seancen mit einigen der anwesenden älteren Ladys und wurde so zum strahlenden Mittelpunkt der Party.

Catherine ging Lord Raikes aus dem Weg und weigerte sich, auch nur ein einziges Mal mit ihm zu tanzen.

Verärgert sah er zu, wie sie sich lachend mit einem jungen Mann unterhielt.

Lady Babbage gab keinerlei Hinweise auf ihren Plan preis. Wie immer versteckte sie sich in ihrem langweiligen braunen Kleid. Sie hatte versucht, Lord Raikes zu ermutigen, in Catherine eine Alternative zu Emma zu sehen, was gemischte Gefühle in ihm erzeugte.

Die letzten Gäste verabschiedeten sich, und alle zogen sich rasch in ihre Zimmer zurück, ohne etwas von den zahlreichen Aktivitäten zu ahnen, die für diese Nacht geplant waren.

Kapitel 24

Der Duke schritt durch das Haus und verriegelte die Fenster. Als er schließlich zufrieden feststellte, dass alle gesichert waren, verschloss er auch die Haustür und steckte den Schlüssel ein.

Er sah Pickering an, der ihm die ganze Zeit treu gefolgt war, und nickte ihm leicht zu. Pickering verstand das stumme Signal und kümmerte sich um die Aufgabe, die ihm sein Herr übertragen hatte.

Der Duke sah sich ein letztes Mal um, bevor er sich in sein Zimmer begab.

∞∞∞

Der Earl schlich sich in dieser Nacht in Emmas Zimmer, und die beiden verbrachten eine Weile mit Kuscheln. Sie wurden allerdings schon bald durch ein Klopfen an der Tür unterbrochen, und dann erklang draußen Lord Raikes' Stimme.

Vorsichtig ließ der Earl ihn eintreten.

Lord Raikes wandte den Blick von Emmas gerötetem Gesicht ab. »Vergeben Sie mir, dass ich Ihr Schlafzimmer betrete«, sagte er drängend, »aber ich konnte nicht länger warten. Was ist, wenn sie einschläft? Sie schläft vielleicht schon. Aber ich muss mit ihr sprechen.« Die letzten Worte waren mit gequälter Stimme an den Earl gerichtet.

»Wir werden die Nachricht abfangen, aber nicht mit ihr

sprechen«, antwortete der Earl verwirrt.

»Wieso solltest du mit ihr sprechen wollen?« Lord Raikes runzelte die Stirn.

»Wieso nicht? Wieso du?«

Emma kicherte und unterbrach die beiden. »Lord Raikes spricht von Catherine. Richard denkt, dass Sie Lady Babbage meinen.«

Lord Raikes nickte abwesend. »Ich will Catherine alles erzählen. Es ist nicht fair. Du hast Emma, und dein Spiel ist beinahe vorüber. Kann ich ihr nicht die Wahrheit sagen?«

»Er hat recht, Richard«, sagte Emma. »Sie ist ein Häufchen Elend, und ich sehe sie nicht gern so leidend. Noch mehr hasse ich es, sie anzulügen. Jetzt, wo sie in das alles hineingezogen worden ist, möchte ich, dass sie so schnell wie möglich die Wahrheit erfährt.«

»Em! Ich werde mein erstes Kind nach Ihnen benennen«, verkündete Lord Raikes glücklich.

Emma grinste zufrieden, aber Richard runzelte die Stirn. »Aber sie wird alles dem Duke berichten. Ich kann nicht zulassen, dass du dies ein paar Tage, bevor ich gewonnen habe, tust. Alles wird verloren sein, obwohl ich wochenlang Qualen ausgestanden habe.«

»Ich werde sie davon überzeugen, dass sie schweigen muss«, versprach Lord Raikes rasch.

»Ich weiß nicht recht, William. Lass mich einen Tag darüber nachdenken.«

»Nein!«, explodierte er. »Ich gehe jetzt zu ihr, verdammt!«

∞∞∞

Catherine lag unterdessen in ihrem Bett und wälzte sich unruhig von einer Seite auf die andere. Sie war neugierig, was der Earl von ihr gewollt hatte. Er hatte so gequält ausgesehen, und sie fühlte sich schrecklich, weil sie sich ihm gegenüber so schlecht benahm.

Obwohl er für ihre Verlegenheit und Verwirrung nicht verantwortlich war, hatte sie ihm auf verdrehte Weise die Schuld dafür gegeben. Dabei hatte er seit diesem Kuss nur versucht, nett zu ihr zu sein.

Sie verbrachte beträchtliche Zeit damit, ihr Verhalten zu analysieren. Und gestand sich schonungslos ein, dass sie ihre Verärgerung als Schild benutzt hatte, um sich vor der wachsenden Anziehungskraft zu schützen, die von ihm ausging. Sie hatte auf ihn eingeschlagen, um ihn auf Armeslänge von sich fernzuhalten und ihr Herz zu schützen.

Aber ihre Verletzlichkeit war keine Entschuldigung dafür, wie sie mit ihm umgegangen war. Ihre Verliebtheit in ihn war nicht sein Fehler.

Je länger sie über ihr Verhalten nachdachte, desto unruhiger wurde sie. Was, wenn er sich ihr wegen etwas anvertrauen wollte, das mit Emma zu tun hatte? Sie ließ ihre Cousine aus selbstsüchtigen Gründen im Stich.

∞∞∞

Lord Raikes betrat aufgeregt sein Zimmer. Die Gestalt, die sich verführerisch auf seinem Bett ausgestreckt hatte, bemerkte er erst, als ein weibliches Husten ihn alarmierte.

Er sah auf und stellte fest, dass Prudence unter den Decken lag. Es war klar, dass sie splitterfasernackt war.

Er erstarrte schockiert und war unfähig, sich zu rühren, bis ein Klopfen hinter ihm erklang. Er streckte geistesabwesend die Hand nach der Tür aus und öffnete sie. Catherine stand nervös vor ihm.

Sie wich seinem Blick aus und sah stattdessen direkt zum Bett – und erstarrte. Leise sagte sie: »Es tut mir leid, dass ich Sie gestört habe. Offensichtlich sind Sie beschäftigt.« Mit einem letzten Blick zu Prudence machte sie auf dem Absatz kehrt und floh.

Er stieß ein frustriertes Knurren aus, das Prudence

hochschrecken ließ. Anschließend holte er tief Luft, um sich zu beruhigen, und dann entschied er sich, nahm seinen Umhang vom Stuhl und warf ihn in Prudences Richtung, ohne etwas zu ihr zu sagen oder sie auch nur anzusehen. Er ließ sie dort einfach liegen und kümmerte sich nicht darum, ob sie sein Zimmer verließ.

Er rannte hinter Catherine her und drängte sich in ihr Zimmer, obwohl sie versuchte, ihn daran zu hindern.

»Wir müssen uns unterhalten ... JETZT«, sagte er nachdrücklich.

Catherine sah in sein Gesicht und stimmte ihm wortlos zu.

∞∞∞

In der Zwischenzeit verließen Emma und der Earl heimlich ihr Zimmer, um sich auf die Suche nach dem Nähkorb von Prudence zu machen. Auf Zehenspitzen schlichen sie zur großen Treppe, bis der Earl Emma plötzlich hinter eine Rüstung schob.

Emmas leiser Aufschrei erstarb in ihrer Kehle, als sie die sich nähernden Schritte hörte. Sie hielt den Atem an und drückte die Hand des Earls.

Wer immer es war, schien es eilig zu haben und ging rasch an ihnen vorbei.

Emma seufzte leise vor Erleichterung und spähte aus ihrem Versteck. Mrs Barkers Rücken verschwand gerade in den Schatten.

Sie waren klug genug, still zu bleiben und ihre Fragen für später aufzuheben. Doch sie hatten erst ein paar Schritte die Treppe hinunter gemacht, als jemand anderes an ihnen vorbeischoss.

Mr Barker musste die ganze Zeit hinter ihnen gewesen sein. Trotzdem tat er so, als würde er sie nicht sehen, während er an ihnen vorbeihastete. Eine sterbende Kerze auf dem Absatz hatte genug Licht erzeugt, um ihn erkennen zu können.

Sie standen erstarrt da wie versteinerte Kaninchen. Emma wäre am liebsten in ihr Zimmer zurückgerannt und hätte sich dort versteckt, aber ihr Mitgefühl für Prudence siegte. Sie beschlossen, weiterzumachen wie geplant.

Möglich, dass Mr Barker den Duke darüber informierte, was er gesehen hatte, aber diese Möglichkeit musste sie jetzt beiseite schieben. Die Nachricht war wichtig. Sie gingen rasch in den Salon. Dort hatten sie sich zuletzt versammelt, und es schien nur vernünftig anzunehmen, dass Prudence ihren Nähkorb dort gelassen hatte.

»Ich kann ihn nicht finden«, flüsterte Emma frustriert.

»Vielleicht ist er im Morgenzimmer?«, flüsterte der Earl zurück.

»Wir können genauso gut in allen Zimmern nachsehen, Richard. Ich habe versucht, sie im Auge zu behalten, aber es war schwer, weil so viele Leute auf der Party waren.«

»Still, hast du das gehört?«, fragte der Earl und legte ihr einen Finger an die Lippen.

Sie verharrten und spitzten die Ohren. Nach einiger Zeit schüttelte Emma den Kopf und zog eine Braue hoch.

»Vielleicht war es eine weitere Maus«, flüsterte der Earl ihr ins Ohr. »Ich habe das Gefühl, das ganze Haus ist wach und streift heute Nacht herum. Hören wir besser auf, zu sprechen.«

Sie zitterte, als seine Lippen ihr Ohrläppchen streiften.

Er schenkte ihr ein beruhigendes Lächeln und zupfte an ihrer Hand, um sie aus ihrer Benommenheit zu reißen.

Danach setzten sie ihre Suche fort. Nachdem sie zwei Stunden lang auf Zehenspitzen von einem Raum zum nächsten geschlichen waren, gaben sie es auf. Emma kehrte allein in ihr Zimmer zurück, während der Earl sich zur Bedienstetentreppe aufmachte.

Sie zog sich aus und legte sich ins Bett, aber als sie die Augen schloss, klopfte es an der Tür, und sie schoss hoch.

»Richard, was ist los? Ich dachte, du wolltest in dein Zimmer zurückkehren«, sagte Emma erstaunt darüber, dass sie den Earl so schnell wiedersah.

»Ich habe es versucht, aber der Eingang zu den Zimmern der Bediensteten ist versperrt. Ich verstehe das nicht. Er war noch nie versperrt. Ich habe es an der vorderen Tür und den Fenstern versucht, aber sie waren alle fest verschlossen.«

»Ich bin mir sicher, dass Lord Raikes dich auf seinem Sofa schlafen lässt. Du kannst dich morgen früh wegschleichen«, sagte sie nervös und stellte sich so, dass der Earl keinen Blick auf das Bett werfen konnte.

»Ganz im Gegenteil, ich denke, ich muss heute Nacht in einem warmen Bett schlafen. Ich habe genug von meiner harten Matratze.«

»Wird er sein Bett mit dir teilen?«

»Nein, aber du wirst das«, antwortete er lächelnd.

∞∞∞

Lord Raikes schritt im Zimmer auf und ab, und Catherine musterte ihn argwöhnisch.

»Ich habe Prudence nicht in mein Zimmer eingeladen. Ich habe sie dort vorgefunden, als ich aus Emmas Zimmer zurückgekehrt bin.«

Sie schnappte nach Luft.

»Nein, nein, Sie verstehen das nicht. Ich bin in Emmas Zimmer gewesen, um den Earl zu treffen und ihn zu fragen, ob ich Ihnen alles erzählen darf.«

»Sie sind in Emmas Zimmer gegangen, um mit dem Earl zu sprechen. Das heißt, Sie sind in ihr Zimmer gegangen, um mit sich selbst zu sprechen? Dann sind Sie in Ihr Zimmer zurückgekehrt und haben Prudence in diesem Zustand vorgefunden?«, fragte sie skeptisch.

»Hören Sie, es fällt mir schwer, das zu erklären. Es wird etwas Zeit brauchen, also haben Sie Geduld, während ich es tue«, sagte Lord Raikes aufgewühlt.

»Ich höre, Mylord.«

»Ich bin nicht mit Emma verlobt.«

»Sie hat die Hochzeit abgesagt! Sie ist endlich zur Vernunft gekommen.«

»Nein, ich meine, der Earl ist mit Emma verlobt, aber nicht ich.«

»Ich verstehe, Mylord. Diese Verfassung, in der Sie sind, haben Sie das von Geburt an?«, fragte Catherine. Sie rückte langsam näher zur Tür. »In London gibt es einige gute Ärzte.«

»Was? Oh, Sie halten mich für verrückt! Ganz im Gegenteil, ich bin so gesund wie Sie. Ich versuche nur, Ihnen zu sagen, dass ich nicht der Earl bin. Ich bin nicht Richard Hamilton.«

Catherine hob verwirrt die Brauen. Sie musterte sein Gesicht und fragte: »Können Sie das bitte etwas besser erklären?«

»Ja, ich versuche es. Hören Sie, ich bin nicht der Earl. Ich bin der älteste Sohn des Marquis, William Raikes. Ich bin Richard Hamiltons Freund. Wir sind zusammen aufgewachsen, und als meine Ausbildung beendet war, habe ich mich entschieden zu reisen. Danach bin ich Schriftsteller geworden und habe meine Abenteuer auf Papier festgehalten und veröffentlicht. Ich bin erst kürzlich wieder nach England zurückgekehrt, da mein Vater krank ist.«

Er sah sie an, um zu sehen, wie sie es aufnahm. Sie wirkte, als würde sie ihm kein einziges Wort glauben.

Er sprach also weiter, erklärte, wie der Earl ihm einen Brief geschickt hatte, in dem er ihn bat, bei dieser Farce mitzumachen. Wie die Dinge in den folgenden Tagen immer verwickelter geworden waren, als sein Interesse an ihr gestiegen war.

»Ich wollte, dass Sie das wissen, weil ich es nicht ertrage, wenn Sie noch einen einzigen Tag unter dem Irrglauben leiden, ich wäre ein Schuft und würde mit Ihren und Emmas Gefühlen spielen. Ich beschwöre Sie, mir zu glauben.«

Catherine sah ihn misstrauisch an. »Also ist der Earl der Gärtner, und Sie sind sein Freund und tun so, als wären Sie der

Earl? Das kommt mir alles zu fantastisch vor, als dass ich es glauben könnte. Gibt es irgendeinen Beweis?«

»Emma wird Ihnen sagen, dass es die Wahrheit ist.«

»Aber wieso hat sie es mir nicht von Anfang an gesagt?«

»Sie hatte Angst, dass Sie es dem Duke erzählen.«

»Das könnte ich immer noch tun.«

»Bitte, können Sie es nicht noch ein paar weitere Tage für sich behalten? Wenn Sie es nicht für mich tun wollen, dann tun Sie es für Emma. Es geht nur um eine weitere Woche. Es ist eine harmlose Scharade, und sie führen nichts Böses im Schilde.«

»Ich werde darüber nachdenken«, sagte sie und zog ihren Morgenmantel enger um sich. »Es ist spät. Können Sie bitte in Ihr eigenes Zimmer zurückkehren?«

Nun, da das ganze Geheimnis heraus war, fühlte sein Herz sich leichter an. Er starrte Catherine an, die nervös dastand und von einem Fuß auf den anderen trat. Ihre wachsamen Augen schimmerten blau und erinnerten ihn an einen See, den er als Kind mit seinem Vater besucht hatte.

Er wusste, dass er sie küssen würde, wenn er noch einen Moment länger blieb.

Sie beide würden es später bereuen, er, weil er sie gedrängt hatte, und sie, weil sie ihn geküsst hatte. Er betrachtete ihr Gesicht, das von einer Mähne aus goldenen Locken eingerahmt wurde, und beschloss, einen Moment länger zu bleiben.

Sie zog die Revers ihres Morgenmantels noch enger zusammen und fragte sich, warum er ihr Zimmer nicht verließ. Sie brauchte Zeit zum Nachdenken, musste sich an die Tatsache gewöhnen, dass Lord Raikes nicht Emmas Verlobter war. Er war Junggeselle, verfügbar und als Verehrer vollkommen akzeptabel.

Noch wichtiger, sie fühlte sich wahnsinnig zu ihm hingezogen.

Sie starrte auf sein hübsches Gesicht, und die Gefühle in seinen dunklen Augen hielten sie fest.

Das Tick-Tack der Uhr auf dem Kaminsims verklang, und in ihrem Kopf drehte sich alles, als sie ihm unbewusst entgegenschwankte.

»Oh, ich glaube nicht. Ich habe noch viel mehr zu sagen«, antwortete er schließlich auf ihre Frage.

Seine belegte Stimme schien ihre Trance zu brechen.

»Haben Sie das?«, piepste sie und zog sich rückwärts zur Tür zurück.

»Wir haben immer noch nicht über uns gesprochen.«

»Über uns?« Ihr Herz hämmerte dröhnend in ihrem Brustkorb, und ihr Blick wanderte zu seinen Lippen.

Seine Antwort bestand in einem Lächeln, und dann sagte er: »Über Sie und mich und was wir im Hinblick darauf tun, dass wir uns zueinander hingezogen fühlen.«

»Sie irren sich. Ich empfinde so etwas nicht«, sagte sie und bekam angesichts seines Blicks Panik.

Er legte die Hände an die Tür, um zu verhindern, dass sie floh, während er sagte: »Dann denke ich, ist es an der Zeit, dass ich es Ihnen beweise.«

»Was ... was meinen Sie damit?«, fragte sie atemlos, als sein Geruch sie einhüllte und ihre Augenlider sich flatternd schlossen.

Statt darauf zu antworten, beugte er sich zu ihr und küsste sie.

Er küsste sie rhythmisch und beharrlich, bis sie sich ihm öffnete. Er stöhnte zufrieden, als ihre Lippen sich teilten, zog sie näher zu sich, fuhr mit den Händen durch ihre seidenen Haare. Sie stöhnte als Antwort darauf, und er hörte abrupt auf.

Seine Atemzüge waren abgehackt, als er fragte: »Leugnen Sie die Anziehungskraft?«

Ihre Wangen wurden pink, und sie nickte.

Er grinste und zog sie dicht an sich.

Sie hatte das Gefühl, in Flammen zu stehen. Sie beugte sich näher und hob den Kopf, öffnete die Lippen für einen weiteren Kuss.

Er berührte ihre Unterlippe mit der Zungenspitze und fuhr an ihr entlang, aber er weigerte sich, sie zu küssen.

Sie wimmerte frustriert, und er flüsterte: »Geben Sie es

zu, Catherine, wollen Sie, dass ich Sie küsse?«

Sie schwankte näher zu ihm; ihr Kopf fühlte sich benommen an. Er war jetzt nicht mehr der Verlobte ihrer Cousine; er war es nie gewesen. Sie konnte ihn küssen. Sie hatte jedes Recht, ihn zu küssen ... und dann mischte die Vernunft sich ein. Sie befand sich mit einem Mann in ihrem Schlafzimmer und trug einen Morgenmantel. Sie starrte ihn an, wurde zunehmend verängstigt wegen der intensiven Gefühle, die sich auf seinem Gesicht abzeichneten.

Sie stieß ihn von sich weg, und überrascht wich er zurück.

»Bitte gehen Sie«, flüsterte sie.

Er sah die Furcht in ihrem Gesicht und fluchte innerlich. Er hatte ihr keine Angst einjagen wollen. Sie musste sanft umworben werden.

Er schenkte ihr ein entschuldigendes Lächeln, als er das Zimmer verließ, um in sein eigenes zu gehen.

Kapitel 25

Der Duke hörte seinen Kammerdiener murmeln. Er tat es als Traum ab, aber dann nahm er auch die lautere Stimme von Pickering wahr, der ihn direkt ansprach.

Verärgert öffnete er die Augen. »Was ist los? Es ist noch früh, und ich kann noch eine Stunde schlafen, ehe ich aufstehen muss.«

»Euer Gnaden«, sagte Pickering, der hinter dem Kammerdiener stand. »Es ist ein Notfall.«

Der Duke starrte auf die angespannten Gesichter vor ihm und runzelte die Stirn. Seine Bediensteten hatten ihn noch nie geweckt; dies war das erste Mal, dass sie es wagten, seinen Schlaf zu stören. Er setzte sich auf und wartete, dass sein Kammerdiener ihm seinen Morgenmantel reichte.

Der Kammerdiener blickte verwirrt auf die ausgestreckte Hand.

Pickering setzte sich an seiner Stelle in Bewegung und reichte ihm den Morgenmantel, dann beeilte er sich, die Waschschüssel mit kaltem Wasser zu füllen.

Der Duke sah den zitternden Kammerdiener besorgt an. Etwas stimmte ganz und gar nicht.

»Pickering, bereiten Sie meine Kleidung vor und schicken Sie Davy in die Küche. Er sieht aus, als würde er dringend eine Tasse Tee benötigen«, sagte der Duke, während er zur Waschschüssel ging und sich kaltes Wasser ins Gesicht spritzte.

Er musste ruhig bleiben und dafür sorgen, dass niemand im Haushalt in Panik geriet. Pickerings kaum gezügelter

Erregung entnahm er, dass es schreckliche Neuigkeiten sein mussten.

Er gestand sich ein paar selbstsüchtige Sekunden zu, um seine Emotionen unter Kontrolle zu bringen. Catherine ging es gut, wie er sich selbst beschwichtigte. Seine Tochter war in Sicherheit.

Er zwang sich, seine düsteren Gedanken zu verbannen, und wandte sich schließlich zu Pickering um, fragte ihn, weshalb er ihn zu so unirdischer Stunde geweckt hatte.

»Euer Gnaden, die Dienerin, die sich morgens um die Kamine kümmert, ist wie immer zuerst in Lady Babbages Zimmer gegangen, weil die Lady vor allen anderen aufwacht. Sie hat vor ein paar Minuten das Zimmer betreten und sie tot vorgefunden«, antwortete Pickering.

»Sie hat wen tot vorgefunden?«, fragte der Duke verwirrt.

»Lady Babbage, Sir.«

Er riss die Augen auf und starrte in die ängstlichen Gesichter vor ihm. Einen Moment lang dachte er, dass es ein übler Scherz war, aber dann verwarf er diese Idee.

Vielleicht irrte sich die Dienerin ja und seine Schwester war nur krank geworden.

»Kommt mit«, befahl er und marschierte in seinem Morgenmantel los.

Er ging zum Zimmer seiner Schwester, und mit jedem Schritt wurde sein Herz ruhiger, als er begriff, dass es Catherine gut ging.

Vor der Tür blieb er stehen und fühlte sich erleichtert. Er konnte sich allem stellen, aber er wäre zerbrochen, wenn seiner Tochter irgendetwas zugestoßen wäre.

Was seine Schwester betraf ... er brauchte einen Moment, um seine Gefühle zu untersuchen. Nach dem Tod seiner Frau bestand seine größte Angst darin, dass er Catherine verlieren könnte. Er hatte sich jeden Tag um ihr Wohlergehen gesorgt, während er immer davon ausgegangen war, dass es seiner Schwester gut ging.

Seine Hand zitterte, als die Sorge um seine Schwester ihn überwältigte. Er stählte sich und klopfte an. Niemand antwortete.

Sein Zittern wurde stärker; er drückte die Tür mit der Hand auf, und sie öffnete sich dank gut geölter Türangeln leicht und leise.

Sein Blick schoss zu dem Bett, das mitten im Zimmer stand.

Lady Babbage lag reglos auf dem Bauch. Aus ihrem Rücken ragte ein großes Schlachtermesser.

Er lehnte sich schockiert an den Türpfosten. Sein Kopf war wie betäubt, und erst langsam begann sein Verstand die Einzelheiten der Szenerie in sich aufzunehmen. Er bemerkte das Blut, das durch die weißen Laken sickerte; das Messer, das im Rücken seiner Schwester steckte, zeugte von brutaler Gewalt.

Er begriff auch, dass seine Trauer würde warten müssen. Jemand musste den Mord begangen haben, und diese Person befand sich noch immer in seinem Haus.

»Pickering, weisen Sie jemanden an, meine Familie und die Gäste zu wecken. Es kümmert mich nicht, wenn sie ihnen dazu einen Eimer Wasser über den Kopf schütten müssen. Ich will, dass sie sich innerhalb der nächsten halben Stunde in der Bibliothek versammeln.«

Pickering verbeugte sich. »Sonst noch etwas, Euer Gnaden?«

»Ja. Kommen Sie zu mir, sobald Sie die Anweisungen weitergegeben haben. Ich muss mit Ihnen sprechen.« Der Duke erwähnte noch zwei weitere Personen, die sich mit der Familie einfinden sollten.

Pickering wirkte bei dieser Bitte verblüfft, aber er ging, um zu tun, wie ihm befohlen worden war.

Der Duke zog eine Hirschlederhose und ein frisches weißes Hemd an, dann eilte er die Treppe hinunter in die Bibliothek.

Kurz danach tauchte ein Fremder auf und zog ihn sofort in ein ernstes Gespräch.

Als der Duke den Neuankömmling genügend in Kenntnis gesetzt hatte, tröpfelten auch die anderen Bewohner des Hauses nach und nach ein. Einige wirkten verärgert, weil sie um sechs Uhr morgens aus dem Bett geholt worden waren, andere waren neugierig und blickten besorgt drein.

Mrs Barker tauchte als Erste auf. Sie setzte sich nervös auf einen der zusätzlichen Stühle, die die Bediensteten zuvor hereingeschafft hatten.

Der Duke versicherte ihr, dass er alles erklären würde, sobald alle anwesend wären.

Mr Barker kam kurz danach. Er war verärgert und verlangte zu erfahren, was der Grund dafür war, auf diese Weise unzeremoniell geweckt worden zu sein.

Noch bevor der Duke Mr Barker hatte beruhigen können, kamen Catherine und Emma hereingerannt.

Prudence und Lord Raikes betraten den Raum zusammen. Prudence schien krank zu sein, während Lord Raikes keine Miene verzog.

»Jetzt sind alle hier, und Sie können uns sagen, was los ist«, sagte Mr Barker gereizt.

»Die Duchess ist noch nicht eingetroffen, und ich warte noch auf zwei weitere Personen, die sich zu uns gesellen werden.«

Alle vermuteten, dass eine von ihnen Lady Babbage sein würde.

Die Duchess rauschte herein; sie trug ein langes, weißes hauchdünnes Gewand. Sie hatte sich nicht die Mühe gemacht, ihr Nachthemd gegen andere Kleidung zu tauschen.

Niemand schenkte ihr einen Blick. Alle waren damit beschäftigt, sich darüber Gedanken zu machen, um welche Neuigkeiten es wohl ging. Der ernste Gesichtsausdruck des Dukes verriet, dass es keine guten sein konnten.

Alle starrten den großen, spindeldürren Mann neben dem Duke neugierig an. Niemand hatte ihn jemals zuvor gesehen. Seine Haare waren schockierend weiß, und sein Gesicht war von tiefen Falten durchzogen. Der Blick seiner dunklen

Augen schweifte über die Anwesenden, blieb bei jedem lange genug hängen, dass sie sich unwohl fühlten und wanden.

Sie fragten sich, was ein Fremder in ihrer Mitte zu suchen hatte, und sie waren noch mehr erstaunt, als der Obergärtner das Zimmer mit einem weiteren fremden Mann betrat. Emma wusste, dass es sich bei ihm um den Untergärtner Joe handeln musste.

Der Duke erhob sich und trat vor den Tisch. Er sah sich um und sagte dann: »Jetzt, da alle anwesend sind, kann ich beginnen.«

»Vater, Lady Babbage ist noch nicht hier«, wandte Catherine ein.

Mr Barker warf ihr einen verärgerten Blick zu. Er wollte wieder zurück ins Bett.

»Deshalb habe ich euch alle hergerufen. Es geht um Lady Babbage. Es gibt keinen leichten Weg, es zu sagen, also muss ich es auf die einfachste Weise tun. Meine Schwester ist heute morgen gestorben.«

Ein kollektives Aufkeuchen ging durch den Raum.

Der Duke musterte die Gesichter, als sie die Neuigkeiten verarbeiteten. Es stimmte ihn nicht froh, dass die meisten erleichtert wirkten, allen voran Prudence.

»Da ist noch etwas, und das ist auch der Grund, weshalb ich Mr Nutters eingeladen habe, mir heute Morgen Gesellschaft zu leisten«, fügte der Duke hinzu. »Er ist letzte Nacht angekommen und hat in der Dorfschenke übernachtet. Wir hatten uns eigentlich für heute Nachmittag verabredet, aber aufgrund der Dringlichkeit und der Besonderheit dieser Situation sah ich mich gezwungen, ihn jetzt schon um seine Anwesenheit zu bitten. Er ist ein Privatdetektiv aus London.« Der Duke deutete auf den Mann rechts von ihm.

Mr Nutters verneigte sich formell und lächelte das Lächeln eines Hais, der seine Beute anlockt.

Dieses Mal kam der Schock leicht verzögert. Sie brauchten eine Weile, bis sie begriffen, warum in einer solchen Situation ein Detektiv nötig sein könnte.

»Wie ich sehe, seid ihr alle zu der offensichtlichen Schlussfolgerung gekommen. Sie ist keines natürlichen Todes gestorben, sondern wurde brutal ermordet.«

»Ein Irrtum ist ausgeschlossen, Onkel?«, fragte Emma.

»Ja. Sie ist erstochen worden«, antwortete er kurz und knapp.

Catherine brach in Tränen aus und verbarg ihr Gesicht an der Schulter von Lord Raikes. Abgesehen von Lord Raikes dachte niemand länger über dieses Verhalten nach. Sie alle waren gedanklich damit beschäftigt, die Tatsachen zu verarbeiten.

»Ich bin der Duke und daher auch der Richter dieser Gegend. Es obliegt mir, den Täter zu finden.« Seine Augen wurden kalt, als er die Gesichter vor sich musterte.

Er sprach weiter. »Unglücklicherweise muss der Mörder einer von denen sein, die sich in diesem Raum befinden.«

»Aber es könnten die Diener gewesen sein!«, knurrte Mr Barker.

»Nein, können sie nicht. Auf meine ausdrückliche Anweisung hin ist der Zugang zu den Räumen der Bediensteten gestern Nacht verschlossen worden.«

»Sie können doch nicht ernsthaft glauben, dass einer von uns sie ermordet hat! Auch Ihre eigene Familie ist anwesend. Sie werden doch nicht vorhaben, ihnen die Schuld zu geben?«

»Ich bin das Gesetz, und deshalb bin ich unparteiisch und verdächtige *jeden*. Ich werde die Familie nicht gegenüber den Gästen bevorzugen.«

Er machte eine Pause, damit sie das in sich aufnehmen konnten, ehe er weitersprach. »Emma, bitte führe die Frauen in den Frühstücksraum. Ich möchte zuerst mit dem Earl reden«, sagte er und sah Lord Raikes an. »Und mit dem Obergärtner. Die übrigen werden dieses Haus erst verlassen können, wenn diese Angelegenheit zufriedenstellend geklärt ist. Wartet bitte alle, bis ihr gerufen werdet.«

Mr Barker begann wieder, Einwände zu erheben, aber Prudence packte ihren Vater am Arm und zerrte ihn nach draußen. Die anderen gingen schnell weg. Sie alle brauchten Zeit zum Nachdenken.

Emma warf dem Obergärtner einen letzten nervösen Blick zu, bevor sie das Zimmer verließ.

Der Duke wartete, bis sich die Tür geschlossen hatte; erst dann sagte er: »Mr Nutters wird während der Befragung anwesend sein und mir mit seinem Sachverstand helfen. Ich hoffe, ihr habt beide nichts dagegen, wenn ich ein paar wesentliche Fragen stelle?«

Richard und Lord Raikes schüttelten den Kopf.

»Wieso nehmen Sie nicht Platz, Lord Hamilton?«, fragte der Duke und zog ein Stück Papier aus seinem Schreibtisch.

Lord Raikes machte Anstalten, sich zu setzen, als der Duke aufsah und mit einem leisen Lächeln sagte: »Sie auch ... Lord Raikes.«

Der Earl sah ihn schockiert an, während Lord Raikes ergeben Platz nahm.

»Sie wussten es? Aber wie haben Sie es herausgefunden?«, fragte der Earl.

»Geben Sie mir bitte einen Bericht darüber, was Sie heute Nacht getan haben. Danach werde ich alle Ihre Fragen beantworten.«

Der Earl sagte nichts; er fragte sich, wie er zugeben konnte, dass er in Emmas Zimmer gewesen war. Er beschloss, eine Menge auszulassen, und begann vorsichtig: »Wir hatten Grund zu der Annahme, dass Lady Babbage Prudence erpresst hat.« Das Gesicht des Dukes blieb ausdruckslos, daher sprach er weiter. »Emma und ich wussten, dass Ihre Schwester vorhatte, eine Nachricht in Prudences Nähkorb zu hinterlassen, um Ort und Zeit eines Treffens zu bestimmen. Diese Nachricht wollten wir letzte Nacht stehlen. Wir glaubten, dass aus der Nachricht genug hervorgehen würde, dass sie selbst belastete. Wir wollten Ihnen einen Beweis bringen, bevor wir sie anklagen.«

Der Duke nickte und bedeutete ihm, fortzufahren.

»Wir haben gesucht, aber nichts gefunden. Dann bin ich in Lord Raikes' Zimmer gegangen und auf dem Sofa eingeschlafen, da die Tür zu den Räumen der Bediensteten verschlossen war. Ich bin aufgewacht, als Pickering an Williams Tür geklopft hat. Ich habe mich im Wandschrank versteckt, um zu verhindern, dass ich entdeckt werde, und bin anschließend in die Küche geschlichen. Dann wurde ich darüber informiert, dass Sie meine Anwesenheit verlangen, und hier bin ich.«

Der Duke blickte nachdenklich drein. »Wieso glauben Sie, dass meine Schwester Prudence erpresst hat?«

Der Earl wollte das Geheimnis von Prudence nicht verraten, aber er wusste, dass er keine Wahl hatte. Hier ging es immerhin um Mord, was bedeutete, dass es nicht mehr die Zeit war, um Spiele zu spielen. Also gab er in groben Zügen die Ereignisse wieder, die zu ihrer Suche geführt hatten.

»Danke für Ihre abgewandelte Version der Ereignisse. Ich weiß, wo Sie die Nacht wirklich verbracht haben. Lord Raikes, teilen Sie uns jetzt mit, was Sie letzte Nacht getan haben.«

»Euer Gnaden, ich bin mir sicher, dass Sie es bereits wissen, aber ich werde aufrichtig sprechen. Ich habe mich mit Emma und dem Earl in Emmas Zimmer getroffen.« Lord Raikes warf seinem Freund einen entschuldigenden Blick zu, als er das sagte. Er wusste, dass der Duke sich ihrer Aktivitäten bewusst war und ihn anzulügen daher keine gute Idee sein würde. »Ich habe die beiden gebeten, mir zu gestatten, Catherine alles zu sagen, aufgrund meiner zunehmenden Achtung vor ihr.

Als ich in mein Zimmer zurückkam, lag Prudence in meinem Bett. Sie können sich denken, wie sie angezogen und wieso sie dort war. Bevor ich mich von meinem Schock erholen konnte, kam Catherine an meine Tür und missverstand die Situation. Ich bin dann in ihr Zimmer gegangen und habe alles so gut wie möglich erklärt. Ich wurde nach einer halben Stunde rausgeworfen. Kurz danach bin ich eingeschlafen.«

»Hat irgendjemand von Ihnen im Korridor jemanden gesehen?«

»Mr und Mrs Barker«, sagte der Earl.

Der Duke wartete, bis Nutters die Information aufgeschrieben hatte.

»Haben sie Sie gesehen oder mit Ihnen gesprochen?«

»Nein. Emma hat den Rücken von Mrs Barker gesehen, die sich gerade zurückgezogen hat. Sie schien es eilig zu haben. Wir sind rasch zur Treppe gegangen, als Mr Barker an uns vorbeigehastet ist. Obwohl er uns nicht beachtet hat, muss er uns gesehen haben«, erklärte der Earl.

Der Duke tippte sich nachdenklich mit den Fingern auf die Lippen. Er musterte die beiden Männer und überlegte, wie er die Situation am besten handhaben konnte. Er seufzte. Der Mord war viel wichtiger als die Indiskretionen, die die Liebenden begangen hatten. Schließlich begnügte er sich damit: »Ich habe bereits heute Morgen nach einer Sondergenehmigung schicken lassen, und ich werde so rasch wie möglich eine weitere kommen lassen. Sie beide haben jeweils eine junge Frau kompromittiert. Deshalb werden Sie heiraten, sobald dieser Fall hier gelöst ist. Lord Raikes, es ist Ihre Aufgabe, Catherine davon zu überzeugen. Es wird mir nicht gut tun, wegen so wenig ehrenvollen Handlungen die Geduld zu verlieren, also kann ich nur versuchen, die Situation zu verbessern.«

»Dann werden wir nicht mehr verdächtigt?«, fragte der Earl lächelnd.

»Das habe ich nicht gesagt«, entgegnete der Duke.

Das Lächeln verschwand aus dem Gesicht des Earls.

Lord Raikes sprach rasch. »Und ich, Euer Gnaden, habe Ihre Tochter nicht kompromittiert. Wenn niemand außer Ihnen davon etwas mitbekommen hat, lässt sich die Tatsache, dass ich in ihrem Zimmer war, doch sicherlich übersehen. Und was die Ermordung Ihrer Schwester angeht, hatte ich keinen Grund dazu.«

»Lord Raikes, ich bin mir bewusst, dass Sie eine halbe Stunde im Zimmer meiner Tochter verbracht haben, allein mit ihr und mitten in der Nacht. Ich habe nur Ihr Wort, dass nichts weiter passiert ist. Was meine Schwester betrifft, kann ich Sie nicht freisprechen, denn ich wusste nichts von Ihren Aktivitäten letzte Nacht. Ich kann nicht alles wissen, was in meinem Haus zu eigenartigen Stunden vor sich geht, aber ich fühle mich geschmeichelt, dass Sie das denken.

Unglücklicherweise haben Sie Ihre Unbesonnenheit zugegeben, und ich kann nicht darüber hinwegsehen. Ich anerkenne aber Ihre Ehrlichkeit in der Angelegenheit. Wenn Sie sich als unschuldig erweisen, werden Sie das Ehrenhafte tun und Catherine heiraten.«

»Woher wussten Sie, wer ich bin?«, fragte Lord Raikes verärgert. Wieso hatte er nicht den Mund gehalten? Jetzt saß er in der Klemme, wo er doch gerade Fortschritte gemacht hatte. Catherine würde nicht begeistert darüber sein, auf diese Weise verlobt zu werden.

»Ich muss noch viele Leute befragen, deshalb werde ich das hier schnell machen. Also, als ich Emma das erste Mal zusammen mit dem Obergärtner gesehen habe, war mir klar, dass irgendetwas an ihm nicht stimmte. Ich habe ihn im Blick behalten, und Pickering hat als meine Augen und Ohren gedient. Einmal ist er dem Earl ins Dorf gefolgt und hat ein Gespräch zwischen ihm und seinem Kammerdiener mitangehört. Ich glaube, Burns ist sein Name. Er hat von der Scharade erfahren, die Sie hier aufgezogen haben, und auch, warum. Danach habe ich Emma meine Gründe erklärt, warum ich Sie beide gebeten habe, zu warten. Ich hatte die Hoffnung, dass Sie diese Narretei daraufhin aufgeben würde. Sie blieb jedoch störrisch, und ich entschied mich, Sie als Gast einzuladen. Sie war unvorsichtig, und andere waren auf ihre eigenartige Vernarrtheit in den Gärtner aufmerksam geworden. Ich wollte verhindern, dass alles noch schlimmer wird. Ich wollte, dass Sie in diesem Haus leben, so dass ich Sie im Auge behalten und besser kennenlernen konnte. Aber Sie haben diese Chance nicht ergriffen, sondern Ihren Freund hier gebeten, sich für Sie auszugeben.«

Der Earl wirkte kleinlaut, während der Duke tief Luft holte und weitersprach.

»Ihr beiden seid die schlechtesten Schauspieler, die man sich nur vorstellen kann. Lord Raikes hat sich in den ersten fünf Minuten verraten, als wir uns kennengelernt haben. Wäre ich mir der Täuschung nicht bereits bewusst gewesen, hätte ich es bei diesem ersten Treffen herausgefunden. Er hat auf ein bestimmtes Schmuckstück gezeigt, das ich aus Afrika mitgebracht habe. Dann hat er mir in allen Einzelheiten erzählt, wie zauberhaft seine Reise dorthin war. Alle in London wissen, dass der Earl niemals nach Afrika gereist ist, weil seine Eltern auf dem Weg dorthin gestorben sind. Ich habe mich nach Lord Hamiltons Interessen erkundigt, sobald ich von seiner Verlobung mit Emma erfahren habe, wie es meine Pflicht ist. Und Lord Raikes, die Farbe in Ihren Haaren hätte längst anfangen müssen, ein bisschen zu verblassen. Ich bin überrascht, dass meine Tochter, die ich für intelligent halte, diese Sache niemals hinterfragt hat.«

»Ich habe meine Lektion gelernt. Ist es nicht bereits Bestrafung genug, vier Wochen lang das Leben eines Gärtners zu führen?«, fragte der Earl hoffnungsvoll.

Der Duke sah ihn regungslos an.

Der Earl wand sich unbehaglich und wagte es dann, eine weitere Frage zu stellen: »Wieso haben Sie die Scharade nicht gestoppt, wenn Sie davon wussten?« Nach einer kurzen Pause fügte er rasch hinzu: »Ich habe meine Lektion wirklich gelernt.«

Der Duke lächelte kurz, bevor er antwortete. »Es freut mich, das zu hören. Warum ich Sie habe weitermachen lassen? Gestatten Sie mir ein bisschen Humor. Es war unterhaltsam zu sehen, wie Sie drei sich alle Mühe gegeben haben, die Wahrheit vor mir zu verbergen. Letztlich war es ein Schauspiel, das zu meinem Nutzen aufgeführt wurde. Ich hatte nicht das Herz, Ihnen die Freude zu verderben.«

Die Männer standen auf wackeligen Beinen da, als der Duke nichts weiter zu sagen hatte. Sie sahen sich nicht an, fühlten sich dumm und gedemütigt, als wären sie wieder Schuljungen, die gerade vom Lehrer eine Standpauke erhalten hatten.

Und trotzdem hatte der Duke die ganze Zeit nur höflich mit ihnen gesprochen. Sie fühlten sich elend, als sie zum Frühstücksraum gingen. Keiner von ihnen konnte sich vorstellen, ins Bett zurückzukehren oder auch nur einen einzigen Bissen hinunterzukriegen.

Der Earl war unglücklich, weil er vier Wochen seines Lebens dafür geopfert hatte, den Duke narren zu wollen. Er hätte schon während der ersten Woche der Scharade ein warmes Bett haben können.

Lord Raikes schwitzte heftig. Er war nicht nur ein Verdächtiger in einem Mordfall, sondern musste jetzt auch noch Catherine über die Entscheidung des Dukes in Kenntnis setzen. Catherine war mit ihm verlobt, und sie hatte noch keinen blassen Schimmer davon. Grundgütiger! Die ganze Sache war sein verfluchter Fehler. Er hatte versucht, edel zu sein und schlau, indem er ehrlich war. Stattdessen hatte er wie ein Dummkopf gequatscht. Seine Verlobte würde nicht sehr erfreut sein.

Kapitel 26

»Sir, Sie haben alles erklärt, nur nicht, woher Sie wussten, wo der Earl letzte Nacht gewesen ist«, sagte Nutters, als der Earl und sein Freund gegangen waren.

»Ich habe Pickering aufgetragen, das Haus zu beobachten. Ich wusste, dass jemand vorhatte, meinen Safe zu plündern. Mein Spion in der Küche hat mich darüber informiert, dass der Untergärtner Joe, den Sie vorhin hier gesehen haben, den Diebstahl geplant hat.

Pickering hat bemerkt, dass der Earl in Emmas Zimmer gegangen ist und machte sich Sorgen über die Unschuld der jungen Frau. Er hielt sich in der Nähe auf, bis er sie zu ihrer Suche aufbrechen sah. Unglücklicherweise klebte er die ganze Zeit an ihnen, während sie auf der Jagd nach dieser Nachricht waren, und bekam daher nicht mit, was sonst noch im Haus passierte. Pickering hat irrtümlich gedacht, dass der Earl in den Raub verwickelt ist und Emma davon überzeugt hat, seine Komplizin zu sein. Die Tür zu den Unterkünften der Bediensteten war verschlossen, also befürchtete er keine Bedrohung aus dieser Richtung. Er wusste nichts von einem viel größeren Verbrechen, und hat somit seine Zeit bei den falschen Leuten verschwendet. Allerdings haben der Earl und Emma dadurch ein starkes Alibi erhalten, auch wenn sie selbst das nicht wissen. Ich denke, wir können sie sicher von der Liste streichen.«

»Verstehe. Ich kann mir ebenfalls nicht vorstellen, welches Motiv der Earl haben könnte – oder auch Lord Raikes.

Sie sind neu in diesem Haushalt und würden durch den Tod Ihrer Schwester nichts gewinnen. Trotzdem müssen wir uns mit einem Urteil zurückhalten, bis wir alle Fakten vorliegen haben«, sagte Nutter.

»Dem stimme ich zu. Und jetzt schlage ich vor, dass wir als nächstes Prudence hereinrufen. Sie sieht aus, als würde es ihr nicht gut gehen. Sie wird sich so bald wie möglich in ihr Zimmer zurückziehen müssen.« Der Duke klingelte und ließ ein wenig schwachen Tee und eine Kanne starken Kaffee bringen, dann bat er darum, dass Prudence zu ihnen kam.

Prudence trat nervös ein. An diesem Morgen trug sie ein sittsames pinkes Kleid. Sie machte vor den beiden Gentlemen einen Knicks und setzte sich.

»Es tut mir leid, dass ich Sie habe allein rufen lassen, meine Liebe, aber ich wollte mit Ihnen sprechen, ohne dass Ihre Eltern anwesend sind«, sagte der Duke freundlich.

»Das ist in Ordnung, Euer Gnaden.«

»Können Sie mir jetzt sagen, was Sie letzte Nacht gemacht haben, nachdem sich alle in ihre Zimmer zurückgezogen hatten?«

»Ich bin in mein Zimmer gegangen und habe geschlafen.«

»Sind Sie sich sicher, dass Sie letzte Nacht nicht meine Schwester aufgesucht haben? Sie sind direkt ins Bett gegangen und die ganze Nacht in Ihrem Zimmer geblieben? Bitte versuchen Sie, ehrlich zu mir zu sein. Ich verspreche Ihnen, dass ich nicht über sie urteile, in welcher Sache auch immer.«

»Ich bin im Bett geblieben«, sagte sie fest.

»Verstehe. Würden Sie dann freundlicherweise erklären, wie das hier neben Lady Babbage gelangt ist?« Der Duke nahm eine rubinrote Brosche aus seinem Schreibtisch. »Ich habe sie heute Morgen auf ihrem Bett gefunden.«

Prudence wurde bleich und beeilte sich, eine Erklärung anzubieten. »Sie hat sie gemocht. Sie hat gesehen, dass ich sie getragen habe, und ich habe sie ihr irgendwann an diesem Nachmittag ausgeliehen. Ich glaube, sie wollte eine Kopie davon anfertigen lassen.«

»Ich habe auch das hier gefunden«, sagte der Duke und zog etliche Briefe hervor, um die ein blaues Band geschlungen war. Oben auf dem Stapel befand sich eine Nachricht von Prudence an Lady Babbage. »Ich bin mir sicher, dass Sie den Inhalt der Briefe kennen, da Sie sie erhalten haben. Ich weiß auch, dass meine Schwester sie gefunden und behalten haben muss. Der Brief ganz oben erzählt davon, dass Sie, meine Liebe, erpresst worden sind.«

Prudence begann, leise zu weinen. »Ich habe sie nicht getötet.«

»Es tut mir leid, wenn ich Ihnen Kummer bereite. Ich versichere Ihnen, nichts, was hier gesprochen wird, wird diesen Raum verlassen. Ich brauche Ihre Hilfe, und wenn Sie sie nicht getötet haben, helfen Sie mir dabei, Sie als Verdächtige zu streichen. Erzählen Sie mir, was letzte Nacht vorgefallen ist?«

»Ich sollte auf einen Brief von Lady Babbage warten. Sie wollte ihn in meinen Nähkorb legen. Ich hatte einen Mann nach London geschickt, der eine Diamantkette meiner Mutter verkaufen sollte. Ich hatte gehofft, das Geld gegen die Briefe eintauschen zu können. Der Mann kehrte früher als erwartet zurück und informierte mich, dass es sich bei den Diamanten nur um Strass handelt. Sie können sich vorstellen, wie verzweifelt ich war. Ich habe meinen Korb absichtlich mit in mein Zimmer genommen, in der Hoffnung, dass ich mehr Zeit haben würde, wenn es Lady Babbage unmöglich war, mir eine Nachricht zu hinterlassen. Sie wusste bereits von meinem Zustand, und ich bin mir sicher, Sie wissen auch davon, wenn Sie den Brief gelesen haben. Ich wusste nicht, was ich tun sollte, deshalb habe ich mich entschieden, ins Zimmer des Earls zu gehen, und ihn um Hilfe zu bitten.« Sie machte keine genauern Angaben darüber, was in dem Zimmer geschehen oder wie sie gekleidet gewesen war.

Der Duke drängte sie nicht.

»Wenige Minuten danach«, fuhr sie fort, nachdem sie einen Schluck Tee getrunken hatte, »bin ich in mein eigenes

Zimmer zurückgekehrt. Ich habe nicht geschlafen und es auch nicht mehr verlassen. Das ist die Wahrheit, Euer Gnaden! Ich weiß nicht, wieso meine Brosche neben ihr lag. Ich hatte sie ihr gegeben, um mir Zeit zu erkaufen, damit ich mehr Geld organisieren konnte. Sie hat sie bei mir gesehen und mich gebeten, sie ihr als Gegenleistung für ihr Schweigen zu geben.«

Der Duke sah die Verbitterung in ihrem Gesicht. Er wusste, dass er aus ihr so viel wie möglich herausbekommen hatte. Es war gut möglich, dass sie seine Schwester ermordet hatte.

»Was denken Sie?«, fragte er Nutter, als sie gegangen war.

»Sie steht ganz oben auf der Liste. Sie hatte ein Motiv, kein Alibi und die Brosche hat praktischerweise am nächsten Tag neben der Leiche gelegen«, antwortete Nutters.

»Aber finden Sie nicht, dass es ein bisschen zu einfach ist? Stellen Sie sich vor, wie das Mädchen sie getötet hat. Sie hätte sich das Schlachtermesser erst noch beschaffen müssen, da junge Ladys üblicherweise keine solchen Gegenstände mit sich herumtragen. Das bedeutet, sie hätte es kaltblütig geplant und ausgeführt. Wieso sollte sie belastende Beweise wie die Briefe oder die Brosche zurücklassen, damit wir sie finden?«

»Sir, die junge Frau sagt entweder die Wahrheit oder sie ist erschreckend schlau. Allein die Tatsache, dass es so offensichtlich ist, würde einen intelligenten Mann daran zweifeln lassen, dass sie ihre Hand im Spiel hatte. Meine Erfahrung hat mich jedoch gelehrt, dass in neun von zehn Fällen der Mörder immer die offensichtliche Person ist.«

Der Duke nickte. Er holte eine Flasche Brandy hervor und fragte: »Möchten Sie etwas trinken? Brandy, Tee oder …?«

»Kaffee wäre gut, danke. Wen rufen wir als Nächstes?«

»Mrs Barker.«

Sie wirkte sehr viel gefasster als ihre Tochter, als sie eintrat.

Der Duke musterte ihr ruhiges Gesicht und beschloss, direkt zu sein. »Hat meine Schwester Sie erpresst?«

Der Angriff erschütterte sie sichtlich.

»Ich vermute, Sie haben einige meiner Juwelen gefunden?«, fragte sie schließlich zurück.

Das hatte der Duke nicht. Er hatte lediglich geraten, und daher antwortete er nicht, sondern wartete einfach nur, dass sie weitersprach.

»Kann ich frei sprechen?«, fragte sie mit Blick auf Nutters.

»Er hat mein volles Vertrauen«, antwortete der Duke sofort.

»Nun, also, ja, das hat sie. Sie wusste von unserer Affäre und hat gedroht, es meinem Ehemann zu sagen. Obwohl er sich blind stellt, was meine Liebäugelei betrifft, war ich mir nicht sicher, wie er es aufnehmen würde, wenn er herausfand, dass ich eine Indiskretion begangen hatte.«

»Ich war nicht der Einzige, von dem sie wusste?«, fragte er seidenweich.

Sie hielt inne, wog die Worte ab und nickte dann. »Sie wusste von einem anderen Vorfall. Sie hat auch einen Brief in Ihrem Besitz gefunden, den ich an Sie geschrieben hatte. Ich weiß nicht, wie sie die andere Sache herausgefunden hat.«

»Verstehe. Sagen Sie mir, wieso Sie letzte Nacht Ihr Zimmer verlassen haben?«

»Ich wollte mit ihr sprechen. Ich wollte sie bitten, mich in Ruhe zu lassen. Mein Ehemann wurde argwöhnisch und hat angefangen, Fragen zu stellen. Sie musste mir etwas Zeit lassen. Wenn ich erst nach London zurückgekehrt wäre, hätte ich irgendeinen Weg gefunden, sie zu bezahlen. Aber mein Ehemann hat sich geweigert, von hier wegzugehen.«

»Haben Sie sie getötet?«, fragte er direkt.

»Nein!«

Er hielt ihren Blick einen langen Moment fest, bevor er ihr gestattete, das Zimmer zu verlassen.

Er sah Nutters an und fing einen kurzen Ausdruck des Missfallens in seinem Gesicht auf.

»Verurteilen Sie mich nicht, Nutters. Es ist passiert, kurz nachdem ich herausgefunden habe, dass meine Frau wahnsinnig ist. Ich war verzweifelt und habe bei ihr Trost gesucht. Ich habe nicht klar gedacht, wie Sie sich vorstellen können. Sobald ich wieder zu Sinnen gekommen bin, habe ich es beendet. Wir waren auch einmal Geliebte, als ich noch sehr viel jünger war. Aus Respekt vor diesen Zeiten gestatte ich ihr, hierher zu kommen.«

»Sie müssen mir Ihre Handlungen nicht erklären, Sir.«

»Ich glaube, ich versuche immer noch, das alles zu bewältigen«, erwiderte er und fuhr sich mit den Händen durch die Haare. »Lassen wir Mr Barker nicht länger warten«, meinte er dann und läutete.

Nutters zog ein neues Blatt Papier hervor und tauchte die Feder in Tinte.

Der Duke genehmigte sich einen ordentlichen Schluck Brandy und ließ die Wärme durch sich hindurchfließen. Der Alkohol schenkte ihm jedoch keinen Trost, und er schob die Flasche weg, griff stattdessen nach dem Kaffee.

»Ich habe sie nicht getötet. Es ist völlig lächerlich zu vermuten, dass ich es getan habe«, sagte Mr Barker, sobald er den Raum betreten hatte.

Der Duke schenkte sich Kaffee ein und stellte die Kanne vorsichtig ab.

»Niemand hat Sie bisher angeklagt. Bitte nehmen Sie Platz. Dies ist reine Routine. Wenn Sie nichts damit zu tun haben, werden Sie sicher nichts dagegen haben, ein paar Fragen zu beantworten«, sagte er beschwichtigend.

Mr Barker wurde bei dem entschuldigenden Ton des Dukes weicher.

»Nein, ich verstehe das. Ich werde alles tun, womit ich helfen kann. Sie können auf mich zählen. Frauen sind so leidenschaftliche Wesen. Wir Männer müssen zusammenhalten.«

»Wollen Sie damit andeuten, dass der Mörder eine Frau ist?«

»Frauen sind emotionale und eifersüchtige Wesen. Sie handeln oft irrational. Nun, die Hälfte der Morde in England wird von Ehefrauen begangen, die ihre Ehemänner oder Geliebten vergiften. Ich habe von einer Amme gehört, die ihre Kinder ermordet hat. Männer sind praktisch veranlagt. Sie töten vielleicht, um zu rauben und die Familie zu ernähren, aber was würde es nützen, eine alte Frau zu töten?«

Mr Barker schien gesprächiger zu werden, wenn er nervös war.

Der Duke sprach sanft: »Ich weiß, dass meine Schwester keine Affären hatte. Deshalb hatte niemand einen Grund, eifersüchtig zu sein. Abgesehen davon wurde sie erstochen und nicht vergiftet. Das scheint mir eher die Tat eines Mannes zu sein. Die Methode ist zu gewalttätig für eine Frau.«

»Verstehe«, sagte Mr Barker. Er wurde sofort wieder erregter.

»Erzählen Sie mir jetzt bitte, warum Sie Ihrer Frau mitten in der Nacht gefolgt sind?«

»Das habe ich nicht getan! Ich war im Bett.«

»Bitte, lassen Sie diese Täuschung. Unter meinem Dach ist ein Mord verübt worden. Jemand hat Sie gesehen.«

»Ich vermute, der Gärtner und Emma haben ausgepackt«, sagte er hässlich.

»Die beiden hatten einen guten Grund, weshalb sie ihr Zimmer um diese Stunde verlassen haben und zusammen waren. Bitte beantworten Sie meine Frage«, forderte der Duke ihn ernst auf.

Mr Barker sackte angesichts seines Tonfalls zusammen und antwortete kleinlaut: »Ich bin ihr gefolgt, weil ich wissen wollte, wo sie hingeht. Sie hat sich dieses Jahr seltsam verhalten, und als ich gehört habe, dass ihre Tür sich geöffnet hat, habe ich vermutet, dass sie ihr Zimmer verlassen hat. Es war weit nach der Zeit, zu der die Dienerin noch hätte bei ihr sein können. Es war mein Recht herauszufinden, wohin sie geht.«

»Und wohin ist sie gegangen? Was haben Sie gesehen?«

»Sie ist zum Zimmer Ihrer Schwester gegangen, hat die Tür hinter sich zugezogen. Sie ist etwa fünfzehn Minuten dort geblieben, bis sie in ihr eigenes Zimmer zurückgekehrt ist. Ich war außerordentlich aufgeregt und habe versucht, ihre Gründe zu erraten. Ich habe den Gärtner und Emma gesehen, aber ich dachte nicht, dass sie sagen würden, dass ich das Zimmer verlassen hatte. Ich habe bezweifelt, dass sie wollten, dass ihre Indiskretion bekannt werden würde.«

»Verstehe. Sie sind sofort wieder in ihr Zimmer gegangen?«

»Ja.«

»Sie wussten, dass Ihre Frau erpresst wurde, oder?«

Mr Barker wirkte aufgebracht und starrte den Duke finster an. Der Duke reichte ihm ein Glas Brandy, und er leerte es in einem Zug. Er brauchte ein paar Momente, um sich zu erholen, bevor er sich dazu zwang, zu sprechen. »Es war eine kleine Sache, die meine Aufmerksamkeit erregt hat. Meine Frau hat mich um Geld für Haushaltsdinge gebeten. Ich erinnere mich, wie sie die Liste heruntergerasselt hat und ich ihr ein paar Pfund gegeben habe. Ich erinnere mich auch, dass sie sagte, sie würde mir meinen bevorzugten Tabak besorgen. Nach ein paar Tagen bemerkte ich, dass meine Dose leer war, und aus irgendeinem Grund blieb das bei mir haften.

Ich hätte annehmen sollen, dass sie es vergessen hatte, aber das dachte ich nicht. Ich habe dann angefangen zu bemerken, dass es weniger Fleisch gab, und sie trug öfters Strass anstelle ihrer echten Juwelen. Sie hat überall gespart. Wir haben gerade ein paar finanzielle Schwierigkeiten, aber ich bringe immer noch genug zusammen, um für unsere grundlegenden Bedürfnisse zu sorgen. Ich war besorgt. Ich habe schon bald begriffen, dass sie regelmäßig Geld nach Arden schickt, weshalb ich beschlossen habe, hierher zukommen und der Sache nachzugehen. Sie wurde erpresst, und ich wollte herausfinden, von wem. Gestern habe ich den ersten Hinweis auf die Erpresserin bekommen, und jetzt ist sie tot.«

»Ich danke Ihnen, dass Sie so viele persönliche und unangenehme Dinge preisgegeben haben. Ich bin mir sicher, Sie verstehen, dass die Umstände von uns verlangen, ehrlich zu sein, auch wenn die Wahrheit schwer zu verdauen ist. Wenn ich noch etwas benötige, werde ich Sie informieren, Barker.« Der Duke entließ ihn, nachdem er ihm für seine Hilfe gedankt hatte.

Nutters wartete, bis Mr Barker das Zimmer verlassen und die Tür hinter sich geschlossen hatte, bevor er etwas sagte. »Wenn er die Frau ermordet hat, hätte er sicher mehr darauf geachtet, dabei nicht gesehen zu werden.«

»Stimmt, die Tatsache, dass er keinen Wert darauf gelegt hat, nicht gesehen zu werden, beweist seine Unschuld mehr als alles andere, auch wenn er ein starkes Motiv hatte. Er steht finanziell unter Druck, und er muss aufgebracht gewesen sein, als er herausgefunden hat, dass das bisschen, das ihm blieb, von einer alten Frau aufgesaugt wurde. Außerdem wäre auch er betroffen gewesen, wenn das, was meine Schwester benutzt hat, um seine Frau zu erpressen, an die Öffentlichkeit gelangt wäre. Kein Mann würde wollen, dass die Welt weiß, dass ihm Hörner aufgesetzt wurden.«

»Er hätte seine Wut an seiner Frau ausgelassen, nicht an der Erpresserin. Abgesehen davon scheint er feige zu sein«, erklärte Nutters.

Der Duke nickte nachdenklich und meinte: »Also hat die ganze Familie Barker ein Motiv. Sie alle waren nicht in ihren Zimmern, als die Tat begangen wurde. Mrs Barker war vielleicht die letzte Person, die meine Schwester lebend gesehen hat. Bislang sieht es nicht gut für die Barkers aus.«

»Nein, Sir, das wird alles immer komplexer.«

»Sie klingen erschöpft, Nutters. Ich denke, wir sollten etwas frühstücken. Ich habe zwar keinen Appetit, aber wir müssen uns ein bisschen ausruhen und mit klarem Verstand weitermachen.«

»Sehr gut, Sir.«

Kapitel 27

»Was hat dieser Gärtner hier bei uns am Tisch zu suchen?«, fragte Mrs Barker.

»Dieser Gärtner ist Lord Hamilton, und er hat jedes Recht, hier bei uns am Tisch zu sitzen«, fauchte Emma.

»Und wer ist er dann?«, wollte die Duchess wissen. Sie starrte Lord Raikes an.

»Der Freund des Gärtners, William Raikes, zu Ihren Diensten«, antwortete er und verbeugte sich in ihrer Richtung.

Mr Barker, Prudence und Mrs Barker starrten Lord Raikes an.

»Aber ... aber ... der Gärtner ist mindestens hundert«, stammelte Prudence.

Richard wischte sich mit dem kleinen Finger ein bisschen Kohle von einem Zahn und wedelte dann mit den Fingern vor Prudences Gesicht herum. »Es war eine Verkleidung, meine Liebe.«

»Ich weiß nicht, was in diesem Haus vor sich geht – Diebstähle, Morde, Earls, die so tun, als wären sie Bedienstete. Ich möchte von hier weggehen«, stöhnte Mrs Barker.

»Du hast die Erpressungen vergessen«, murmelte Prudence.

Tödliche Stille breitete sich im Zimmer aus. Allen war anzusehen, dass ihnen unbehaglich zumute war, und Prudence stand schließlich auf und verließ den Raum.

»Ich bringe keinen Bissen hinunter«, sagte Catherine und

starrte auf ihren Teller.

»Trink etwas Schokolade«, drängte Emma sie.

Sie schob die ihr angebotene Tasse weg.

Lord Raikes nahm Catherines Hand und flüsterte ihr etwas ins Ohr.

Sie nickte geistesabwesend und ließ sich von ihm nach draußen führen.

Die anderen starrten dem Paar hinterher, und dieses Mal wagte es niemand, Anstandsdamen zu erwähnen.

∞∞∞

»Lady Arden, ich bedauere Ihren Verlust«, sagte Lord Raikes, kaum dass sie die Gärten erreichten und niemand zuhören konnte.

Sie nickte stumm.

»Ich weiß, dass es zwischen Ihnen beiden Unstimmigkeiten gab, aber Sie haben Ihre Zeit meistens mit ihr verbracht. Ich kann verstehen, dass dies hart für Sie sein muss.«

»Ich kann nur daran denken, dass ich sie in den letzten Tagen ihres Lebens verabscheut habe«, erwiderte sie zitternd vor Gefühlen. »Ihre Fürsorge und Kameradschaft habe ich vergessen, weil sie so sehr dagegen war, dass ich unter Leute komme. Ich wünschte, ich wäre netter zu ihr gewesen oder hätte ihr gesagt, wieviel sie mir bedeutet.«

Er wusste nicht, was er darauf antworten sollte oder wie er sie trösten konnte. Er ging einfach nur schweigend neben ihr her, bis sie eine Bank fanden und sich setzten.

Lord Raikes wartete, bis Catherine aufhörte, in ihr Taschentuch zu weinen. Nachdem er sich vergewissert hatte, dass sie sich wieder gefasst hatte, sagte er: »Ich weiß nicht, ob dies der richtige Zeitpunkt ist, um es Ihnen zu sagen, aber ich fürchte, Sie werden mich noch mehr hassen, wenn Sie es vom Duke erfahren. Ich möchte die Möglichkeit nutzen, es zu erklären.«

Sie sah ihn verständnislos an.

Er sprach mutig weiter. »Ich versuche, die richtigen Worte zu finden«, sagte er und machte dann eine Pause, ehe er weitersprach. »»Sie sind … ähm … verlobt, Mylady.«

»Was?« Sie starrte ihn erstaunt an.

»Der Duke hat mich heute Morgen darüber informiert«, fügte er unbehaglich hinzu.

»Er hat gesagt, dass ich verlobt bin? Und mit wem?«

»Äh … mit mir«, antwortete er verlegen.

Schockiert fiel ihr die Kinnlade herunter, und sie sprang auf und sagte: »Machen Sie einen Scherz, Mylord?«

Er schüttelte den Kopf.

»Haben Sie um meine Hand angehalten?«

»Ähm … nicht so richtig … ich habe ebenfalls vom Duke erfahren, dass ich mit Ihnen verlobt wurde.«

»Aber wie konnte er das tun, ohne mit einem von uns beiden zu sprechen?«

»Es war mein Fehler.«

Sie starrte ihn finster an. »Das dachte ich mir. Bitte erklären Sie es genauer, Mylord, bevor ich noch vor Verzweiflung schreie.«

»Na ja, sehen Sie, der Duke wusste von Anfang an, dass ich nicht Richard bin.«

Sie nickte zufrieden. »Ich hätte Emma gewarnt, wenn sie sich mir anvertraut hätte. Meinem Vater entgeht nichts.« Sie warf ihm einen vernichtenden Blick zu und sprach weiter. »Aber was hat das mit unserer Verlobung zu tun?«

»Ich habe ihm gesagt, dass ich gestern Nacht in Ihrem Zimmer war.«

»Sie haben was?«

»Er wollte wissen, wo wir waren. Ich musste ehrlich sein. Schließlich versucht er, den Mörder zu finden«, verteidigte Lord Raikes sich.

Sie ballte die Fäuste und hätte ihm am liebsten einen Schlag auf den Kopf verpasst.

»Die Situation ist ein bisschen schwierig«, murmelte er.

»Mit mir verlobt zu sein ist schwierig?«, fragte sie gekränkt.

»Nein, ich möchte Sie ja heiraten, nur nicht so!«

»Hmpf, Sie wirken nicht gerade zufrieden mit der Neuigkeit, und ich versichere Ihnen, ich bin es auch nicht. Machen Sie sich keine Sorgen. Ich werde mich davon lossagen und Sie aus dieser ... schwierigen Situation befreien, wie Sie es nennen.«

»Nein, Catherine, bitte, ich bin wirklich glücklich, aber ich war mir nicht sicher, was Ihre Gefühle betrifft. Ich wollte nicht, dass Ihnen das hier aufgezwungen wird, und der Duke wird Ihnen nicht gestatten, dass Sie sich davon lossagen. Er wird um eine Sondergenehmigung bitten und alles tun, damit wir so schnell wie möglich verheiratet werden. Ich hatte Ihnen den Hof machen wollen, wie es Ihr Recht ist.«

»Ich habe Ihnen nicht die Erlaubnis gegeben, meinen Vornamen zu benutzen, Mylord«, erwiderte sie aufgewühlt.

»Sie sind jetzt meine Verlobte, meine zukünftige Frau. Ich habe jedes Recht, Sie mit Ihrem Vornamen anzusprechen, Catherine.«

Sie starrte ihn verärgert an. Sie war verwirrt, und verschiedene Gefühle rasten durch sie hindurch. Ihre Trauer und die Neuigkeit, dass sie verlobt war ... es war alles zu viel, um es verarbeiten zu können.

Sie musterte sein Gesicht, versuchte Antworten auf ihre Fragen zu finden. Ihr Blick blieb an seinen tiefblauen Augen hängen, die von dunklen Wimpern umrahmt wurden, wanderte dann tiefer, bis zu seinen Lippen. Sie errötete und wandte den Blick ab.

Er hob ihr Kinn und zwang sie, ihm in die Augen zu sehen.

»Es tut mir leid, dass das alles passiert ist. Der Mord, die plötzliche Verlobung, die Scharade. Aber es tut mir nicht leid, dass ich mich zu Ihnen hingezogen fühle, Sie mir etwas bedeuten, wir verheiratet sein werden.«

Sie konnte nicht anders. Sie lächelte, und er beugte sich

zu ihr, um das Lächeln wegzuküssen.

∞∞∞

Der Duke stocherte in seinem Frühstück herum. Er hatte es vorgezogen, in der Bibliothek zu essen und niemanden vom Haushalt zu sehen. Er war wütend, weil abgesehen von seiner Tochter niemand Trauer über den sinnlosen Tod seiner Schwester empfunden hatte. Alle waren froh, dass sie endlich weg war.

Nutters war ein kaltschnäuziger Profi und ein Fremder. Für ihn war das Ganze nur ein Auftrag. Niemand konnte an der Trauer des Dukes teilhaben. Er glaubte nicht einmal, dass seine Tochter die gleiche Verzweiflung verspürte wie er. Er zerbröselte seinen Toast und runzelte unglücklich die Stirn.

Seine Schwester hatte mehrere Menschen erpresst, und er hatte das Gefühl, dass es seine Schuld war. Er hatte sie nicht genug versorgt, hatte keine Anspannung bei ihr wahrgenommen oder bemerkt, dass sie Geld benötigte. Sie hatte sich entschieden, sich ihm nicht anzuvertrauen, was zu ihrem grausamen Tod geführt hatte.

Er fragte sich, ob er so furchteinflößend war.

Eine Stunde später wurden seine Gedanken unterbrochen, als Nutters mit einem Blatt Papier eintrat. Er hatte zu jedem Namen Anmerkungen aufgeschrieben.

Der Duke nahm das Blatt und las, was darauf stand:

Emma

Kein Motiv

Ihre Alibis sind Pickering und der Earl

War zum Zeitpunkt des Mordes nicht in ihrem Zimmer

Lord Richard Hamilton

Kein Motiv

Seine Alibis sind Pickering und Emma

War zum Zeitpunkt des Mordes nicht in seinem Zimmer

Lord William Raikes

Kein Motiv
Sein Alibi ist Catherine
War zum Zeitpunkt des Mordes kurze Zeit nicht in seinem Zimmer
Prudence Barker
Starkes Motiv
Kein Alibi
War zum Zeitpunkt des Mordes nicht in ihrem Zimmer
Mrs Barker
Motiv vorhanden
Hat das Opfer vielleicht als letzte lebendig gesehen
War zum Zeitpunkt des Mordes im Zimmer des Opfers
Mr Barker
Motiv vorhanden
War zum Zeitpunkt des Mordes nicht in seinem Zimmer
Kein Alibi

Der Duke ließ seinen Blick über die Notizen schweifen, und sein Mund verzog sich vor Abscheu über die unpersönliche Weise, in der Nutters seine Schwester als Opfer bezeichnete.

Er schob das Blatt grob weg und läutete, um Emma kommen zu lassen.

»Wie geht es Catherine?«, fragte der Duke, sobald Emma eintrat.

»Sie ist erschüttert, aber das war zu erwarten.«

»Mir ist klar, dass du die Nacht mit dem Earl verbracht hast.«

Emma errötete, aber die Frage schien sie nicht zu überraschen. Der Earl musste sie gewarnt haben.

»Wir haben sie nicht getötet«, erwiderte sie, ohne auf seine Frage einzugehen.

»Ich weiß, dass du sie nicht gemocht hast und nicht verstanden hast, dass ich sie als Anstandsdame für meine Tochter eingesetzt habe, obwohl sie dafür nicht geeignet war. Ich werde es erzählen, wenn wir uns am Abend versammeln und ich mich allen erklären muss. Ich möchte mich nicht wiederholen.«

Emma sagte nichts darauf, und er deutete ihre

Missbilligung richtig.

»Emma, meine Tochter ist erschüttert, und meine Frau kann mit solchen Situationen nicht umgehen. Ich bitte dich, mir zu helfen, den Frieden in diesem Haus zu bewahren. Ich möchte, dass du dich um den Haushalt kümmerst. Kannst du das für mich tun?«

»Ich stehe zu deiner Verfügung.«

»Ich möchte, dass du dies als meine Nichte tust, nicht weil ich es dir als Duke befehle. Ich bitte dich darum, aber du kannst dich weigern.«

Emmas Stimme wurde weicher. »Ich weiß; ich werde mein Bestes tun.«

»Danke«, sagte er dankbar.

Sie lächelte ihn an, bevor sie ging.

»Nicht viel hinzugekommen«, bemerkte Nutters.

»Nein, ich kenne sie gut. Sie ist niemand, die jemanden in den Rücken stechen würde. Wenn sie jemanden töten würde, dann mit einem Messer in den Bauch, während die Person bei Sinnen ist und genau weiß, was passiert.«

Nutters erschauerte unbehaglich, tauchte seine Feder in die Tinte und wartete darauf, dass die nächste Person eintrat.

»Catherine, es tut mir leid. Ich weiß, wie aufgebracht du bist, aber ich möchte das hier so schnell wie möglich hinter mich bringen«, sagte der Duke und reichte ihr eine Tasse heißen, süßen Kaffee.

»Das ist in Ordnung, Vater. Ich-« Ihre Lippen zitterten, und sie kämpfte sichtlich darum, sich zu beruhigen, bevor sie weitersprach. »Ich mochte sie nicht, aber ich habe sie nie genug gehasst, um sie zu töten.«

»Und dennoch trauerst du?«

»Ich habe viel Zeit mit ihr verbracht, mehr Stunden als jeder andere Mensch hier, und ich weiß, dass sie sich aufrichtig etwas aus mir gemacht hat. Meine Gefühle ihr gegenüber haben sich erst vor kurzem geändert, und das hängt teilweise damit zusammen, weil ich jung sein und Menschen meines Alters treffen können wollte. Bis vor ein paar Jahren war ich mit meinen Büchern immer sehr glücklich gewesen. Ich bin mir selbstsüchtig vorgekommen, weil ich sie aus einem so armseligen Grund abgelehnt habe. Sie hat meine Hand gehalten, wenn es mir nicht gut ging, und mich getröstet, wenn ich geweint habe. Sie war wie eine Mutter für mich, vermute ich. Man mag die eigene Mutter vielleicht nicht, aber man kann auch nicht anders als sie zu lieben.«

»Trotzdem hat sie vor drei Jahren angefangen, dich innerhalb dieser Mauern einzusperren. Du wusstest, dass deine Saison zum Teil deshalb immer wieder verschoben wurde, weil sie dagegen war. Sie hat mich überzeugt, dich zu Hause zu behalten. Sie hat alle deine Freunde verstimmt. Am Ende hat sie dafür gesorgt, dass du keinen anderen Menschen als sie hattest, an den du dich wenden konntest. Es war eine besitzergreifende, destruktive Liebe. Die einzige Person, die fest zu dir gehalten hat, war Emma. Sie hat sich niemals von meiner Schwester einschüchtern lassen.«

Catherine starrte schockiert in das ernste Gesicht ihres Vaters. Ihr war gar nicht klar gewesen, dass er so gut gewusst hatte, was in ihrem Kopf vor sich ging. Als der Schock nachließ, wurde sie wütend.

»Wieso hast du sie in diesem Haus wohnen lassen?«, fragte sie.

»Das werde ich dir noch erzählen, aber nicht jetzt. Erst möchte ich, dass du mir antwortest.«

»Ja, ich habe anfangen, ihre und deine Einschränkungen zu hassen, aber das heißt nicht, dass ich dich morgen umbringe. Es war mehr dein Fehler als ihrer, dass ich mich in einer solchen Situation befunden habe. Du hast sie zu meiner Anstandsdame gemacht, und du hast sie am besten gekannt. Wenn irgendjemand die Schuld hat, dann du.« Sie schluchzte.

»Dem stimme ich zu«, sagte er traurig. Er trat um den Schreibtisch herum und nahm sie in die Arme. »Schsch. Es tut mir leid, dass ich so hart gewesen bin. Ich musste mir sicher sein. Man kann jahrelang mit einem Menschen zusammenleben, ohne ihn zu kennen. Ich hätte mir nie vorstellen können, dass meine Schwester sich eines Tages zu Erpressungen herablässt. In deiner Wut hast du die Wahrheit gesagt, und das ist alles, was ich wollte«, beschwichtigte er sie.

»Dann glaubst du mir, dass ich sie nicht getötet habe?«

Der Duke antwortete darauf nicht, und er begegnete auch ihrem Blick nicht.

Sie starrte ihren Vater ungläubig an und sprang auf.

»Ist das dann alles?«, fragte sie mit zitternder Stimme.

Er nickte.

Sobald sie gegangen war, zog der Duke die Liste mit den Verdächtigen zu sich heran, tauchte seine Feder in Tinte und begann zu schreiben.

Catherine

Hatte ein Motiv

Ihr Alibi ist Lord Raikes

War zum Zeitpunkt des Mordes nicht in ihrem Zimmer.

»Sie vertrauen Emma, aber nicht Ihrer Tochter?«, fragte Nutters verdutzt.

»Emma musste die Gesellschaft meiner Schwester immer nur kurzzeitig ertragen, wenn sie hier zu Besuch war. Für sie war sie eine verhasste Frau, aber sie hat ihr Leben nicht beeinflusst, während Catherine mit ihr zusammengelebt hat und durch ihren Tod mehr gewinnen konnte. Sie wusste, dass ich meine Schwester niemals gehen lassen würde. Sie war schließlich Teil der Familie.«

Nutters läutete die Glocke und ließ die Duchess kommen, ohne noch etwas dazu zu sagen.

Die Duchess trat gelassen ein und machte es sich auf dem Stuhl bequem.

»Möchtest du etwas Tee?«, fragte der Duke, um Zeit zu gewinnen.

»Ich sollte dich fragen, ob du etwas Tee möchtest. Schließlich ist das meine Aufgabe«, sagte sie amüsiert.

Nutters vermerkte die Duchess in Gedanken als unsensibel.

Der Duke seinerseits ignorierte ihre scherzende

Stimmung und fragte stattdessen kühl: »Hast du gestern Nacht dein Zimmer verlassen?«

»Zu welcher Uhrzeit?«, fragte sie immer noch lächelnd.

»Nach Mitternacht.«

»Ja, das habe ich. Ich spaziere nachts oft durchs Haus, wie du weißt. Die letzte Nacht war besonders bedeutsam, weil ich eine seltsame Vision eines Mannes gesehen habe, der den Korridor entlangging. Ich bin ihm in der Hoffnung gefolgt, mit ihm sprechen zu können. Er hat nicht wie mein Vater ausgesehen, deshalb denke ich, es war einer von deinen Ahnen, der uns besucht hat. Die Geister wissen, wann eine Tragödie eine Familie heimsucht. Sie müssen gekommen sein, um Esther zu helfen.«

Nutters verschluckte sich an seinem Tee. Er sah den Duke alarmiert an, der ihn jedoch nicht beachtete.

»Wie hat dieser Mann ausgesehen?«

»Er war groß und blond. Ich habe ihn nur von hinten gesehen, bevor er in der Dunkelheit verschwunden ist.«

»Verstehe. Hattest du irgendeinen Grund, Esther nicht zu mögen?«

»Ja, ich habe sie nie gemocht. Sie war neugierig und kontrollsüchtig. Sie dachte immer, sie wäre etwas Besseres als ich, weil ich nicht aus einer aristokratischen Familie komme. Sie hat sich nie damit abgefunden, dass du jemanden unter deinem Rang geheiratet hast. Sie hätte es vorgezogen, wenn du mich als Mätresse behalten hättest.«

Nutters gab erneut ein ersticktes Geräusch von sich.

»Sind Sie dabei, den Geist aufzugeben? Ist der Tee vergiftet?«, fragte sie sanft mit Blick auf Nutters.

»Der Tee ist in Ordnung«, fauchte der Duke.

»Also, wie ist sie gestorben?«, fragte die Duchess gähnend.

»Sie wurde erstochen«, sagte er knapp und fragte dann: »Hast du es getan?«

»Ich würde nicht fragen, wie sie gestorben ist, wenn ich es getan hätte, oder? Was für ein Messer war es?«

»Ein Schlachtermesser.«

»Oh, die Geister wussten es«, sagte die Duchess triumphierend.

»Was meinen Sie damit?«, fragte Nutters und richtete sich ein bisschen mehr auf.

»Nun, ich denke, diese blonde Erscheinung hat mir ein Zeichen gegeben. Ich habe ganz bestimmt irgendeine Art von Klinge in ihrer Hand gesehen. Der Lichtschein der Kerze, die ich hielt, ist von ihrer Oberfläche reflektiert worden. Ich dachte, es handelte sich um ein Schwert und einen Mann aus dem Mittelalter. Aber jetzt verstehe ich, dass es eine Warnung war vor dem, was noch bevorstand. Ich habe euch gesagt, dass Gefahr droht, aber niemand hat mir geglaubt.«

Nutters wirkte angesichts dieser Neuigkeiten sichtlich aufgeregt.

»Hast du noch etwas hinzuzufügen, irgendetwas, das du mir sagen möchtest?«, fragte der Duke, ohne auf Nutters einzugehen.

»Nein.«

»Du kannst gehen.«

Die Duchess schwebte aus dem Raum. Sie trug immer noch ihren weißen Morgenmantel über ihrem Nachthemd. Vermutlich wollte sie in ihr Bett zurückkehren.

»Sie hat den Mörder gesehen!«, rief Nutters, kaum dass sich die Tür hinter ihr geschlossen hatte.

»Das könnte sein«, sagte der Duke nachdenklich.

»Ein großer, blonder Mann ... das passt nur zu einer Person, und das ist der Earl.«

»Sie irren sich. Es passt auch zu der nächsten Person, mit der wir sprechen werden, nämlich dem Untergärtner Joe«, berichtigte der Duke ihn.

»Er ist unser Mann!«

»Sprechen wir zuerst mit ihm und entscheiden wir uns dann. Werfen Sie Ihre Liste nicht jetzt schon ins Feuer, Nutters.«

Ein gutaussehender junger Mann betrat das Zimmer. Seine Kleidung war billig, seine Schuhe verdreckt. Auf seinem blassen Gesicht lagen dunkle Schatten. Er war nervös, verlagerte immer wieder das Gewicht von einem Fuß auf den anderen, hielt dabei seinen Hut fest umklammert.

Der Duke deutete auf den Stuhl, und zögernd folgte er der Aufforderung. Er setzte sich.

»Dies ist Mr Nutters. Er wird während des ganzen Gesprächs hier anwesend sein. Du kannst vor ihm frei sprechen.«

Kapitel 28

»Em, was glaubst du, wer hat es getan?«, fragte der Earl.

Die beiden Paare hatten sich im leeren Musikzimmer getroffen, um über all das zu sprechen, was an diesem Tag vorgefallen war.

»Ich bin mir nicht sicher, aber vielleicht … Prudence? Sie hatte am meisten zu verlieren«, antwortete Emma.

»Ich denke, jeder ist fähig, einen Mord zu begehen, wenn er in die Enge getrieben wird«, entgegnete Lord Raikes.

»Sogar der Duke«, sagte der Earl und sah Catherine aus dem Augenwinkel an. Als sie nicht antwortete, fuhr er fort: »Emma hat gehört, wie er Lady Babbage gedroht hat. Seit wir die Briefe an Nutters gelesen haben, wissen wir auch, dass er in bestimmten Schwierigkeiten steckt. In einem der Briefe hat er sogar geschrieben, dass er nicht mehr sicher ist, zu welchen Handlungen er möglicherweise greifen wird, da die Situation so schlimm geworden ist.«

»Was ist mit Mr Barker?«, wandte Lord Raikes ein, der einen Blick auf das angespannte Gesicht seiner Verlobten erhaschte.

»Er hatte Angst vor einer Maus. Ich bezweifle, dass er irgendwen umbringen könnte«, meinte Emma spöttisch.

Lord Raikes beugte sich vor. »Mr Barker steckt in finanziellen Schwierigkeiten, und wie können wir sicher sein, dass Lady Babbage nicht ihm gegenüber ebenfalls etwas in der Hand hatte? Er war verzweifelt und versuchte, mich zu irgendeiner großartigen Spekulation zu überreden. Er war gezwungen, einen Bekannten um Geld zu bitten.

Und er könnte von der Situation von Prudence gewusst haben. Er wollte vielleicht nicht, dass der Name seiner Tochter ruiniert wird. Er mag sich aus ihr nichts machen, aber er macht sich etwas aus seinem Ruf.« Er runzelte nachdenklich die Stirn. »Das Gleiche gilt auch für Mrs Barker. Es ist wahrscheinlicher, dass sie den Zustand von Prudence irgendwann mitbekommen hat.«

»Ich kann mir bei Mrs Barker vorstellen, dass sie ein Messer schwingt, aber nicht bei ihrer Tochter oder sogar ihrem Ehemann«, meinte Catherine. »Habt ihr diesen Mann bemerkt … nicht Nutters, sondern den anderen? Ich glaube, er war der Untergärtner. Ich frage mich, wieso er eingeladen wurde?«

Der Earl machte sich daran, Catherine ins Bild zu setzen. Sie hatte von den Versuchen ihrer Tante, den Earl zu erpressen, nichts mitbekommen, und auch nichts von dem, was Lady Babbage über ihre Verbindung mit Joe enthüllt hatte. Die Ereignisse dieses Tages hatten dazu geführt, dass es allen entfallen war.

Sie hörte ihm schweigend zu.

Schließlich sagte sie: »Joe muss es getan haben. Wieso sonst hätte der Duke ihn heute Morgen dazugeholt, als er uns alle zusammengerufen hat. Er muss einen Verdacht hegen. Joe war der einzige andere Fremde, abgesehen von dem Londoner Ermittler.«

»Da könnte was dran sein … ich frage mich, was ist mit unserem alten Knaben Pickering? Er ist ebenfalls im Haus gewesen«, sagte der Earl aufgeregt.

Emma lächelte. »Nur, weil er dich letzte Nacht beschattet und dem Duke etwas weitergegeben hat, heißt das nicht, dass er der Schuldige ist. Du hast ihm nicht vergeben, weil er dein Geheimnis aufgespürt hat. Aber ich bezweifle, dass er es getan hat. Lady Babbage legte viel Wert auf ihren hohen Rang. Sie hat niemals irgendwen von den Bediensteten anerkannt. Dich, Richard, hat sie nur wahrgenommen, weil ich ein Interesse an dem Obergärtner gezeigt habe.«

Lord Raikes nickte gedankenvoll. »Dem stimme ich zu. Wir können Pickering nicht ernsthaft in Betracht ziehen. Der Mann hat die ganze Nacht damit verbracht, euch beide zu verfolgen. Er hat eine akkurate Schilderung dessen vorgelegt, was ihr getan habt.

Ich bezweifle, dass er euch beiden ein Alibi gegeben hätte, wenn er selbst das Verbrechen begangen hätte. Er hätte so viele Verdächtige wie möglich begrüßt. Er hätte sich auch wegschleichen können, als du in Emmas Zimmer gegangen bist, um dort die Nacht zu verbringen, aber er wusste nicht, ob du den Raum wieder verlassen würdest. Abgesehen davon habe ich ebenfalls bemerkt, dass Lady Babbage sich gegenüber jenen von niederem Status gleichgültig verhalten hat.«

»Da bin ich anderer Meinung«, sagte Catherine zu Lord Raikes. »Ich gebe zu, dass ich niemals gesehen habe, wie sie die Bediensteten schlecht behandelt hat. Sie hat sie eher ignoriert. Aber wie lässt sich dann erklären, dass sie Joe erpresst hat? Er war schließlich der Untergärtner.«

Daraufhin schwiegen alle.

Der Earl hoffte inbrünstig, dass es Pickering war. Er wollte glauben, dass er es war, aber etwas nagte in seinem Hinterkopf. Er hatte eine wesentliche Tatsache übersehen. Er schob seine Antipathie gegenüber dem Butler beiseite und betrachtete seine Gedanken unvoreingenommen.

Er sprach langsam. »Erinnerst du dich, Em, wie ich dir gesagt habe, dass Joe kürzlich Geld verloren hatte und die Umstände ihn dazu gebracht haben, Gärtner zu werden? Ich habe mit ihm gearbeitet, wenn auch nicht viel, da der Duke vierzig andere Untergärtner beschäftigt.

Er ist mir aufgefallen, als ich bemerkt habe, dass er sogar noch weniger über Gartenarbeit weiß als ich. Mir tat der Kerl leid, und ich habe ihm ein bisschen geholfen. Damals habe ich dir gesagt, dass ich nicht glauben würde, dass er schon immer ein Bediensteter war. Was, wenn Lady Babbage der Grund dafür war, dass er all seinen Reichtum verloren hat? Vielleicht ist er nach Arden gekommen, um sie zu bitten, ihn freizugeben. Sie hat seine Anwesenheit vielleicht für ihre ruchlosen Pläne als bequem empfunden.«

»Klingt mehr und mehr so, als wäre er unser Mann«, sagte Lord Raikes. »Er ist so weit runtergekommen, dass er Lumpen trägt und um sein Überleben kämpft. Er ist der stärkste Kandidat, zusammen mit Prudence. Das nimmt Pickering aus dem Spiel.«

Alle nickten zustimmend.

Emma betrachtete die verdrießlichen Gesichter um sich herum und sagte: »Vergessen wir einen Moment diese schreckliche Diskussion. Es könnte jeder sein. Niemand mochte Lady Babbage, und alle hatten einen Grund, ihr zu schaden. Stattdessen möchte ich meine Cousine fragen, ob ich ihr Glück wünschen darf. Ich sehe, dass ihr beiden nicht mehr miteinander streitet. Im Gegenteil, ich glaube, er hat unter dem Kissen deine Hand genommen. Ich habe gesehen, wie du sie diskret weggezogen hast.«

Catherine errötete und nickte.

Emma sprang auf und umarmte sie.

Die nächsten Augenblicke verbrachten sie fröhlich, verbannten die Schrecken dieses Tages aus ihren Gedanken, ohne sie ganz zu vergessen.

Nach dem Abendessen begaben sich alle mit mürrischen und düsteren Mienen in den Salon. Röcke bauschten sich auf, als die Frauen sich beeilten, die bequemsten Plätze zu ergattern. Die Männer fügten sich höflich und gaben sich mit kalten Stühlen und harten Rückenlehnen zufrieden. Etwas verriet ihnen, dass es eine lange, lange Nacht werden würde.

Der Duke trat als Letzter ein. Er wartete darauf, dass es still wurde und niemand mehr hüstelte, sich schnäuzte oder vor Nervosität vor sich hin murmelte. Als nur noch das Geräusch des knisternden Feuers zu hören war, begann er zu sprechen. »Ich weiß, dass ihr alle viele Fragen habt. Unbequeme Fragen.« Er fuhr sich mit einer Hand durchs Gesicht. Die Schatten unter seinen Augen hoben sich von seiner blassen Haut ab. »Um die offensichtlichste zu beantworten, ich weiß nicht, wer das Verbrechen begangen hat … noch nicht. Allerdings untersucht Mr Nutters in diesem Moment verschiedene Fakten. Wir werden morgen ein klareres Bild haben. Die Leiche meiner Schwester befindet sich beim Arzt der Familie, bis die Beerdigung vorbereitet werden kann.«

»Wann können wir nach Hause zurückkehren?«, fragte Mrs Barker.

»Sie können gehen, wenn die Untersuchungen abgeschlossen sind. Nun, ich weiß, dass einige von euch sich fragen, wo die Sachen sind, die Lady Babbage sich von euch geliehen hat … Sie werden ihren Eigentümern zurückgegeben werden. Catherine wird mir helfen müssen, alles zu identifizieren, was nicht meiner Schwester gehört hat.«

Mrs Barker wirkte sichtlich zufrieden mit dieser Nachricht. Sie brachte sogar ein Lächeln zustande.

Der Duke ging zum Kamin und wärmte sich die Hände. Mit dem Rücken zu den anderen sagte er: »Ich bin überrascht über euch. Niemand von euch hat es gewagt, mich zu fragen, ob ich meine Schwester getötet habe.«

Ein paar schnappten hörbar nach Luft.

Der Earl und Emma wechselten schuldbewusste Blicke.

»Wäre ich der Mörder, wäre das sehr günstig für mich. Ich würde den Fall untersuchen, und warum sollte ich mich dabei selbst anklagen? Sie hat einige von euch erpresst, also wäre es nur nachvollziehbar, wenn sie das Gleiche auch bei mir getan hätte. Schließlich kannte sie mich weit länger und wusste auch um alle meine Geheimnisse.«

Er wandte sich wieder um und sah die anderen an. »Allerdings bin ich nicht bereit, ein Verbrechen zuzugeben, das ich nicht begangen habe. Und was die Erpessung betrifft, hat sie so etwas bei mir nie gewagt. Schließlich war ich der einzige Mensch auf der Welt, der für sie sorgen konnte. Sie manipulierte, aber sie war auch klug. Ich bin der Duke. Wenn sie es auf irgendeine Weise geschafft hätte, mich zu ruinieren, wären ihr all ihre Annehmlichkeiten abhanden gekommen. Ich war der Grund, weshalb sie von der Gesellschaft respektiert wurde, sie Zugang zu vielen ihrer wohlhabenden Opfer besaß und über die Macht verfügte, sie einschüchtern zu können.« Er machte eine Pause, damit alle das verarbeiten konnten. »Wenn Sie mir gestatten, möchte ich jetzt gerne etwas über Lady Esther Babbage erzählen.«

Alle spitzten die Ohren und scharrten unruhig mit den Füßen, aber niemand wagte es, aufzustehen und wegzugehen.

Der Duke lehnte sich sich in dem großen, moosgrünen Ledersessel zurück, trank einen ordentlichen Schluck Whisky und begann, mit tiefer, bewegter Stimme zu erzählen. »Meine Schwester, Lady Esther Babbage, war wunderschön, leichtfertig ... glücklich ... Das alles änderte sich, als sie beschloss, mit dem Sohn des Vikars durchzubrennen.

Der Mann, den sie heiratete, David Babbage, war ein widerlicher Mensch. Gierig, ungehobelt und gewalttätig. Es war klar, dass er sie nur wegen ihrer Mitgift geheiratet hatte. In der Hoffnung, dass Esther ihn verlassen würde, beschloss mein Vater, sie mit einer Summe auszustatten, die weit geringer war als das, was David erwartet hatte.«

»Hat sie das getan?«, fragte Mr Barker grübelnd. Er schenkte sich ebenfalls etwas Whisky ein und kippte die Hälfte in einem einzigen Zug hinunter.

Der Duke schüttelte den Kopf. »David wusste, dass unser Vater am Ende eher nachgeben würde, als dass er seine geliebte Tochter leiden sah. Esther war erst achtzehn. Jung, leicht zu beeindrucken ... und dumm. Es gelang ihm, ihren Geist so zu vergiften, dass sie glaubte, ihre Freunde und ihre Familie wären gegen sie.

Er isolierte sie, bis sie von ganzem Herzen glaubte, niemand außer ihm würde sie lieben. Er hatte vor, mit ihr an seiner Seite geduldig auf den Tag zu warten, an dem unser

Vater weich werden und ihr geben würde, was ihr zustand. Aber ein Mann kann seine wahre Natur nicht lange verbergen. Er verspielte die ganze dürftige Summe, die Esther mitgebracht hatte. Unser Vater wurde damals krank und wusste nicht, dass ihr finanzieller Zustand sich rapide verschlechterte.«

»Du hättest ihr helfen können«, sagte Catherine.

Der Duke schüttelte den Kopf. »Er war der Duke, das Oberhaupt der Familie. Wie hätte ich seinem Willen zuwider handeln können? Wir glaubten, dass sie uns schreiben würde, wenn die Situation für sie unerträglich werden würde. Aber so war es nicht. Der Stolz hielt sie davon ab. Sie weigerte sich, vor einer Familie auf dem Boden zu kriechen, von der sie glaubte, dass sie sie im Stich gelassen hatte.

Die Jahre vergingen, und David wurde in seinen Forderungen nach Geld immer rabiater. Er versuchte, Esther zu zwingen, zu unserem Vater zu gehen, ihn anzubetteln und ihre tragische Situation vorzutragen … Sie hätte David damals verlassen können. Schließlich hatte sie längst begonnen, ihren Ehemann leidenschaftlich zu hassen. Der einzige Grund, weshalb sie bei ihm blieb, war ihr Sohn.«

»Ihr Sohn?«, riefen Catherine und Emma fast gleichzeitig.

»Aber sie hat nie von irgendwelchen Kindern gesprochen«, fügte Catherine stirnrunzelnd hinzu.

Der Duke wartete, bis die aufgeregten Stimmen wieder verstummten. »Ihr Mann starb eines Nachts bei einer sinnlosen Rauferei. Ihr Sohn war inzwischen erwachsen. Unglücklicherweise erwies er sich als nicht besser als sein Vater. Er mochte seine Mutter nicht und stellte ähnliche Forderungen wie sein Vater.

Allerdings liebte sie ihren Sohn auf eine Weise, wie sie ihren Mann niemals geliebt hatte. Dennoch hatte der Stolz sie immer noch im Griff. Auch noch so viel Drohen und Bitten brachten seine Mutter nicht dazu, nach Arden zurückzukehren. Und so lief der Junge schließlich nach London davon, und sie verlor seine Spur. In der Zwischenzeit war mein Vater gestorben und ich an seine Stelle getreten. Meine erste Aufgabe als Duke bestand darin, meine Schwester zu finden und dazu zu bringen, mit mir zurückzukehren.«

»Was hat sie veranlasst, mit Ihnen zurückzukehren?«, fragte Mr Barker. Seine Stimmung schien sich verbessert zu haben. Seine Wangen leuchteten in einem hübschen Pink. »Sie haben ihr den Stolz aus dem Leib geprügelt, was?«

Catherine schnappte entsetzt nach Luft, Emma kicherte und Mrs Barker beugte sich nach vorn und nahm ihrem Mann das Whiskyglas aus der Hand.

Der Duke ignorierte die Unterbrechung und sprach einfach weiter. »Meine Frau war gerade gestorben, und ich hatte eine kleine Tochter. Ich bat Esther, zu uns zu kommen und sich um mein Kind zu kümmern. Es besänftigte Esthers Stolz, als sie begriff, dass sie keine Almosen erhielt. Sie hatte Kinder immer gemocht und fand sofort Gefallen an Catherine.«

»Warum? Ich dachte, Sie wären ein intelligenter Mann?«, rief Mr Barker quer durch den Raum. »Wie konnten Sie zulassen, dass Ihr Kind von dieser schändlichen Person aufgezogen wird? Dieser unverschämten, schimmelpilzigen ...«

»Still, sie ist tot.« Mrs Barker schlug ihm auf den Kopf.

Der Duke lächelte trocken. »Ich habe gesehen, was ich sehen wollte. Ich habe darin versagt, die Veränderungen bei meiner Schwester wahrzunehmen. Ich habe darin versagt, zu begreifen, welche tiefe Grausamkeit sie möglicherweise erlitten hatte. Ihre Erfahrungen hatten sie hart gemacht, hatten sie scharfsinniger gemacht, schärfer als ein gut geschliffenes Messer. Das Einzige, was ich von ihr verlangte, war, dass sie meine Tochter gerecht behandelte. Sie erfüllte ihren Teil des Handels vernünftig, bis ihr Sohn wieder in ihr Leben trat.«

»Er ist noch am Leben? Aber wir haben ihn nie gesehen«, rief Catherine schockiert.

»Ihr alle habt ihn gesehen. Lasst mich weiterreden.«

Catherine nickte.

Der Duke starrte ins Feuer und sah zu, wie ein Scheit in der Hitze zerbrach. »Ihr Sohn hatte beträchtliche Schulden und war auf der Flucht vor dem Gesetz. Er hatte herausgefunden, dass seine Mutter wieder in einer angenehmen Position war und beschloss, sie um Geld zu bitten. Er schickte ihr eine Nachricht, und sie bat mich, ihrem Sohn zu helfen. Ich gab ihr das Geld, aber einen Monat später tauchte er hier auf und verlangte noch mehr.

Ich kannte diese Sorte. Ich habe meiner Schwester gedroht, dass ich ihr nur noch dieses eine Mal helfen würde, weil der Junge sonst niemals lernen würde, auf eigenen Füßen zu stehen. Ich hatte etwas über seine gewissenlose Vergangenheit herausgefunden, habe meine Schwester gewarnt und ihr angeboten, ehrliche Arbeit für ihn zu finden. Er weigerte sich jedoch, wir stritten miteinander, und schließlich warf ich ihn raus. Er war hier nicht länger willkommen.«

Das Feuer knisterte, und ein Scheit verrutschte in der Glut.

Der Duke benetzte die Lippen und sprach weiter. »Sie hatte ihn vermisst, als er sie verlassen hatte. Aus Angst, ihn wieder zu verlieren, hat sie sich heimlich weiter mit ihm getroffen. Ich wusste von diesen Treffen, habe aber entschieden, sie nicht zu beachten. Sie gab ihm ihre Juwelen und alles Geld, das sie hatte.

Er kam immer wieder, und Esther musste andere Möglichkeiten finden, wie sie ihm Geld geben konnte. Sie stieß zufällig auf ein Geheimnis und fand so eine perfekte Quelle, wie sie durch Erpressung zu Geld kommen konnte. Vor einem Monat kehrte der Junge zurück, und Esther blieb nichts anderes übrig, als mich auszurauben, um ihren Sohn zu bezahlen. Sie war bereit, alles zu tun, um ihn in ihrem Leben zu behalten.«

Der Duke machte eine Pause, und plötzlich schien die Stille ohrenbetäubend. Er ließ sie eine Weile andauern. So konnte der Nachhall dessen, was er gesagt hatte, auf seine Zuhörer noch besser einwirken.

Das Ticken der Standuhr und das Knistern und Spucken der Flammen im Kamin waren die einzigen Geräusche in dieser Stille.

Niemand wagte es, sie zu unterbrechen, und schließlich

sprach der Duke wieder. »Ich gebe zu, dass ich nicht wusste oder mir nicht einmal vorstellen konnte, dass sie zu solchen Mitteln greifen würde. Ich wusste, dass sie meine Tochter aufrichtig liebte, und ich fühlte mich schuldig, weil ich sie von ihrem Sohn fernhielt. Wegen dieser Schuld gestattete ich ihr, das Leben meiner Tochter zu diktieren und gelegentlich meinen Wünschen zuwider zu handeln, was die Erziehung betraf. Ich wollte ihr ein Kind als Wiedergutmachung dafür geben, dass ich ihr eins weggenommen hatte.

Ich ließ zu, dass sie mein einziges Kind isolierte, so wie ihr Ehemann es bei ihr getan hatte. Ich denke, da sie so lange schikaniert worden war, hatte sie das Bedürfnis, die Kontrolle über andere zu erlangen und sie von sich abhängig zu machen. Sie wurde tyrannisch, und ich habe darin versagt, es zu erkennen. Sie hat uns alle mit Emotionen wie Schuldgefühlen, Eifersucht und Liebe dazu gezwungen, das zu tun, was sie wollte.

Die Verantwortung für das meiste davon trage ich. Ich hätte den Jungen an die Kandare nehmen sollen, statt ihn davonzujagen. Sie kannte mich am besten – auch meine Schwächen –, und daher war ich leicht zu manipulieren. Sie musste mich nicht erpressen, um mich dazu zu bringen, das zu tun, was sie wollte. Ich habe letztlich das Glück meiner Tochter aufs Spiel gesetzt.«

Catherine stand auf und trat zu ihrem Vater. Sie nahm ihm das Glas weg und umarmte ihn.

Er verbarg sein Gesicht an ihrer Schulter. Seine Augen wurden feucht.

»Bis auf die letzten drei Jahre war ich glücklich«, sagte sie sanft. »Es tut mir leid, dass ich wütend war. Es war nicht dein Fehler. Wenn überhaupt, war es ihrer. Für ihre Methoden kann es keinen vernünftigen Grund geben. Alle Menschen leiden, aber nicht jeder entscheidet sich, einen so bösartigen Weg einzuschlagen.«

Der Duke hatte das Gefühl, als wäre ihm ein großes Gewicht von den Schultern genommen worden. Er schob sie weg und sah ihr ins Gesicht. »Du bist weise geworden, Kind.«

Sie küsste ihn auf den Kopf und antwortete:

»Ich hatte in dir den besten Lehrer.«

Kapitel 29

Nach einer schlaflosen Nacht erwachte der Haushalt mit einem Gefühl der Angst. An diesem Tag würde der Duke den Mörder enthüllen.

Alle teilten sich in kleine Gruppen auf und zogen sich in verschiedene Ecken zurück, wo sie den Vormittag verbrachten. Die Barkers kauerten zusammen im Frühstücksraum. Emma und der Earl waren für einen Spaziergang in den Garten gegangen. Der Duke hatte sich mit Nutters in sein Arbeitszimmer zurückgezogen, während Lady Arden noch im Bett lag.

»Hast du deinem Vater wirklich vergeben?«, fragte Lord Raikes Catherine.

Catherines Blick wanderte durch die Bibliothek. Nachdem sie sich vergewissert hatte, dass sie allein waren, antwortete sie: »Es ging mir schlecht, als ich meine Tante als Anstandsdame hatte. Aber in all den Jahren war ich überzeugt, dass mein Vater das tat, von dem er glaubte, dass es am besten für mich wäre. Ich habe geglaubt, dass ich im Laufe der Jahre seine Gedankengänge verstehen würde. Ich ... ich empfinde Mitgefühl mit seiner Situation. Es ist schwer, ihn so verletzbar zu sehen.« Sie fügte kraftvoller hinzu: »Aber ich bin auch wütend, denn wie konnte er einen solchen Fehler begehen? Ich dachte, er wäre perfekt und könnte nichts Falsches tun.«

»Ich glaube, er ist ein besserer Mann als die meisten von uns. Es ist nicht leicht, eigene Fehler einzugestehen, und für einen so stolzen Mann ist es sogar noch schwerer. Ich glaube, er hat es für dich getan«, sagte Lord Raikes sanft.

»Ich weiß, dass er es für mich getan hat. Ich erkenne das wirklich an, aber Worte können alte Wunden nicht heilen, nur die Zeit kann das.«

»Lass nicht zu, dass Hass daraus wird. Er möchte nur, was für dich am besten ist«, warnte er sie.

»Er denkt, ich habe vielleicht meine Tante ermordet. Das kann ich ihm nicht so leicht vergeben. Ich hoffe, der Mörder wird bald geschnappt. Die Situation führt dazu, dass ich jeden verdächtige. Ich kann nicht verhindern, dass ich mich im Zimmer umsehe und mich frage, wer sie umgebracht hat. Ich kann niemanden davon freisprechen, nicht einmal Emma. Ich hatte sogar meinen Vater in Verdacht. Ich weiß, dass das heuchlerisch ist. Er hat jedes Recht, mich zu verdächtigen, wenn ich genauso fühle. Mein Kopf sagt mir, dass nichts Falsches daran ist, es zu tun, aber mein Herz rebelliert bei der Vorstellung.«

»Denkst du, ich habe es getan?«; fragte Lord Raikas und sah ihr forschend ins Gesicht.

Sie sah zu ihm auf, ohne zu antworten.

Er seufzte. Er konnte kaum erwarten, dass er als Mörder nicht mehr in Frage kam, wenn sie sogar den Duke verdächtigte. Dies war ein neues Durcheinander, das ihre Romanze behinderte. Auch er konnte es nicht abwarten, dass der Mörder gefasst wurde.

Seine wunderschöne Verlobte würde sich kaum in einen Mann verlieben, den sie verdächtigte, ein Mörder zu sein.

∞∞∞

An diesem Abend bat der Duke sie, sich wieder in der Bibliothek zu versammeln. Nutters war anwesend, bewaffnet mit Feder und Papier.

»Guten Abend. Neues Beweismaterial ist ans Licht gekommen, und ich möchte es mit euch teilen«, verkündete der

Duke.

Alle im Raum sahen ihn angespannt an.

»Ich habe nicht den Luxus, irgendwen außer Acht lassen zu können, nicht einmal meine Familienmitglieder. Es hat seine Vorteile, Duke zu sein, und doch wünschte ich in Zeiten wie diesen, ich würde den Titel nicht besitzen. Ich bin hin und her gerissen zwischen der Verantwortung meiner Familie gegenüber und meinen Pflichten. Bitte vergebt mir für das, was jetzt folgt. Ich bin außerdem daran gebunden, den Tod meiner Schwester zu rächen, und deshalb werde ich zu euch als Duke sprechen und nicht als Freund, Ehemann, Onkel oder Vater.« Er sah sich im Raum um; sein Blick war schicksalsergeben.

Nicht ein einziger Laut des Protests war zu hören. Der Duke bat sie nicht um etwas, sondern er informierte sie nur.

Nach einem Moment sprach er weiter. »Ich glaube, es ist nur fair gegenüber allen Anwesenden, dass ich mit meiner Tochter beginne. Catherine hat die meiste Zeit mit meiner Schwester verbracht, die – wie wir alle wissen – ein schwieriger Mensch war. Ihretwegen war meine Tochter in ihrem eigenen Haus eine Gefangene. Sie war ihren Freunden und ihrer Familie entfremdet worden. Sie hat ihre Tante schließlich leidenschaftlich gehasst.«

Er hob eine Hand, um Lord Raikes, der sich bereits erhoben hatte, daran zu hindern zu sprechen. »Ich weiß, was Sie mir sagen wollen, dass sie sie auch geliebt hat wie niemand sonst in diesem Raum. Lord Raikes, die meisten Menschen lassen sich zu Mord herab, weil sie intensive Emotionen haben. Es ist leichter für die Liebe, sich in Hass zu verwandeln, als in bloßes Nicht-Mögen. Sie liebte die Erinnerung an ihre Tante, wie sie während ihrer Kindheit gewesen war, als sie ihr erlaubt hat, nach Belieben in die Bibliothek zu entkommen, sie trotz ihrer Schüchternheit ermutigt hat, und ihr die Tränen getrocknet hat.

Als Catherine älter wurde, begriff sie allmählich, welche negativen Aspekte die Haltung ihrer Tante mit sich brachte. Wie sie ihr Leben und ihre Persönlichkeit beeinflusste. Catherine ist intelligent, und ihr ist allmählich klar geworden, dass sie niemals hoffen konnte, als Person zu wachsen, wenn ihre Tante ihre Wächterin war.

Sie musste sich von diesem Einfluss befreien und endlich atmen. Sie war am Ersticken. Es war klar, dass ich meine Schwester niemals gehen lassen würde. Wie konnte man von mir erwarten, dass ich mich zwischen einer Tochter und einer Schwester entscheide? Sie hatte also einen Grund, sie zu töten. Da sie den Haushalt leitet, ist es für sie kein Problem, ein Schlachtermesser zu besorgen. Und als Letztes – sie hat kein Alibi, und ihr Zimmer liegt dem meiner Schwester am nächsten.«

Catherine war weiß geworden. Lord Raikes hielt ihre Hand und starrte den Duke finster an. »Wie können Sie ihre Tochter derart anklagen?«

»Ich zähle lediglich die Fakten auf«, antwortete der Duke leidenschaftslos.

»Wollen Sie damit sagen, dass Ihre Tochter die Mörderin ist?«, fragte Mr Barker.

»Nein, ich bestätige damit nicht, wer der Mörder ist … noch nicht. Ich erzähle euch nur, dass sie die Mittel und das Motiv gehabt hat. Und jetzt komme ich zu Ihnen, Lord Raikes«, sagte er und wandte sein Gesicht dem wütenden Mann zu. »Sie haben sich in meine Tochter verliebt.«

Ein paar Anwesende schnappten nach Luft.

Catherine warf rasch einen Blick zu Lord Raikes und stellte überrascht fest, dass er es nicht leugnete.

Der Duke ignorierte das Gemurmel. Stattdessen sah er weiter Lord Raikes an, während er sagte: »Nun, wieso hätten Sie einen Grund gehabt, meine Schwester zu töten? Sie hatten die Mittel und kein Alibi. Sie haben selbst zugegeben, dass Sie zum Zeitpunkt des Mordes wach gewesen sind, aber was könnte Ihr Motiv sein? Ich glaube, Sie hatten Angst, dass Lady Babbage Catherine niemals gehen lassen würde. Sie haben begriffen, wie besitzergreifend sie war.«

»Es tut mir leid, wenn ich Ihre Theorie mittendrin ruinieren muss«, unterbrach Lord Raikes ihn. »Aber Lady

Babbage hat mich sogar ermutigt, meine Aufmerksamkeit auf Catherine zu richten und Emma zu vergessen.«

»Dafür haben wir nur Ihr Wort als Beweis, aber nehmen wir an, Sie sprechen die Wahrheit. Sie hat Sie in Ihren Bemühungen ermutigt, um Catherine zu werben. Nehmen wir also an, dass sie Ihnen beiden gestattet hätte zu heiraten.

Sagen Sie, Lord Raikes, glauben Sie, eine Heirat Catherines hätte etwas daran geändert, dass meine Schwester sie im Griff hatte? Sie hatte jahrelang Zeit, ihren Schützling zu bearbeiten. Sie hatte reichlich Zeit, aus ihr ein perfektes, gehorsames Mädchen zu formen, und Sie konnten sich nicht sicher sein, ob es möglich wäre, Catherine jemals aus den Klauen meiner Schwester zu befreien. Außerdem sind sie ein leidenschaftlicher Mann, und ich glaube, dass Ihre Liebe überwältigend ist. Sie ertragen es nicht, diejenige, die Sie lieben, mit jemand anderem zu teilen. Sie lieben sie genug, um zu wollen, dass sie zu der Person wird, die sie im Innersten ist. Sie könnte eine selbstbewusste und selbstsichere junge Frau werden, wenn ihre Tante erst verschwunden ist.«

»Das klingt ein bisschen unwahrscheinlich, Sir«, bemerkte der Earl.

»Es überrascht mich, dass Sie das sagen. Sie kennen ihn am besten und sind sich zweifellos seiner Vergangenheit bewusst. Er ist zehn Jahre lang nicht nach England zurückgekehrt, weil seine erste Liebe sich geweigert hat, sich für ihn zu entscheiden. Können Sie sich vorstellen, zu was ein Mann mit so tiefen Gefühlen fähig ist? Jetzt hat er sich erneut verliebt und beabsichtigt, dieses Mal seine Geliebte zu bekommen.

Er hat mir gestern nicht aus einem Sinn für Ehrlichkeit oder Glauben an meine Allwissenheit von seiner Indiskretion erzählt. Er sagte mir aufrichtig, was passiert war, weil er das Ergebnis kannte. Ich würde keine andere Wahl haben, als die beiden so schnell wie möglich miteinander zu verheiraten.«

Lord Raikes schwieg dazu, er bestätigte nichts und leugnete nichts.

Der Duke starrte seinen zukünftigen Schwiegersohn an

und lächelte. »Er wird nicht behaupten, dass er unschuldig ist, solange er nicht sicher ist, dass Catherine vor dem Galgen geschützt ist. Möchte jemand noch etwas Tee oder Wein?«

Niemand machte sich die Mühe zu antworten.

Der Duke zuckte mit den Schultern und füllte sein Glas nach; nachdem er einen Schluck getrunken hatte, sprach er weiter: »Sprechen wir als Nächstes über Emma. Es gibt zwei Menschen, die für das bürgen, was sie in dieser schicksalsträchtigen Nacht getan hat. Allerdings hat sie ein Motiv, und das ist ihre Sorge um ihre Cousine. Niemand weiß besser als Emma, welchen großen Einfluss Lady Babbage auf Catherine gehabt hat. Sie konnte sehen, wie der Geist ihrer Cousine langsam zerbrochen wurde.

Emma ist eine Kämpferin, und sie kämpft für jene, die sie liebt. Sie war die Einzige, die sich von meiner Schwester nicht wegschieben oder einschüchtern ließ. Sie ist in ihrer Liebe zu Catherine fest geblieben und jeden Sommer hergekommen, trotz all der Beschränkungen. Wie konnte sie Catherine jeden Tag leiden sehen und nichts dagegen unternehmen?«

»Und ihr Alibi?«, unterbrach Nutters ihn.

»Pickering könnte eingeschlafen sein. Der Earl und Emma könnten gemerkt haben, dass jemand ihnen folgte, und sich daran gemacht haben, meine Schwester zu töten, soabald die Luft rein war.«

Der Duke schwieg. Die anderen rührten sich, als erwachten sie aus einer Trance. Sie warteten ein paar Momente darauf, dass der Duke weitersprach, aber als er das nicht tat, machten sie sich daran, sich selbst Tee oder Wein einzuschenken.

Das zunächst leise Gemurmel wurde schon bald lauter, als sie alle über die Ausführungen des Dukes sprachen. Schließlich schlug die Uhr zehn, und sie fragten sich schon, ob an diesem Tag vielleicht gar nichts mehr geschehen würde.

Pickering betrat das Zimmer mit einem Tablett voller Erfrischungen und bereitete der Vorstellung ein Ende, dass die Sitzung vorüber war. Vielmehr stand ihnen eine lange Nacht bevor.

Niemand verspürte den Wunsch, etwas zu essen, und der Duke bedeutete Pickering schließlich, zu bleiben. »Es ist nicht angenehm, so schonungslos über Leute zu sprechen, die ich liebe. Ich bin so objektiv, wie es mir möglich ist. Es wäre nicht fair, wenn ich nur die Fremden oder die anwesenden Freunde analysieren würde, meine eigene Familie aber verschone. Es schmerzt mich so sehr wie euch. Mr Barker, möchten Sie eine Zigarre?«

Mr Barker zuckte bei dem plötzlichen Themenwechsel zusammen und schüttelte den Kopf.

Der Duke reichte die Zigarrenkiste an Lord Raikes weiter. »Gestatten Sie mir, über Ihre Tochter zu sprechen, Mr Barker.«

Mr Barker nickte besorgt.

»Meine Schwester hat Prudence erpresst. Wir wissen das, weil sich in den Briefen der Beweis findet. Ich werde nicht ins Detail gehen, warum sie erpresst wurde. Ich hoffe, dass alle, die über die Gründe Bescheid wissen, diese für sich behalten. Prudence hat ein starkes Motiv und niemanden, der für ihre Unschuld bürgt. Und jetzt strapaziere ich Ihre Duldsamkeit noch ein bisschen mehr, indem ich über Ihre Frau spreche.«

Alle sahen Mrs Barker an, die unruhig auf ihrem Stuhl herumrutschte. Mit scheinbarer Gelassenheit griff sie nach der Schüssel mit dem Holunderbeereis, die neben ihr auf dem Tisch stand, und tauchte einen Löffel hinein. Der Löffel in ihren Fingern zitterte jedoch und gelangte nie zu ihrem Mund.

Der Duke senkte den Blick, als er weitersprach. »Auch sie wurde erpresst. Sie hat mir die Gründe genannt, aber unglücklicherweise entsprachen sie nicht ganz der Wahrheit. Nachdem der Mord entdeckt worden war, ließ ich Pickering und einen Mann, den Nutters mir besorgt hatte, vor der Tür meiner Schwester Wache stehen.

Später am Tag wurden Mrs Barker und Mr Barker dabei gesehen, wie sie vor dem Zimmer herumschlichen. Sie hatten keinen Grund, sich in diesem Teil des Hauses aufzuhalten, da ihre Zimmer sich in der entgegengesetzten Richtung befinden.

Sie waren schon oft genug Gäste in meinem Haus, um sich auszukennen, also konnte ich ihnen ihre Entschuldigung, sie hätten sich verirrt, nicht abnehmen. Deshalb habe ich im Zimmer meiner Schwester sämtliche Papiere durchsucht und wurde schließlich fündig.

Mr Barker war in die Veruntreuung einer großen Geldsumme verwickelt. Das war der wahre Grund für die Erpressung. Ich vermutete, dass Mrs Barker gelogen hat, als sie sagte, dass sie Angst hätte, ihr Ehemann könnte etwas über ihre außerehelichen Affären herausfinden. Wie wir alle wissen, können ihm die Indiskretionen seiner Frau unmöglich verborgen geblieben sein. Schließlich hatte sie keinerlei Skrupel, direkt vor seinen Augen unerhört zu liebäugeln. Ich vermute, dass er sie sogar dazu ermutigt hat, um seine finanzielle Situation zu verbessern.«

Dieses Mal blieb Mr Barker stumm. Mrs Barker war Eis auf den Schoß gefallen, wo es auf ihrem Kleid dahinschmolz.

Der Duke klopfte mit einer unangezündeten Zigarre auf den Tisch. »Dann habe ich ein paar Experimente gemacht. Ich ließ Nutters in das Zimmer von Mrs Barker gehen, als sie gerade nicht anwesend war. Ich selbst bin in Mr Barkers Zimmer gegangen und habe die Verbindungstür geschlossen. Die Bediensteten hatten mir bereits versichert, dass die Tür zwischen den beiden Zimmern seit Jahren geschlossen blieb. Bedienstete wissen oft solche Dinge, und es wäre ein zu großer Zufall, wenn diese Tür ausgerechnet in der Mordnacht geöffnet worden wäre. Ich bat Nutters dann, die Tür zum Korridor zu öffnen und das Zimmer zu verlassen. Mr Barker hat angegeben, dass er gehört hatte, wie seine Frau mitten in der Nacht weggegangen war. Stellen Sie sich meine Überraschung vor, als ich herausfand, dass ich nicht das Geringste hören konnte. Ich habe dann einen jüngeren Diener gebeten, meinen Platz einzunehmen, um mich zu vergewissern, dass mein Gehör in Ordnung war. Auch er konnte nicht feststellen, wann Nutters das Zimmer verlassen hat.

Ich habe daraus geschlossen, dass die beiden geplant

hatten, meiner Schwester gemeinsam entgegenzutreten. Ich bin mir auch sicher, dass sie eine heftige Auseinandersetzung mit ihr hatten. Der Grund war die Brosche. Meine Schwester hatte den Korb nicht finden können, den Prudence zurücklassen wollte. Sie rechnete danmit, dass das Mädchen in dieser Nacht mit einer stichhaltigen Erklärung zu ihr kommen würde. Sie dachte nicht, dass Prudence es wagen könnte, ihre Anweisungen zu ignorieren und keinerlei Erklärung abzugeben.

Deshalb hatte sie die Brosche hervorgeholt und freute sich diebisch darauf, Prudence daran zu erinnern, wer die Zügel in der Hand hielt. Sie war eine grausame Frau. Stattdessen kamen jedoch Mr Barker und Mrs Barker in ihr Zimmer, um ihr ins Gewissen zu reden. Sie sahen die Brosche auf dem Bett liegen und begriffen, wen sie sonst noch erpresste. Sie stritten sich, und vielleicht haben sie sie in einem hitzigen Moment getötet.«

»Wir haben sie nicht getötet«, flüsterte Mrs Barker. »Es stimmt, wir haben heftig gestritten, denn ich habe die Vorstellung nicht ertragen, dass meine Tochter das gleiche Elend erleben muss wie ich. Es war herzlos, ein so junges Mädchen für die eigenen Ziele zu missbrauchen. Es war das erste Mal, dass ich davon erfuhr, und ich konnte meine Gefühle nicht mehr beherrschen. Ich war so wütend, dass ich sie hätte töten können, aber ich habe es nicht getan!«

Der Duke sah sie einfach nur ausdruckslos an und machte weiter, als wäre er nie unterbrochen worden. »Ich hatte gestern kurz den Sohn von Lady Babbage erwähnt. Ich möchte diese Angelegenheit noch näher ausführen und etwas mehr über ihn erzählen. Ich hatte erwähnt, dass alle hier ihn gesehen haben, ohne ihm begegnet zu sein. Sein Name ist Joseph Babbage, und er hat als Untergärtner auf diesem Anwesen gearbeitet. Bis vor ein paar Tagen wusste ich nichts davon, bis einer meiner Männer gehört hat, wie er mit meiner Schwester sprach. Er hatte vor, das Haus in der Mordnacht auszurauben. Deshalb beauftragte ich Pickering, den Eingang zu den Unterkünften der Bediensteten zu verschließen und im Haupthaus zu bleiben.«

»Hat er sie dann getötet?«, fragte der Earl.

Der Duke antwortete nicht sofort. »Mir wurde gesagt, dass ein blonder Mann mit einem Messer im Korridor gesehen wurde«, sagte er dann langsam. »Ich hatte angenommen, dass unser Mörder Joe war. Es wäre eine passende Lösung gewesen, die alle Familienmitglieder geschützt hätte, und ich wäre den Schurken losgeworden. Unglücklicherweise hat er mitbekommen, dass ich von dem geplanten Raub wusste.

Möglicherweise hat Lady Babbage meine Unterhaltung mit Pickering gehört und ihn gewarnt. Ich weiß es nicht genau, da er gleich nach dem Abendessen weggegangen ist und den Pub im Dorf aufgesucht hat. Er hat sich betrunken und ist am Tisch bewusstlos geworden. Der Besitzer des Pubs hat ihn auf die Straße geworfen, wo er bis zum Morgen gelegen hat. Ich habe ihm seine Geschichte erst nicht geglaubt, aber die Dorfbewohner haben sie bestätigt.«

»Wer ist dann der blonde Mann?«, fragte der Earl verwundert.

»Es gibt nur einen einzigen Mann in diesem Haus, der groß und blond ist, und das ... sind Sie, Lord Richard Hamilton.«

Kapitel 30

Der Earl wurde bleich, und Emma gab ein ersticktes Geräusch von sich.

»Lassen Sie mich weitersprechen. Ich weiß, dass Sie das Verbrechen nicht begangen haben, da Pickering Ihnen die ganze Nacht in der falschen Überzeugung gefolgt ist, Lady Babbage hätte Sie dazu gebracht, mich auszurauben.

Pickering hat Sie nie gemocht, was sich jetzt als Glück für Sie herausstellt, denn so haben Sie ein wasserdichtes Alibi von zwei Personen, denen ich vertraue. Ja, ich vertraue dir, Emma, weil ich dich kenne«, sagte der Duke und sah sie dabei an. »Ich glaube dir auch, weil deine Handlungen in dieser Nacht ansonsten keinen Sinn ergeben. Wieso solltet ihr beide nach einem Beweis dafür suchen, dass Lady Babbage eine Erpresserin ist, wenn ihr vorhattet, sie umzubringen? Was hätte es für einen Sinn gehabt, wenn sie tot wäre und Prudence am Ende in Sicherheit? Du hattest keine Ahnung, dass Pickering euch gefolgt ist, oder dass ich ihn gebeten habe, in dieser Nacht hierzubleiben. Selbst, wenn du es irgendwie herausgefunden hättest, würde dieses ganze Spiel, nach der Notiz zu suchen, um einen Verdacht abzuwehren, keinen Sinn ergeben. Was hättest du dabei gewinnen können? Der Mord wäre nicht leichter gewesen.«

Er wandte sich an Mr und Mrs Barker. »Auch Sie hatten Grund, den Mord zu begehen, und Sie sind diejenigen, die sie als Letzte lebend gesehen haben. Ich stelle Ihre Handlungen in dieser Nacht erneut in Frage. Wenn Sie meine Schwester umgebracht hätten, würden Sie ganz sicher nicht dabei gesehen werden wollen, wie Sie aus der Richtung des Zimmers des Opfers zurückkehren.

Bitte erinnern Sie sich, dass der Mord geplant war, da es sich bei der benutzten Waffe um ein Schlachtermesser handelt. Ein solcher Gegenstand liegt gewöhnlich nicht in irgendeinem Zimmer einfach so herum. Diese Tat beruht nicht auf einem kurzzeitigen Ausbruch von Leidenschaft. Wenn sie aber geplant war, wieso hätten Sie, Mr Barker, dann so dumm sein sollen, sich dabei sehen zu lassen? Sie haben nicht einmal versucht, Ihre Identität zu verbergen.

Jetzt komme ich zur größten Frage. Wenn Sie – oder auch Prudence - sie ermordet hätten, warum hätten Sie dann die Briefe und eine Brosche in ihrem Zimmer zurückgelassen? Der Brief, der sich auf die Veruntreuung von Geldern bezog, war immer noch da, ebenso die Briefe an Prudence. Wenn Sie es für einen schlauen Trick hielten, sie zurückzulassen, um den Verdacht von sich abzulenken, wieso wollten Sie dann später am Tag noch einmal in das Zimmer gehen? Wenn Sie wussten, dass die Frau tot war, hätten Sie alles wegbringen können, solange die Leiche noch nicht entdeckt worden war. Mrs Barker kennt mich sehr gut. Sie weiß, dass ich keine finanzielle Verfehlung ungestraft lassen würde. Ebenfalls stellt sich die Frage, wie sinnvoll es gewesen wäre, wenn Prudence sie einerseits tötet, um ihr Geheimnis zu bewahren, und andererseits die Briefe liegen lässt, die jeder hätte finden können.«

Er machte eine Pause und holte tief Luft. Seine Augen wurden weicher, als er zu seiner Tochter blickte. Er tätschelte die Armlehne seines Stuhls, in der Hoffnung, sie würde kommen und sich zu ihm setzen.

Sie ignorierte ihn mit ausdrucksloser Miene.

Der Duke seufzte und schluckte etwas Whisky hinunter, um seine trockene Kehle zu benetzen. Seine Stimme verlor ihren tiefen, melodischen Klang und wurde rau und kratzig, als er weitersprach. »Catherine und Lord Raikes, wieso fallen sie weg? Lassen Sie mich mit Lord Raikes beginnen. Ich habe beträchtliche Zeit damit verbracht, etwas über seinen Charakter zu erfahren. Ich wusste, dass meine Tochter sich zunehmend zu ihm hingezogen fühlt, und Lord Raikes selbst hat nie ein Hehl aus seinen Gefühlen gemacht.

Ich weiß, dass er ein intelligenter, weitgereister Mann ist. Ich weiß auch, dass er zusammen mit Lord Hamilton Medizin studiert hat. Wenn ein Mann wie er einen Mord begehen wollte, wie würde er vorgehen?

Er würde seine Erfahrungen und sein Wissen nutzen. Er würde die Sache so geschickt erledigen, dass niemand erkennen könnte, dass der Tod keine natürliche Ursache hatte. Er kennt sich mit Arzneimitteln genauso gut aus wie mit Giften. Er hätte irgendwelche seltenen Pflanzen nehmen können, um ein Herzversagen herbeizuführen oder sie ins Koma fallen zu lassen, statt sie mit einem Messer zu erstechen. Das Messer macht offensichtlich, dass es Mord war, was bedeutet, dass Catherine hätte mit hineingezogen werden können. Er liebt Catherine aber, und das Letzte, was er wollen würde, ist, dass ein Verdacht auf sie fällt.«

Er drehte sich wieder um und sah seine Tochter und die anderen an. »Ihr müsst euch fragen, wieso ich zuerst eine lange Rede halte, in der ich alle Anwesenden anklage und dann die nächste Stunde damit verbringe zu beweisen, wieso sie unschuldig sind. Ich tue dies nicht, weil es mir irgendein perverses Vergnügen bereitet. Der Grund ist, dass ich möchte, dass der Mörder weiß, wieso alle anderen ausgeschlossen werden können und kein anderer Verdächtiger mehr übrig bleibt. Ich möchte nicht, dass die Person noch irgendeine Möglichkeit hat, zu entkommen. Der Mörder ist sich all der Motive, die ihr jeweils hattet, nur allzu bewusst. Eure Handlungen beweisen eure Unschuld und damit die Schuld des Mörders. Daher bitte ich darum, mir meine Monologe noch ein bisschen länger zu gestatten.«

Alle im Raum wurden noch angespannter, als sie begriffen, dass nicht mehr viele übrig waren, die noch analysiert werden mussten. Es wurde zunehmend deutlich, dass der Duke wusste, wer seine Schwester getötet hatte, und dass er geduldig und methodisch alle Anwesenden eine nach dem anderen eliminierte, während er sich dem Täter mehr und mehr näherte.

»Ich weiß, dass mir niemand glauben würde, wenn ich euch anflehen würde, mir deshalb zu glauben, weil ich als Vater *weiß*, dass meine Tochter niemals eine so abscheuliche Tat begehen würde. Deshalb muss ich mich bemühen, euch mit klaren Schlussfolgerungen zu überzeugen. Wenn Catherine ihre Tante getötet hätte, hätte sie kaum damit rechnen müssen, dass ihr Vater sie deshalb zur Rede stellt. Sie hätte sich sicher gefühlt, nachdem sie das Verbrechen begangen hätte, und wäre dadurch zur gefährlichsten und offensichtlichsten Verdächtigen überhaupt geworden.«

Lord Raikes nahm Catherines Hand; seine Augen waren wie zwei tiefe, dunkle Brunnen des Zorns. Sie schenkte ihm ein angespanntes Lächeln und nickte ihrem Vater als Bestätigung zu, dass er fortfahren sollte.

Der Duke wandte den Blick von den verschränkten Händen ab und beschloss, in die lodernden Flammen zu sehen. »Wir wissen, dass der Mord begangen wurde, nachdem Mrs Barker das Zimmer meiner Schwester verlassen hatte, kurz nach ein Uhr am Morgen. Um diese Zeit besuchte Catherine Lord Raikes in seinem Zimmer, woraufhin er ihr in ihr Zimmer folgte. Prudence hat das bezeugt.«

Prudence nickte nervös.

Der Duke sah auf; er hatte seine Gefühle nicht mehr unter Kontrolle. Er sprach schnell und aufgeregt. »Stellt euch einen Moment vor, sie hätte die ganze Sache geplant. Um ein Uhr saß sie bereit da und wartete, sich voll und ganz der Tatsache bewusst, dass ich am nächsten Morgen den Tod meiner Schwester untersuchen würde.

Würde sie unter solchen Umständen in das Zimmer eines fremden Mannes gehen, den sie für den Verlobten ihrer geliebten Cousine hält? Wissend, dass sie sich kurz danach aufmachen würde, meine Schwester zu töten? Und ebenfalls in dem Wissen, dass Fragen gestellt werden würden und Lord

Raikes seine nächtlichen Aktivitäten würde gestehen müssen?

Prudence hat sie auch gesehen, und selbst, wenn Raikes sich entschieden hätte zu schweigen, konnte sie bei ihr nicht sicher sein. Und da Lord Raikes in Catherines Zimmer gegangen ist, das dem ihrer Tante am nächsten liegt, wäre er die andere Person gewesen, die in das alles hineingezogen worden wäre. Ihre zunehmende Achtung vor ihm ist offensichtlich. Eine Mörderin würde dafür sorgen, dass sie außer Sicht bleibt, und doch wusste Catherine, dass sie von mindestens zwei Personen außerhalb ihres Zimmers gesehen worden war, als der Mord stattfand.«

Er rief Pickering zu sich.

»Ihr alle fragt euch vermutlich, warum ich Pickering nicht verdächtigt habe? Wieso ich ihn nie auf die Liste der Verdächtigen gesetzt habe? Was hat er getan, um sich dieses Vertrauen zu verdienen? Wieder muss ich durch Schlussfolgerungen anstelle von Stimmungen und Meinungen überzeugen.

Lady Babbage weigerte sich, irgendeinen Menschen anzuerkennen, der nicht ihrem Stand entsprach. Ihr Sohn verlangte enorm viel Geld. Ein Butler verfügt nicht über das Gehalt, um solche Summen aufbringen zu können. Zudem war er seit langem meine Augen und meine Ohren. Er war die erste Person, die die dunklen Machenschaften meiner Schwester entdeckte. Er hat nicht auf einen Beweis gewartet, sondern mich sofort über das informiert, was er gefunden hatte. Er kennt mich gut genug, um bei solch wichtigen Angelegenheiten nicht zu zögern. Ich wusste, dass er keinen Grund hatte, mich anzulügen.

Also, was hätte er dabei gewinnen können, meine Schwester umzubringen? War er heimlich vernarrt in sie, und sie hatte ihm ihre Gunst vorenthalten? Vielleicht hatte sie ihn auch bei mehr als einer Gelegenheit gekränkt. Er arbeitet in der Küche und hätte sich leicht ein Messer beschaffen können. Er wusste von den Erpressungen und auch, wie viele Menschen einen Grund hatten, sie zu töten. Es würde schwierig sein, alles einem einzigen Menschen zuzuschreiben. Er könnte auch gewusst haben, wer alles in dieser Nacht nicht im eigenen Zimmer war, was ihm die perfekte Gelegenheit geboten hätte. Er wusste zumindest von zwei Personen, Emma und dem Earl. Er hatte sogar Mr und Mrs Barker bemerkt, die in der Mordnacht ebenfalls auf waren. Er hatte meine Erlaubnis, in dieser Nacht durch das Haus zu streifen. Konnte es eine idealere Situation geben?«

Mr Barker und der Earl beugten sich auf ihren Stühlen nach vorn. Pickering biss sich auf die Finger, um das Geräusch seiner klappernden Zähne zu dämpfen.

Der Duke schenkte ihm einen beschwichtigenden Blick. »Aus genau diesen Gründen hat er sie nicht getötet. Er wusste, dass ich mir bewusst war, dass er in diesr Nacht im Haupthaus war. Ein Diener würde niemals davon ausgehen, dass man ihm mehr vertrauen würde als anderen Mitgliedern des Haushalts. Unglücklicherweise gehören sie zu den ersten, die verdächtigt werden. Als Mr Barker von dem Mord an meiner Schwester hörte, hat er sofort gesagt, dass ein Bediensteter es getan haben muss. Und ganz sicher hätte Pickering niemals ein Schlachtermesser benutzt, um ein solches Verbrechen zu verüben, denn es kommt direkt aus der Küche und hätte sofort auf ihn verwiesen. In dem Moment, als ich die Klinge sah, wusste ich, dass er unschuldig ist.«

»Aber was ist dann mit dem blonden Mann, den man dabei gesehen hat, wie er in dieser Nacht mit einer Klinge umherstreifte? Wer war er?«, fragte Nutters, der in dem Netz verfangen war, das der Duke gewebt hatte.

»Genau! Deshalb muss ich jetzt zu derjenigen kommen, von der diese Aussage stammt.«

Alle drehten sich um und starrten die letzte Person an, über die noch nicht gesprochen worden war.

»Es gibt nur eine einzige Person, die stets einen Grund hatte, nachts umherzustreifen. Nur einen Menschen, dessen Anwesenheit in den Korridoren morgens um eins als gewöhnliches Phänomen abgetan werden würde. Die Andeutung, dass ein blonder Mann mit einer Klinge das

Verbrechen verübt hatte, kam aus dem Mund meiner lieben Frau, der Duchess.

Sie war sich bewusst, dass meine Schwester es sich zur Gewohnheit gemacht hatte, andere zu erpressen. Sie wusste, wer erpresst wurde und wie viele Menschen einen Grund hatten, sie zu beseitigen. Sie war die Einzige, die keinen Grund hatte, belastende Erpresserbriefe zu beseitigen. Sie wusste auch von Joes Existenz. Deshalb wurde das ganze Drama über den Geist eines großen blonden Mannes mit einer Klinge zu meinem Nutzen aufgeführt. Sie wusste nicht, dass ich die Türen an diesem Tag verschlossen hatte, und dass Pickering alles im Blick behielt. Das Schicksal spielte ihr einen grausamen Streich. Alle waren in dieser Nacht kurzzeitig nicht in ihren Zimmern und halfen in gewissem Sinne bei ihren Plänen, auch wenn sie mit ihren Handlungen in dieser Nacht ihre eigene Unschuld bewiesen. Sogar Joe hatte das Glück, dass er sich an diesem Abend betrunken hat-«

»Oh, das reicht mir jetzt«, sagte die Duchess gereizt. Sie sprang auf, zog dabei Prudence mit sich. Ein Stück Metall glitzerte in ihrer Hand, vom Feuerlicht beschienen.

Der Duke begriff als Erster, dass sie Prudence eine kleine Pistole in die Seite drückte.

Jemand stieß einen erschreckten Schrei aus, während der Duke den Blick auf seine Frau heftete.

»Ich werde sagen, was ich zu sagen habe, und euch alle dann in Frieden lassen und verschwinden. Ich schätze, das weißt du?« Die Duchess sah den Duke mit hochgezogenen Brauen an.

Er nickte.

»Schön, dann lass mich die Übrigen erhellen. Du hast in den letzten zwei Tagen lange genug geredet. Ich habe den Klang deiner Stimme allmählich von Herzen satt. Also, gewährt mir den gleichen Respekt, den ihr alle dem Duke gewährt habt, und schweigt, während ich spreche«, sagte sie und sah alle Anwesenden wütend an.

Niemand rührte sich auch nur einen Zoll. Zufrieden sprach sie weiter. »Ich war in Italien eine berühmte Einbrecherin und habe zu meiner Zeit einige sagenhafte Diebstähle begangen.«

Catherine schnappte entsetzt nach Luft.

Die Duchess schenkte ihrer Stieftochter einen zärtlichen Blick und sprach weiter. »Als meine Identität entlarvt wurde, bin ich von dort geflohen. Ich stellte fest, dass der Duke sich anbot, eine reife Frucht, die gepflückt werden konnte, denn er trauerte immer noch um seine tote Frau. Ich war gerade dabei, seine kostbaren Erbstücke zu stehlen, aber zu diesem Zeitpunkt war ich es leid, wegzulaufen. Ich verwandelte mich in etwas Exotisches, weit entfernt von einer prüden englischen Lady. Er hat sich in mich verliebt. Stellt euch meine Überraschung vor, als er mir einen Antrag machte. Ich wäre zufrieden gewesen, seine Mätresse zu sein.«

»Ich habe dich geheiratet, weil ich dich respektiert und geglaubt habe, dass du mehr verdient hast, als eine gewöhnliche Mätresse zu sein«, sagte der Duke leise.

Die Duchess verdrehte die Augen. »Wie langweilig du bist, selbst in einem so aufregenden Moment! Wärst du lebhafter gewesen, hätte ich mich nach unserer Heirat vielleicht nicht so schnell gelangweilt. In Italien war mein Leben voller Aufregung, Romanzen und Dramen gewesen, während ich hier nichts weiter als eine langweilige alte Duchess war, die Dutzende von Regeln zu befolgen hatte. Ich fühlte mich wie eine gefangene Taube, deren Flügel beschnitten worden waren. Es war schwierig.« Sie blickte Emma an. »Sicherlich kannst du das verstehen?«

Das konnte Emma nicht, aber sie kontrollierte ihre entsetzte Miene und sagte: »Ich verstehe. Du konntest nicht flattern.«

»Genau«, rief die Duchess. »Ich konnte nicht flattern. Ich konnte nicht mehr fliegen. Ich wurde ruhelos und habe wieder Kontakt zu meinen alten Komplizen aufgenommen. Ich konnte sie nur in Briefen hinsichtlich Techniken und Plänen beraten, aber diese Augenblicke gaben mir einen Nervenkitzel wie in den alten Tagen. Dann hat meine teure verschiedene Schwägerin mein Geheimnis entdeckt. Sie hat versucht, mich zu erpressen, und gedroht, dem Duke alles zu erzählen.«

»Wieso bist du nicht dahin zurückgekehrt, von wo du gekommen bist?«, wagte Catherine zu fragen. »Und hast meinen armen Vater in Frieden gelassen?«

Die Duchess zog die Augen zusammen und drückte Prudence die Pistole in den Rücken, woraufhin diese zu kreischen begann. »Wie hätte ich ein so bequemes Leben aufgeben können? All den Luxus und meinen Status? Abgesehen davon bin ich jetzt älter und nicht mehr so geschickt. Ich kann keine Wände mehr erklimmen oder schnell rennen.

Mein vorgetäuschter Wahnsinn gestattete mir, meinen Freunden spät in der Nacht zu schreiben. Es hat mir Spaß gemacht, euch alle mit meinen kleinen Reden von der Geisterwelt zu ärgern. Niemand hat mich ernst genommen, das hat mir gut gepasst. Es war genau das, was ich wollte.

Vielleicht habe ich eine kurze Zeit geplant, wegzulaufen und einen anderen reichen Mann zu täuschen und aus Spaß seiner Schätze zu berauben. Ich hätte dann problemlos nach Hause zurückkehren können, und was hätte man zu einer Wahnsinnigen sagen können? Es war alles so perfekt, bis sie es verdorben hat. Ich beschwichtigte sie mit ein paar armseligen Summen, aber ihre Forderungen stiegen immer weiter. Ich konnte es nicht mehr ertragen. Ich wusste, dass sie auch einige von euch erpresst hat, und ich wusste von der Sache mit dem Earl und dass Joe hier im Haus war. Es war die perfekte Gelegenheit, also habe ich mich in ihr Zimmer geschlichen, während sie geschlafen hat, und habe sie erstochen.«

»Tut es dir leid?«, fragte Emma.

»Ich habe dem Duke einen Gefallen getan«, sagte die Duchess. Ein seltsamer Ausdruck flackerte kurz über ihr Gesicht. »Allen hier im Raum geht es besser, seit sie weg ist. Tut es mir leid? Nein. Ich bin froh, dass ich es getan habe, und wenn ich müsste, würde ich es wieder tun.«

»Leg die Pistole weg«, sagte der Duke bedächtig. »Wir können darüber reden.«

Sie hielt ihren Blick auf den Duke gerichtet, während sie die kalte Mündung, die sie Prudence in den Rücken drückte, brutal drehte und sie so zwang, aufzustehen. Sie begann, sich ganz allmählich zur Tür zurückzuziehen. »Schluss mit dem Gerede. Ich kenne dich und dein edles, langweiliges Herz. Du wirst mich nicht verschonen, egal, welche süßen Worte du jetzt auch von dir gibst. Ich war klug genug, für den Fall, dass ich entdeckt werde, meine Flucht zu planen. Ich jedenfalls habe deine Intelligenz niemals unterschätzt«, sagte sie und grinste, während ein wahnsinniges Licht in ihren Augen tanzte. »Also, meine Freunde warten draußen, deshalb sage ich euch Adieu.«

Sie zerrte Prudence durch die Vordertür nach draußen und in den Garten, und niemand traute sich, sie aufzuhalten.

Draußen wartete eine Kutsche. Sie stieg ein und stieß Prudence zu Boden, hielt aber die Pistole weiter auf sie gerichtet, bis die Kutsche außer Sicht geriet.

»Werden Sie ihr folgen, Euer Gnaden?«, fragte Pickering.

»Wir werden sie niemals einholen. Sie muss alles gut geplant haben«, erwiderte der Duke traurig.

»Hast du das alles gewusst?«, fragte Catherine ihren Vater.

»Ich bin argwöhnisch geworden, nachdem meine Schwester mir den Rat gegeben hat, mir die Vergangenheit meiner Frau näher anzusehen. Dann habe ich angefangen, die Duchess zu beobachten, und bemerkt, wie raffiniert sie war. Ich habe mich gefragt, ob sie vielleicht nur so tut, als wäre sie wahnsinnig, aber ich konnte nicht verstehen, warum sie das macht.

Daraufhin habe ich Nutters angeheuert, um mehr herauszufinden. Ich hatte die Nachforschungen aus Neugier begonnen, weil ich wissen wollte, woher sie kommt, und welche Art Wahnsinn sie befallen hat, und ob es in der Familie liegt, da von mir erwartet wurde, dass ich einen Erben hervorbringe. Es dauerte lange, die Wahrheit herauszufinden. Meine Schwester hat ein paar Tage vor ihrem Tod versucht, es mir zu sagen; ich denke, meine Frau hat sich geweigert, ihre Spiele noch länger mitzuspielen.

Ich habe meine Schwester beiseitegeschoben und sie ermahnt, sich aus meinen Angelegenheiten herauszuhalten. Ich wollte nicht zugeben, dass ich den gleichen Verdacht hegte. Nutters sollte für mich den Beweis beschaffen, den ich brauchte, bevor ich irgendetwas tat. Die Vorstellung, dass wir unter dem gleichen Dach lebten, bereitete mir zunehmend Sorgen, und ich glaube, irgendwo tief in meinem Herzen wusste ich, zu was sie fähig war. Jetzt hat sie es mir bewiesen.«

Catherine schob ihre Hand in seine und führte ihn nach Drinnen. Er sah aus, als wäre er in diesen letzten paar Momenten um Jahre gealtert.

Es verging beträchtliche Zeit, ehe auf dem Anwesen wieder Ruhe einkehrte.

Epilog

»William …«, sagte Catherine und zerknüllte ihr weißes Seidenkleid mit den Fingern.

»Was ist, Catherine?«

»Denkst du nicht, dass unsere Hochzeit zu schnell stattgefunden hat? Du hast mir versprochen, mir den Hof zu machen. Vielleicht sollten wir eine Weile warten, bevor-« Catherine hielt nervös inne.

»Bevor was?«, fragte er lächelnd.

»Nun, du weißt schon.«

»Nein, ich weiß es nicht. Erkläre es mir, meine Liebe. Der Hochzeitswein macht mich etwas begriffsstutzig«, sagte er schelmisch.

»Bevor wir ein Ehepaar werden …«

»Zu spät. Wir sind bereits verheiratet.«

»Ich meine, das … das Bett miteinander teilen«, flüsterte sie schließlich.

Lord William Raikes starrte seine zitternde Frau mit ernster Miene an.

»Antworte mir zuerst. Liebst du mich?«

Catherine biss sich auf die Lippe und hob dann langsam die Lider. Sie sah seinen eindringlichen Blick und verstand seine Angst. Sie wusste, dass er sie liebte, und er befürchtete, erneut von seiner Liebe zurückgewiesen zu werden.

Ihr Herz zog sich schmerzhaft zusammen, und sie nahm seine Hand in ihre und nickte. Ihre Augen wurden dunkel vor Gefühl.

Er grinste erfreut. »Dann muss ich dich nicht mehr länger umwerben. Und von wegen, das Bett nicht miteinander zu teilen, da muss ich dich enttäuschen.«

Und dann taten sie es, und sie war nicht enttäuscht.

∞∞∞

Emma saß in ihrem Hochzeitskleid in ihrem neuen Zuhause. Sie sah zu, wie der Earl ihnen beiden ein Glas Wein einschenkte.

»Also gibst du zu, dass der Duke weit schlauer ist als du?«, fragte Emma und zog die Nadeln aus den Haaren.

»Das tue ich nicht! Bei der Wette ging es darum zu zeigen, dass der Duke zum Narren gehalten werden kann, und er wurde von seiner Frau nicht weniger als zehn ganze Jahre lang zum Narren gehalten!«, entgegnete der Earl.

»Hmpf, aber du hast verloren. Du hast es nicht bewiesen. Er wusste von Anfang an, wer du bist.«

»Ja, aber die Sache ist die, dass er überlistet wurde, und ich am Ende bekommen habe, das ich wollte.«

»Und das ist?«

»Na ja, dich innerhalb von zwei Monaten zu heiraten. Ich habe bei dem Handel sogar meinen armen Freund mit deiner Cousine verheiratet.«

»Damit hattest du nichts zu tun. Du hättest dir nicht vorstellen können, dass sie sich ineinander verlieben.«

Der Earl grinste und beugte sich zu einem Kuss vor. »Bist du dir sicher, meine Liebe?«

Emma musterte ihren Ehemann skeptisch. Er schob sie zurück aufs Bett und tauchte unter die Decken.

Er hatte den Rest seines Lebens Zeit, sie von seiner Intelligenz zu überzeugen. Im Augenblick hatte er etwas zu erledigen.

»Ooh, ist das überhaupt möglich?«

»Ja, und mehr.«

»Oh, ich denke nicht, das … Ich verstehe.«

»Da ist noch mehr.«

»Neinnn.«

»Doch.«

»Ah, jetzt verstehe ich, was du meinst.«

»Du wirst noch eine ganze Menge mehr verstehen, meine Liebe. Ich habe gerade erst angefangen.«

Und sie lebten glücklich und zufrieden bis ans Ende ihrer Tage.

∞∞∞

Die Duchess von Arden schnippte die Asche von ihrer Zigarre. »Er ist also der reichste Mann in ganz Frankreich?«, fragte sie heiser und schätzte ihre Beute ab.

»Er ist ein schlauer Bursche. Er ist nicht zu all dem Geld gekommen, indem er sich wie ein Dummkopf verhalten hat.«

Ihre vollen Lippen verzogen sich zu einem halben Lächeln.

»Wenn ich den Duke täuschen konnte, dann ist dieser froschgesichtige Kerl kaum eine Herausforderung.«

»Sei nicht zu selbstsicher, er ist brillant. Sei vorsichtig, ich denke, du bist jemandem begegnet, der dir ebenbürtig ist.«

»Das hoffe ich«, flüsterte sie und warf den glühenden Zigarrenstummel weg.

Sie trank einen Schluck Whisky und setzte eine hilflose Miene auf, bevor sie auf ihr neues Ziel zu stolzierte.

ENDE

Über die Autorin

Anya Wylde lebt in Irland zusammen mit ihrem Mann und einem fetten französischen Pudel (jetzt auf Diät). Sie kann ein durchschnittliches Curry kochen, und ihre Vorstellung von Sport besteht im gelegentlichen Strecken ihrer Zehen. Sie hat einen Abschluss in Englischer Literatur und liebt es, zu lesen und zu schreiben. Verbinde dich mit Anya auf Facebook, Twitter oder Instagram, um über zukünftige Veröffentlichungen informiert zu werden.

Webseite: www.anyawylde.com

Copyright:

Originaltitel: ###

Redaktion: Gerd Rottenecker

Cover-Gestaltung: ###

Deutsche Erstausgabe

ISBN ###

Personen, Ereignissen oder Orten ist rein zufällig.

www.ingramcontent.com/pod-product-compliance
Lightning Source LLC
LaVergne TN
LVHW091256150826
845673LV00006B/1436
9798358919716